EDIÇÕES BESTBOLSO

Ragtime

E. L. Doctorow nasceu em Nova York, em 1931. Considerado um dos mais talentosos escritores da segunda metade do século XX, seus livros combinam História e crítica social. Doctorow foi laureado com diversos prêmios literários, como o National Book Award. Publicado em 1975, *Ragtime* se tornou um sucesso de vendas e crítica, destacando-se pelas frases curtas, simples, intercaladas de trechos mais amplos e rebuscados, lembrando o ritmo sincopado do ragtime. Em 1982, o livro foi adaptado para o cinema pelo diretor Milos Forman. Doctorow dedica-se à escrita e ao ensino da literatura na Universidade de Nova York.

CB011028

E. L. DOCTOROW

Tradução de
A. WEISSENBERG

EDIÇÕES

BestBolso

CIP-Brasil. Catalogação-na-fonte
Sindicato Nacional dos Editores de Livros, RJ.

D666r

Doctorow, E.L., 1931-
Ragtime / E.L. Doctorow; tradução de A. Weissenberg. – Rio de Janeiro:
BestBolso, 2007.

Tradução de: Ragtime
ISBN 978-85-7799-017-7

1. Ragtime - Ficção. 2. Estados Unidos - História - Séc. XX - Ficção. 3.
Conto americano. I. Weissenberg, A. II. Título.

07-2933

CDD – 813
CDU – 821.111(73)-3

Ragtime, de autoria de E.L. Doctorow.
Título número 018 das Edições BestBolso.

Título original norte-americano:
RAGTIME

Copyright © 1974, 1975 by E.L. Doctorow.
Publicado mediante acordo com World Wide Plaza c/o International Creative
Management, Inc. Copyright da tradução © by Distribuidora Record de Serviços de
Imprensa S.A. Direitos de reprodução da tradução cedidos para Edições BestBolso,
um selo da Editora Best Seller Ltda. Distribuidora Record de Serviços de Imprensa
S.A. e Editora Best Seller Ltda. são empresas do Grupo Editorial Record.

www.record.com.br

Ilustração de capa: Mateu Velasco, a partir da imagem de capa publicada pela
Penguin Books, Inc. (A Plume Book, 1996).
Design de capa: Carolina Vaz
Ragtime™: fonte usada na capa, marca registrada.

Todos os direitos reservados. Proibida a reprodução, no todo ou em parte, sem
autorização prévia por escrito da editora, sejam quais forem os meios empregados.

Direitos exclusivos de publicação em língua portuguesa para o Brasil em formato
bolso adquiridos pelas Edições BestBolso um selo da Editora Best Seller Ltda.
Rua Argentina 171 – 20921-380 – Rio de Janeiro, RJ – Tel.: 2585-2000
que se reserva a propriedade literária desta tradução.

Impresso no Brasil

ISBN 978-85-7799-017-7

*O autor agradece a John Simon
Guggenheim Memorial Foundation e ao
Creative Artists Program Service pelas bolsas que
lhe foram concedidas no período em que
esta obra foi escrita.*

Respeitosamente dedicado a
Rose Doctorow Buck

Não toque rápido esta música.
Ragtime não é para ser tocado depressa...

Scott Joplin

Parte I

1

Em 1902, Papai construiu uma casa no alto da colina de Broadview Avenue, em New Rochelle, Nova York. Era uma construção de três andares em madeira castanha, com água furtada, janelas curvadas projetando-se para fora e varanda protegida por tela. Toldos listrados sombreavam as janelas. A família tomou posse desse sólido presbitério num dia ensolarado de junho e tudo indicava que daí em diante todos os dias seriam cálidos e bonitos. A maior parte da renda de Papai derivava-se da manufatura de bandeiras, flâmulas e outros apetrechos patrióticos, inclusive fogos de artifício. Patriotismo era um sentimento forte no início de 1900. Teddy Roosevelt ocupava a presidência dos Estados Unidos. A população costumava reunir-se em grande número ao ar livre, para concertos públicos, paradas, saborear peixes, piqueniques políticos, passeios, ou então, dentro de casa, em salões, teatros de variedades, óperas, bailes. Parecia não existir entretenimento que excluísse enxames de pessoas. Trens, vapores e bondes transportavam-nas de um lugar para outro. Era a moda, era assim que se vivia. As mulheres eram mais robustas então. Visitavam navios empunhando guarda-sóis brancos. Todo mundo andava de branco no verão. As raquetes de tênis eram pesadonas e de formato elíptico. Havia muita opressão sexual. Não existiam negros. Não existiam imigrantes. Nas tardes de domingo, após o almoço, Papai e Mamãe subiam e fechavam a porta do quarto. Vovô adormecia no divã da sala. O Menino

de blusa de marinheiro sentava-se na varanda protegida de tela e espantava moscas. No sopé da colina, o Irmão Mais Novo de Mamãe tomava o bonde e seguia até o fim da linha. Era um rapaz solitário e introvertido, de bigodes louros e dizia-se que estava com problemas para se encontrar. O fim da linha era um terreno baldio, coberto de capim alto dos pântanos. Havia sal no ar. O Irmão Mais Novo, em terno de linho branco e chapéu de palha, enrolava a bainha da calça e caminhava descalço no pântano de águas salgadas. Aves marinhas, assustadas, alçavam vôo. Foi nesse período de nossa história que Wislow Homer pintou suas telas. Surpreendia-se ainda uma certa luz ao longo da costa leste. Homer pintou essa luz, que emprestava ao mar uma pesada e opaca ameaça e brilhava fria sobre os rochedos e baixios da costa da Nova Inglaterra. Ocorriam inexplicáveis naufrágios e corajosos resgates por meio de cabos. Coisas estranhas aconteciam em faróis e cabanas aninhadas nas ameixeiras selvagens das praias. Na América inteira, sexo e morte eram quase indiscerníveis. Mulheres foragidas morriam nos estremecimentos do êxtase. Histórias eram abafadas e repórteres subornados pelas famílias endinheiradas. Lia-se nas entrelinhas dos jornais e das revistas. Na cidade de Nova York, os jornais fervilhavam com a morte do famoso arquiteto Stanford White por Harry K. Thaw, excêntrico herdeiro de uma fortuna em minas de carvão e estradas de ferro. Harry K. Thaw era casado com Evelyn Nesbit, célebre beldade que fora amante de Stanford White. O crime ocorreu no terraço do Madison Square Garden, na 26th Street, espetacular edifício de tijolos amarelos e terracota, ocupando um quarteirão inteiro, e que fora desenhado em estilo sevilhano pelo próprio White. Foi na estréia de um musical intitulado *Mamzelle Champagne*
e, enquanto o coro cantava e dançava, o excêntrico herdeiro,

trajando naquela noite de verão chapéu de palha e sobretudo preto, sacou uma pistola e atingiu o famoso arquiteto com três disparos na cabeça. No terraço. Ouviram-se gritos. Evelyn desmaiou. Ela foi modelo de um artista com a idade de 15 anos. Usava roupas de baixo brancas. Era habitualmente açoitada pelo marido. Certa vez encontrou por acaso Emma Goldman, a revolucionária. Goldman agrediu-a verbalmente. Aparentemente os negros *existiam*. E também os imigrantes. E, embora os jornais chamassem ao assassinato O Crime do Século, Goldman sabia que se estava apenas em 1906 e que restavam ainda 94 anos pela frente.

O Irmão Mais Novo de Mamãe estava apaixonado por Evelyn Nesbit. Acompanhara de perto o escândalo que lhe rodeava o nome e começou a considerar que a morte do amante Stanford White e a prisão do marido Harry K. Thaw deixara-a necessitada das atenções de um distinto rapaz da classe média, sem fortuna. Pensava nela o tempo todo. Desejava-a desesperadamente. Pendurara na parede de seu quarto um desenho de Charles Dana Gibson, publicado num jornal sob o título de *The Eternal Question*. Representava Evelyn de perfil, com sua vasta cabeleira e uma espessa madeixa desgarrada, caída em forma de ponto de interrogação. O olhar voltado para baixo era embelezado por um caracol que lançava sombras sobre a testa. A boca ostentava uma leve expressão de amuo. O longo pescoço recurvado lembrava um pássaro alçando vôo. Evelyn Nesbit causara a morte de um homem e arruinara a vida de outro, donde ele deduzia que nesta existência nada valia a pena desejar e possuir, senão o amplexo dos braços dela.

A tarde era uma névoa azulada. Água da maré infiltrava-se nas suas pegadas. Inclinando-se, recolheu um espécime perfeito de concha, variedade incomum no oeste de Long Island Sound. Era uma concha em voluta rosa e âmbar, em forma de dedal, e naquela tarde de mormaço, com o sal secando nos tornozelos, ele atirou a cabeça para trás e bebeu a minúscula quantidade de água salgada nela contida. Gaivotas sobrevoavam o terreno, gritando como oboés, e às suas costas, no extremo do pântano, oculto à vista pelo mato crescido, a sineta distante do bonde da North Avenue tilintou.

Do outro lado da cidade, o menino vestido de marinheiro sentiu-se, de repente, agitado, e pôs-se a caminhar de um lado para o outro da varanda. Apertou com o dedão o pé arqueado da cadeira de balanço de vime. Alcançara a idade do conhecimento e da razão quando isso não era esperado pelos adultos que o rodeavam e, por conseguinte, o fato passara despercebido. Lia o jornal diariamente e, no momento, acompanhava a disputa entre os jogadores profissionais de beisebol e um cientista, que afirmava ser a bola curva uma ilusão de ótica. Percebia que as circunstâncias de sua vida familiar agiam contra sua vontade de ver o mundo e viajar. Acalentava, por exemplo, um imenso interesse pelos feitos e pela carreira de Harry Houdini, o mestre da fuga, mas não fora levado a nenhum dos seus espetáculos. Houdini era um luminar dos altos círculos do *vaudeville*. Seu público era constituído de gente pobre – carregadores, mascates, policiais, crianças. Sua vida era absurda. Corria o mundo inteiro aceitando todos os tipos de cativeiro e deles escapando. Amarrado a uma cadeira, escapava. Preso com correntes a uma escada, escapava. Algemado, as pernas presas com ferros, envolto numa camisa-de-força e colocado num armário trancado. Escapava. Escapava de cofres de bancos, de barris fechados com pregos, malotes de correio costurado; escapava da caixa de um piano Knabe fechada com fitas de zinco, de uma caldeira de ferro galvanizado, de um baú trancado a chave. Suas fugas eram intrigantes, porque ele jamais danificava ou destrancava o local de onde fugia. Quando a cortina era afastada, lá surgia ele descabelado, mas triunfante, ao lado do recipiente intacto que, segundo se supunha, o havia contido. E acenava para a multidão. Fugia de uma lata de leite selada e cheia de água. Fugia de um vagão de exilados siberianos. De um crucifixo de tortura chinesa. De uma penitenciária de Hamburgo. De um navio-prisão inglês. De uma cela de Boston. Era amarrado a pneus de automóveis, moinhos de água, canhões, e escapava. Mergulhou com as mãos atadas de pontes do Mississippi, do Sena, do Mersey, e emergia acenando. Foi pendurado de cabeça para baixo vestindo camisa-de-força em guindastes, biplanos e no alto de edifícios. Foi atirado no oceano envolto numa roupa de mergulhador guarnecida de peso e sem suprimento de ar, e fugiu. Foi enterrado vivo num túmulo e não conseguiu escapar, tendo que ser retirado. Rápido, desenterraram-no. A terra é pesada demais, declarou, arquejante. Suas unhas sangravam. Grãos de terra caíam-lhe das pálpebras. Estava pálido e não conseguia ficar de pé. Seu assistente vomitou. Houdini tinha a respiração sibilante e cuspia ao falar. Ao tossir perdeu sangue. Limparam-no e levaram-no de volta ao hotel. Hoje, quase cinqüenta anos após sua morte, o público interessado em fugas é ainda maior.

O menino postou-se no extremo da varanda e fixou o olhar numa mosca varejeira azul, que atravessava a tela parecendo subir a colina, vinda da North Avenue. A mosca voou. Um automóvel galgou a colina, surgindo daquela direção. Quando se aproximou, o menino viu que se tratava de um Pope-Toledo Runabout preto, de 45 cavalos. Correndo pela varanda postou-se no alto da escada. O carro passou pela casa, emitiu uma explosão e bateu num poste telefônico. O menino correu para dentro e gritou pelo pai 15 e pela mãe. O avô acordou com um sobressalto. Ele voltou correndo à varanda. Motorista e passageiro estavam de pé, na rua, olhando o carro, que tinha grandes rodas com pneus e aros de madeira esmaltados de preto, lanternas metálicas diante do radiador e faróis laterais sobre os pára-choques. A forração era acolchoada e havia duas portas laterais. Aparentemente não sofrera dano algum. O motorista trajava libré. Erguendo o capô do radiador, liberou um jato de vapor branco, que se ergueu com um assobio.

Diversas pessoas observavam a cena de seus jardins, mas Papai, ajustando a corrente do relógio no colete, desceu até a calçada para saber se poderia ser útil em algo. O proprietário do carro era Harry Houdini, o famoso artista da fuga. Tirara o dia para passear por Westchester, onde pretendia adquirir uma propriedade. Foi convidado a entrar em casa enquanto o radiador esfriava e surpreendeu-os com seu comportamento discreto, quase apagado. Parecia deprimido. Seu êxito atraíra para o *vaudeville* um bando de competidores. Conseqüentemente precisava elaborar fugas cada vez mais perigosas. Era um homem baixo, vigoroso, evidentemente um atleta de mãos fortes, os músculo das costas e dos braços salientando-se através do tecido do terno de tweed amarrotado e que, embora bem talhado, não era apropriado para aquele dia. O barômetro andava nas proximidades dos 40 graus. Houdini tinha cabelos crespos e rijos, partidos no meio, e límpidos olhos azuis eternamente em movimento. Mostrou-se muito respeitoso para com Mamãe e Papai e falou com reserva de sua profissão. Isto pareceu-lhes correto. O menino não afastava os olhos dele. Mamãe mandou vir limonada, que foi servida na sala e bebida com gratidão por Houdini. A temperatura da sala era mantida fresca pelos toldos. As janelas estavam fechadas para não permitir a entrada do calor. Houdini gostaria de abrir o colarinho. Sentia-se sufocar entre aquele mobiliário pesado, cortinas e tapetes escuros, almofadas de seda oriental, abajures de vidro verde. Havia um divã coberto por uma pele de zebra. Notando o olhar de Houdini, Papai mencionou que matara o animal numa caçada na África. Papai era explorador amador de considerável reputação. Fora presidente do Clube dos Exploradores de Nova York, ao qual fazia todos os anos uma doação. Na verdade, dentro de alguns dias partiria levando a bandeira do clube na terceira expedição de Peary ao Ártico. Quer dizer que vai com Peary ao Pólo? Perguntou Houdini. Se Deus quiser, respondeu Papai. Recostando-se na cadeira acendeu um charuto. Houdini desandou a falar. Pôs-se a caminhar de um lado para outro, falando de suas viagens, suas excursões pela Europa. Mas o Pólo! Isso era algo especial, falou. Devia ser muito competente para que o escolhessem. Voltou os olhos azuis para Mamãe. E manter acesos os fogos do lar não é tão fácil também, disse. Não deixava de ter o seu encanto. Sorriu, e Mamãe, mulher alta e loura, baixou o olhar. Houdini passou alguns minutos executando pequenos truques com os objetos à mão, para o menino. Quando se despediu, a família inteira acompanhou-o à porta. Papai e Vovô apertaram-lhe a mão. Houdini percorreu a alameda que passava sob o grande bordo e desceu os degraus de pedra que conduziam à rua. O motorista estava à espera, o carro corretamente estacionado. Houdini sentou-se junto ao motorista e acenou. Os vizinhos observavam de seus jardins. O menino, que acompanhara o mágico até a rua, postou-se diante do Pope-Toledo, contemplando sua imagem macroscefálica distorcida no encaixe de bronze brilhante da lanterna. Houdini achou-o simpático, cabelos louros como os da mãe cortados curtos, *17* mas um tanto delicado demais. Inclinou-se sobre a porta lateral. Adeus, Menino, disse, estendendo a mão. Avise o Duque, respondeu o garoto. E saiu correndo.

2

Aconteceu que a inesperada visita de Houdini interrompeu as efusões de Mamãe e Papai. E não houve indício de Mamãe no sentido de que seriam recomeçadas. Fugiu para o jardim. Com o passar dos dias e a aproximação da partida, Papai aguardou o tácito sinal de que poderia visitar-lhe a cama. Sabia que fazer uma investida pessoal seria ameaçar a ocasião. Era um homem vigoroso, de fortes apetites, mas apreciava a relutância de sua mulher em assumir as atitudes indelicadas que correspondiam às suas exigências. Entretanto, toda a casa girava em torno da partida. O equipamento tinha que ser empacotado, providências precisavam ser tomadas para o seu afastamento dos negócios e havia mil outros detalhes a serem atendidos. Mamãe levava o pulso à testa, afastando uma madeixa de cabelos. Pessoa alguma da família ignorava os perigos a que Papai estaria exposto. Contudo, ninguém desejaria que ele ficasse por tal motivo. O casamento parecia desabrochar com suas prolongadas ausências. Ao jantar, na véspera da partida, o punho da manga de Mamãe atirou ao chão uma colher e ela corou. Quando toda a casa estava adormecida, ele entrou no quarto da mulher, totalmente escuro, e foi solene e atencioso como cabia à ocasião. Mamãe fechou os olhos e levou as mãos aos ouvidos. O suor do queixo de

Papai caiu-lhe nos seios. Estremeceu, pensando: No entanto sei que são estes os anos felizes. À nossa frente amontoam-se grandes desastres.

No dia seguinte, dirigiram-se todos à estação de New Rochelle a fim de se despedirem de Papai. Havia representantes do pessoal do escritório e o assistente-chefe de Papai fez um pequeno discurso. Houve alguns aplausos. O trem de Nova York chegou, cinco vagões envernizados de verde-escuro, puxados por uma Baldwin 4-4-0, com jogo de rodas raiadas. O menino observou o maquinista com sua lata de óleo verificando os pistões metálicos. Sentindo alguém pousar-lhe a mão no ombro, voltou-se. O pai, sorridente, tomou-lhe a mão e apertou-a. Vovô teve que ser impedido de levantar as malas. Com a ajuda do carregador e do Irmão Mais Novo de Mamãe, Papai colocou a bagagem a bordo e apertou a mão do rapaz. Dera-lhe um aumento e uma posição de maior responsabilidade na firma. Fique de olho nos negócios, recomendou. O rapaz fez que sim. Mamãe sorriu, radiante. Abraçou de leve o marido, que a beijou no rosto. De pé na plataforma do último carro, tirou o chapéu e acenou um adeus, quando o trem começou a fazer a curva.

Na manhã seguinte, após desjejum com champanhe diante da imprensa, os homens da expedição polar de Peary soltaram as amarras de seu valente e pequeno navio, o *Roosevelt*, que se afastou do trapiche, enveredando pelo East River. Rebocadores lançaram jorros de água, que formaram um arco-íris quando o sol matutino se ergueu sobre a cidade. Navios de passageiros emitiram roucos apitos. Só muito mais tarde, quando o *Roosevelt* chegou ao alto-mar, Papai convenceu-se da realidade da expedição. Ali, de pé na amurada, sentiu nos ossos o assustador e inalterável ritmo do oceano. Pouco depois, o *Roosevelt* passou por um   *19* transatlântico que chegava apinhado, até as amuradas, de imigrantes. Papai observou a proa do navio amplo e descascado mergulhando no mar. Os conveses fervilhavam de gente. Milhares de cabeças cobertas de chapéus-coco. Milhares de cabeças femininas cobertas de xales. Era um navio de maltrapilhos, com um milhão de olhos escuros a fixá-lo. Papai, pessoa geralmente resoluta, experimentou súbita depressão íntima. Um estranho desespero dominou-o. O vento começou a soprar, o firmamento tornou-se ameaçador, e o grande oceano principiou a ondular e quebrar-se em ondas, tombando sobre si mesmo, como se constituído de lâminas de granito e escorregadios terraços de lousa. Observou o navio, até perdê-lo de vista. Contudo, a bordo estavam mais fregueses da nova cidadania, pois a população de imigrantes dava muita importância à bandeira americana.

3

A maioria dos imigrantes vinha da Itália e do leste da Europa, e era transportada em lanchas para Ellis Island. Ali, num estranho e pomposo armazém humano de tijolos vermelhos e pedra cinzenta, eram marcados com etiquetas, tomavam banho de chuveiro e sentavam-se em bancos dos recintos de espera. Percebiam de imediato o imenso poder dos funcionários da imigração. Modificavam nomes que não conseguiam pronunciar, separavam membros de uma família, consignavam os velhos ao regresso, as pessoas angustiadas, a ralé e também os que pareciam insolentes. Tal poder era atordoante. Tudo lembrava-lhes a pátria. Enveredando pelas ruas eram absorvidos pelos cortiços, não se sabia como. Os nova-iorquinos desprezavam-nos. Eram sujos e analfabetos. Cheiravam a peixe e alho. Ostentavam feridas abertas. Não tinham amor-próprio e trabalhavam por quase nada. Roubavam. Bebiam. Violentavam as próprias filhas. Matavam-se tranqüilamente uns aos outros. Entre os que mais os desprezavam, contavam-se os irlandeses de segunda geração, cujos pais haviam sido culpados dos mesmos crimes. Garotos irlandeses puxavam as barbas dos velhos judeus, atiravam-nos ao chão, e viravam os carrinhos dos vendedores italianos.

Em todas as estações do ano, as carroças percorriam as ruas, recolhendo corpos abandonados. Tarde da noite, velhas de lenço na cabeça entravam no necrotério em busca de maridos e filhos. Os corpos jaziam em mesas de ferro galvanizado. Do extremo de cada, descia um cano até o piso. Ao redor da mesa havia uma calha. E nela corria a água que jorrava constantemente sobre cada corpo, saindo de uma torneira acima da mesa. Os rostos dos mortos estavam voltados para aqueles jorro d'água que os cobria como o irreprimível mecanismo de suas próprias lágrimas.

Mas, fosse como fosse, lições de piano começaram a se fazer ouvir. Pessoas enrolavam-se na bandeira. Esculpiam pedras para pavimentar as ruas. Cantavam. Contavam piadas. A família inteira vivia num só quarto e todo mundo trabalhava: Mameh, Tateh e a Meninazinha de avental. Mameh e a menina costuravam calças que desciam até os joelhos e ganhavam 70 centavos a dúzia. Costuravam desde o momento em que se levantavam até a hora de se deitarem. Tateh ganhava a vida nas ruas. Com o passar dos tempos começaram a conhecer a cidade. Certo domingo, num rompante, gastaram 12 centavos em três passagens de bonde e seguiram para além do centro da cidade, caminhando pela Madison e Quinta Avenida, admirando as mansões. Os proprietários chamavam-nas de palácios. E eram exatamente isso – palácios. Haviam sido todos planejados por Stanford White. Tateh era socialista. Olhando-os, sentiu-se intimamente ultrajado. A família caminhava depressa. Os policiais, com seus altos capacetes, observavam-nos. Nas amplas e vazias calçadas daquele lado da cidade, a polícia não gostava de ver imigrantes. Tateh explicou que, anos antes, um imigrante atirara contra o milionário do aço, Henry Frick, em Pittsburgh.

A família entrou em crise quando alguém entregou uma carta dizendo que a menina precisava freqüentar a escola. Isso significava que não ganhariam o suficiente. Desamparados, Mameh e Tateh levaram a menina à escola. Foi matriculada e comparecia todos os dias. Tateh corria as ruas. Não sabia o que fazer. Era mascate. Jamais encontrava um ponto lucrativo junto à calçada. Quando saía, Mameh sentava-se à janela com o monte de roupa cortada e pedalava a máquina de costura. Era pequenina, olhos escuros, cabelo castanho-claro e ondulado, dividido ao meio e enrolado em coque, na nuca. Vendo-se sozinha, cantava baixinho em voz suave e frágil. Suas canções não tinham letra. Uma tarde levou o trabalho acabado ao sótão da Stanton Street. O proprietário convidou-a a entrar no escritório e, examinando cuidadosamente a mercadoria, disse que ela costurava muito bem. Contando o dinheiro, acrescentou um dólar à quantia, explicando que era por Mameh ser tão bonita. Sorriu. Tocou no seio de Mameh. Mameh fugiu, levando o dólar. Na vez seguinte aconteceu a mesma coisa. Ela disse a Tateh que estava trabalhando mais e habituou-se às mãos do patrão. Certo dia, estando o aluguel atrasado em duas semanas, entregou-se ao homem sobre uma mesa de corte. Ele beijou-a no rosto, sentindo o gosto salgado de suas lágrimas.

A esta altura da história, Jacob Riis, incansável jornalista e reformador, escreveu sobre a necessidade de moradia decente para os pobres. Viviam aglomerados numa só peça. Não possuíam sanitários. As ruas cheiravam a excremento. Crianças morriam de simples resfriados ou de leves erupções de pele. Morriam em camas improvisadas com duas cadeiras de cozinha. Morriam no chão. Muita gente acreditava que sujeira, fome e doença eram o que os imigrantes mereciam por sua degradação moral. Mas Riis acreditava em poços de ventilação. Poços de ventilação, luz e ar trariam saúde. Galgava escuras escadarias, batia às portas e tirava fotos de famílias indigentes em suas moradias. Erguendo o flash, colocava a cabeça sob o capuz negro e a foto explodia. Depois que saía, a família, sem ousar mover-se, permanecia na posição em que fora fotografada. E esperavam que a vida mudasse. Esperavam por sua transformação. Riis desenhou mapas coloridos da população étnica de Manhattan. Cinza opaco para os judeus, sua cor predileta, dizia. Vermelho para os italianos morenos. Azul para os frugais alemães. Verde para os irlandeses. Negro para os africanos. E amarelo para os chineses, limpos como os gatos, felinos também nos traços de cruel ambição e fúria selvagem, quando despertos. E, acrescentando-se manchas coloridas para os finlandeses, os árabes, os gregos, etc., obtinha-se uma colcha doida de retalhos, gritava Riis, uma colcha doida de humanidade!

Certo dia, Riis decidiu entrevistar Stanford White, o eminente arquiteto. Queria perguntar-lhe se jamais planejara habitações para os pobres. Queria indagar sobre suas idéias a respeito de moradia pública, poços de ventilação, iluminação. Encontrou White no cais, observando a chegada de equipamento arquitetônico. Riis espantou-se com o que saía dos porões dos navios: fachadas inteiras de palácios florentinos, átrios atenienses, marcados pedra por pedra; quadros, estatuária, tapeçaria, tetos esculpidos e pintados acondicionados em caixotes, pátios lajeados, fontes de mármore, escadarias e balaustradas, assoalhos de *parquet* e painéis de parede revestidos de seda; canhões, flâmulas, armaduras, bestas e outras armas antigas; camas, armários, divãs, mesas de refeitório, bufês, harpas; barricas cheias de cristais, prataria, baixelas de ouro, porcelana e louça; caixas de ornamentos de igreja, livros raros, caixinhas de rapé. White, homem vigoroso e agressivo, cabelos ruivos começando a branquear, cortados bem curtos, caminhava por entre os operários batendo-lhes nas costas com o guarda-chuva enrolado. Cuidado, idiotas! Gritava. Riis queria fazer perguntas. Moradia para os pobres era a sua reportagem. Mas teve uma visão da Europa se desmantelando, de velhas terras livrando-se de estorvos, do nascimento de uma nova estética na arte e na arquitetura européias. Ele era dinamarquês.

Naquela noite, White compareceu à estréia de *Mamzelle Champagne*, no terraço do Madison Square. Estava-se em princípios de junho e no final do mês anterior uma forte onda de calor começara a matar bebês em todos os cortiços. As construções brilhavam como fornalhas e seus habitantes não dispunham de água para beber. O tanque no fundo da escadaria estava seco. Pais corriam as ruas em busca de gelo. Tammany Hall fora destruído pelos reformadores, mas os exploradores continuavam a monopolizar o gelo e a vender lascas a preços exorbitantes. Travesseiros eram colocados nas calçadas. Famílias dormiam em patamares e portas. Cavalos tombavam e morriam nas ruas. O 24 Departamento Sanitário enviava carroças pela cidade para arrastar os animais que haviam morrido, mas o serviço não era eficiente. Cavalos explodiam devido ao calor. Os intestinos expostos fervilhavam de ratos. E nos becos dos bairros miseráveis, por sobre as roupas cinzentas que pendiam imóveis de cordas presas nos poços de ventilação, flutuava o cheiro de peixe frito.

4

Naquele calor de matar, os políticos dispostos à reeleição convidavam seus seguidores para passeios no campo. Em fins de julho, um candidato encabeçou uma parada pelas ruas do Quarto Distrito, ostentando uma gardênia na lapela. Uma banda tocava a marcha de Sousa. Os membros da Associação Beneficente do candidato seguiam a banda, e toda a procissão encaminhou-se para o rio, onde entrou a bordo do vapor *Grand Republic*, rumando para além de Long Island Sound, até Rye, Nova York, pouco depois de New Rochelle. O vapor, sobrecarregado com cerca de cinco mil homens, inclinava-se sensivelmente para estibordo. O sol estava quente. Os passageiros amontoavam-se nos conveses e contornavam a amurada, procurando um sopro de ar. A água parecia vidro. Em Rye, todo mundo desembarcou para novo desfile até o Pavilhão, e nas mesas de piquenique foi servida a tradicional sopa de peixe por um pequeno exército de garçons ostentando longos aventais brancos. A concha acústica estava decorada com ornamentos patrióticos fornecidos pela firma de Papai. Havia também estandartes com o nome do candidato escrito em dourado, e bandeirinhas americanas sobre varetas também douradas, *25* distribuídas como brinde em cada mesa. Os homens da Associação Beneficente passaram a tarde bebendo cerveja em barris, jogando beisebol e atirando ferraduras. Os prados de Rye ficaram pontilhados de gente cochilando na relva, sob seus chapelões. À noite, outra refeição foi servida ao som de uma banda militar. Em seguida, o ponto alto do entretenimento: um espetáculo pirotécnico. O Irmão Mais Novo de Mamãe compareceu para supervisionar pessoalmente este aspecto do evento. Gostava de planejar fogos de artifício. Era a única parte do trabalho que realmente o interessava. Foguetes subiam, explodindo na atmosfera elétrica da noite. Raios de calor coriscavam na praia. Uma grande roda de fogo parecia girar sobre as águas. Um perfil de mulher, qual nova constelação, gravou-se no firmamento noturno. Chuveiros de luz vermelha, branca e azul caíam como estrelas e novamente explodiam como bombas sobre o velho vapor flutuando na água. Todo mundo aplaudia. Quando os fogos terminaram, tochas foram acesas para iluminar o caminho até o cais. Na viagem de volta o antigo vapor inclinou-se para bombordo. Entre os passageiros encontrava-se o Irmão Mais Novo de Mamãe, que saltara com leveza a bordo, no último instante. Passando sobre homens adormecidos no convés, instalou-se na amurada à proa e ergueu a cabeça para a brisa que soprava sobre as águas negras. Voltando o olhar intenso para a escuridão da noite pensou em Evelyn.

Nessa época, Evelyn Nesbit ensaiava diariamente o depoimento que faria quando o marido fosse julgado pelo assassinato de Stanford White. Tinha não só que enfrentar Thaw nas visitas diárias à prisão de Tombs, onde fora encarcerado, como seus advogados, que eram vários, e a mãe dele, solene viúva de Pittsburgh que a desprezava; e ainda sua própria mãe, cujos ambiciosos sonhos de riqueza ela ultrapassara. A imprensa acompanhava-lhe todos os movimentos. Procurava viver discretamente num pequeno hotel residencial e tentava esquecer a visão de Stanford White com o rosto despedaçado. Fazia as refeições no quarto e decorava o seu papel. Deitava cedo, acreditando que o sono favorecesse o tom de sua pele. E entediava-se. Encomendou roupas à costureira. O ponto-chave da defesa de Harry K. Thaw seria a alegação de que ele ficara temporariamente enlouquecido ao saber que ela perdera a virgindade aos 15 anos. Era modelo de um artista e aspirava à carreira teatral. Stanford White convidou-a a ir ao seu apartamento na torre do Madison Square Garden e ofereceu-lhe champanhe. Ao champanhe estava misturada uma droga. Quando Evelyn despertou na manhã seguinte, o fulgor da masculinidade de White jazia sobre suas coxas como um glacé de confeiteiro.

Mas seria difícil persuadir o júri de que Harry K. Thaw ficara abalado somente por causa deste relato. Homem violento, passara a vida criando incidentes em restaurantes. Subia nas calçadas dirigindo automóveis. Sofria de tendências suicidas e certa vez consumira uma garrafa inteira de láudano. Guardava seringas em estojos de prata e injetava drogas em si mesmo. Tinha o hábito de contrair os punhos e bater nas têmporas. Era imperioso, possessivo e loucamente ciumento. Antes de se casarem, elaborara um plano segundo o qual Evelyn assinaria uma declaração juramentada, acusando Stanford White de espancá-la. Ela se recusou e contou a White. A jogada seguinte de Harry foi levá-la à Europa, onde poderia possuí-la sem se preocupar com a possibilidade de White reclamar sua vez quando ele houvesse terminado. A mãe dela acompanhou-os como dama de companhia. Embarcaram no *Kronprinzessin Cecile* e em Southampton Harry pagou-lhe para levar

Evelyn sozinha pelo restante da Europa. Eventualmente, chegaram a um antigo castelo no alto de uma montanha, na Áustria, alugado por Harry – Schloss Katzenstein. Na primeira noite no Schloss, arrancou-lhe o roupão, atirou-a na cama e açoitou-lhe as nádegas e as coxas com um chicote para cães. Seus gritos ecoaram pelos corredores e escadas de pedra. Os criados alemães escutaram em seus quartos, coraram, abriram garrafas de Goldwasser e copularam. Assustadoras marcas vermelhas desfiguraram a carne de Evelyn, que chorou e gemeu a noite inteira. Pela manhã, Harry voltou ao quarto dela, desta vez com uma correia de afiar navalha. Evelyn ficou de cama semanas inteiras. Durante a convalescença, ele a presenteou com slides tridimensionais da Floresta Negra e dos Alpes austríacos. Mostrou-se carinhoso ao fazer amor e cuidadoso com os locais doloridos. Contudo, Evelyn decidiu que o relacionamento ultrapassara o tácito entendimento e exigiu voltar para casa. Embarcou sozinha para a América no *Carmania*, pois a mãe já há muito regressara. Chegando a Nova York, procurou imediatamente Stanford White e contou-lhe o que havia acontecido, mostrando-lhe as marcas de uma laceração no interior da coxa direita. Oh, meu Deus, oh, meu Deus, fez Stanford White, beijando o local. Mostrou-lhe uma minúscula mancha amarela e roxa na nádega esquerda, no ponto em que se curvava em direção à fissura. Que coisa horrível, disse Stanford White. E beijou o local. Na manhã seguinte enviou-a a um advogado, que preparou uma declaração atestando o que acontecera no Schloss Katzenstein. Evelyn assinou-a. Agora, querida, quando Harry voltar, você lhe mostrará isto, disse Stanny White, com um amplo sorriso. Ela obedeceu às instruções. Harry K. Thaw leu a declaração, empalideceu e imediatamente pediu-a em casamento. Evelyn fazia parte apenas do coro, mas saíra-se tão bem como qualquer das garotas do Floradora.

E agora Harry se encontrava na prisão, exposto ao público. Sua cela ficava no corredor dos assassinos, a fileira mais elevada da sombria Tombs. Todas as noites os guardas levavam-lhe os jornais para que ele pudesse acompanhar seu time predileto, o Pittsburgh Nationals, e seu astro, Honus Wagner. Somente depois de ler sobre os jogos, interessava-se pelo que diziam a seu respeito. Lia todos os jornais – *World, Tribune, Times, Evening Post, Journal, Herald.* Quando terminava cada um, dobrava-o, encostava-se às grades e atirava-o por sobre o corrimão do passadiço do seu bloco, para que ele se espalhasse, caindo lentamente em folhas dispersas, percorrendo seis pavimentos, através do poço central, ao redor do qual se dispunham os blocos de celas. Seu comportamento fascinava os guardas, que raramente viam alguém daquela classe. Thaw não gostava muito da comida da prisão, por isso suas refeições eram trazidas do *Delmonico's.* Gostava de sentir-se limpo e entregavam-lhe também uma muda de roupa trazida todas as manhãs à porta da prisão por seu criado particular. Detestava negros; providenciaram então para que nenhum prisioneiro negro ficasse nas proximidades de sua cela. Thaw não era indiferente às gentilezas dos guardas e demonstrava sua gratidão, não discretamente, mas em estilo impecável, amassando e atirando notas de vinte dólares aos seus pés e dizendo-lhes que não passavam de suínos quando se abaixavam para pegar o dinheiro. Eles ficavam muito satisfeitos. Repórteres interrogavam-nos ao saírem de Tombs no final do turno. E todas as tardes, quando Evelyn chegava, muito fresca em sua blusa de gola alta e saia de linho pregueada, marido e mulher tinham permissão para caminhar de um lado para outro na Ponte dos Suspiros, o passadiço de ferro que ligava Tombs ao prédio do Tribunal de Justiça. Thaw andava meio inclinado, com um ar de pombo, como alguém que houvesse sofrido trauma cerebral. Tinha a boca larga e os olhos arregalados como os de um homossexual vitoriano. Viam-no às vezes gesticular com animação, enquanto Evelyn permanecia cabisbaixa, o rosto à sombra do chapéu. Às vezes ele pedia para utilizar a sala de consultas. O guarda que se postava junto à porta com vigia de vidro afirmava que Thaw chorava de vez em quando, ou então segurava a mão de Evelyn. Caminhava às vezes de um lado para outro, batendo com os punhos cerrados na testa, enquanto ela olhava pela janela gradeada. Certa vez Thaw exigiu de Evelyn provas de sua dedicação e tudo o que obteve foi uma felação. Repelido pelo ventre de Thaw, o chapelão de Evelyn, com sua copa de flores secas envoltas em tule, destacou-se lentamente do penteado. Mais tarde ele sacudiu a serragem do vestido dela e entregou-lhe algumas notas retiradas do seu clipe de dinheiro.

Evelyn dizia aos repórteres, que vinham ao seu encontro, à saída de Tombs, que seu marido, Harry K. Thaw, era inocente. O julgamento demonstrará que meu marido Harry K. Thaw é inocente, declarou um dia, ao entrar no ágil carrinho cedido por sua augusta sogra. O cocheiro cerrou a porta e no isolamento do veículo ela chorou. Sabia melhor do que ninguém até que ponto era inocente o marido. Concordara em depor a seu favor pela soma de duzentos mil dólares. E o preço para conceder o divórcio seria ainda mais alto. Passou os dedos pela forração do carro. As lágrimas secaram. Uma estranha e amarga exaltação penetrou-a, um frio sorriso interior de vitória. Fora criada brincando nas ruas de uma cidade mineira da Pensilvânia. Evelyn era a estátua que Stanny White colocara no alto da torre do Madison Square Garden, um maravilhoso nu em bronze, Diana puxando o arco, rosto voltado para o céu.

Por coincidência, foi a essa altura de nossa história que o rabugento romancista Theodore Dreiser sofreu profundamente com as críticas adversas e a pouca vendagem de seu primeiro livro, *Sister Carrie.* Dreiser estava desempregado, sem dinheiro e demasiado envergonhado para visitar quem quer que fosse. Alugando um quarto mobiliado no Brooklyn, passou a viver ali. E adquiriu a mania de sentar-se numa cadeira de madeira no meio do quarto. Certo dia concluiu que a cadeira estava voltada na direção errada. Levantando-se, ergueu-a com ambas as mãos e virou-a para a direita, a fim de alinhá-la corretamente. Por um instante julgou que estivesse bem alinhada, mas em seguida decidiu que não. E deu mais uma volta para a direita. Tentou sentar-se, mas achou que a cadeira continuava um tanto esquisita. Voltou-a novamente. E completou um círculo sem encontrar a posição correta. A claridade foi desaparecendo da suja vidraça do quarto alugado e Dreiser passou a noite inteira em círculos, procurando a posição correta.

5

O iminente julgamento de Thaw não era a única coisa que agitava Tombs. Dois guardas haviam elaborado nas horas livres novos grilhões para as pernas, alegando serem melhores que o equipamento padrão em uso. Para comprová-lo, desafiaram o próprio Houdini para um teste. O mágico chegou, certa manhã, ao gabinete do diretor de Tombs e foi fotografado apertando-lhe a mão entre dois guardas sorridentes, braços apoiados em seus ombros. Trocou piadas com os repórteres, distribuiu uma porção de entradas grátis e, segurando os grilhões sob a claridade, estudou-os cuidadosamente. E aceitou o desafio. Escaparia dos grilhões no espetáculo da noite seguinte, no Keith Hippodrome. Rodeado pela imprensa, Houdini propôs o desafio: ali e naquele momento se despiria, seria trancado numa cela, as roupas dobradas diante da porta; depois que todos saíssem ele conseguiria escapar da cela e surgiria completamente vestido no gabinete do diretor dentro de cinco minutos. O diretor hesitou. Houdini manifestou espanto. Afinal, ele, Houdini, aceitara o desafio dos guardas sem hesitar; o diretor não teria confiança em sua própria prisão? Os repórteres apoiaram-no. Sabendo o que os jornais fariam de sua recusa em concordar com o desafio, cedeu. Acreditava, de fato, que suas celas eram seguras. As paredes de seu gabinete eram verde-pálido. Na escrivaninha, viam-se fotos da mulher e da mãe. Uma caixa de charutos e uma garrafa de uísque escocês encontravam-se numa mesinha atrás da escrivaninha. Pegando o telefone novo, segurou o gancho com uma das mãos e o fone com a outra, olhando significativamente para os repórteres.

Pouco depois Houdini foi conduzido, completamente nu, pelos seis lances de escada até o corredor dos assassinos, no último pavimento da prisão. Havia menos prisioneiros naquele patamar e as celas eram consideradas à prova de fugas. Os guardas trancaram Houdini numa cela vazia e colocaram suas roupas numa pilha ordeira no passadiço, fora do seu alcance. Em seguida, acompanhados dos repórteres, retiraram-se, conforme fora combinado, voltando ao gabinete do diretor. Houdini carregava em diversos pontos de seu corpo pequenos arames de aço e pedaços de mola resistente. Desta vez, passando a palma da

mão pela sola do pé, extraiu de uma fenda no calo do calcanhar esquerdo um pedaço de metal com cerca de um
centímetro de largura e quatro de comprimento. Da espessa cabeleira retirou um pedaço de arame rijo, que ajustou à
volta do metal, formando um apoio. Introduzindo a mão
através das grades, inseriu a chave improvisada na fecha-
dura e girou-a lentamente em direção horária. A porta da
cela se abriu. Naquele instante, Houdini percebeu que do
outro lado daquele poço sombrio, a cela diretamente oposta estava iluminada e o prisioneiro fixava-o. Tinha o rosto
grande e achatado, nariz de suíno, boca larga e olhos que
lhe pareceram estranhamente abertos e brilhantes. Sua cabeleira crespa estava penteada para trás, revelando a linha
de cabelos em forma crescente. A Houdini, homem de
vaudeville, lembrou o rosto de um boneco de ventríloquo.
O prisioneiro estava sentado a uma mesa coberta de toalha
de linho e baixela, onde se viam os restos de uma farta refeição. Uma garrafa de champanhe vazia encontrava-se de
cabeça para baixo num balde de gelo. A enxerga de ferro
fora recoberta com uma colcha macia e diversas almofadas. Um móvel estilo Regência erguia-se contra a parede
de pedra. A instalação elétrica pendente do teto fora orna-
mentada com um abajur da Tiffany. Houdini não pôde deixar de arregalar os olhos. A cela do prisioneiro brilhava
como um palco na eterna penumbra da prisão. O prisioneiro levantou-se e acenou um gesto solene. Sua boca ampla ostentou um esboço de sorriso. Rápido, Houdini
começou a vestir-se. Primeiro as ceroulas, as calças, as
meias, ligas e sapatos. Do outro lado do poço, o prisioneiro
começou a despir-se. Houdini vestiu a camiseta, a camisa,
o colarinho, deu nó na gravata e ajustou o alfinete. Colocando no lugar os suspensórios, vestiu o casaco. O prisioneiro encontrava-se tão nu quanto Houdini estivera há   33

instantes e, aproximando-se da grade da sela, ergueu os braços de uma maneira chocante, atirou para a frente os quadris e balançou o pênis entre as grades. Houdini desceu correndo o passadiço, abriu aos tropeços a porta do bloco de celas e fechou-a às suas costas.

Houdini não relevaria a ninguém aquele estranho confronto. Passou pelos festejos de sua proeza na prisão com um ar quieto e até deprimido. Nem mesmo as filas nas bilheterias, resultantes das reportagens publicadas nos vespertinos, proporcionaram-lhe qualquer satisfação. Passaram-se dias até compreender que o grotesco imitador do corredor dos assassinos era Harry K. Thaw. As pessoas que não reagiam à sua arte perturbavam-no profundamente. Percebera que invariavelmente pertenciam às classes superiores. Conseguiam romper as aparências de sua vida e fazer com que se sentisse um tolo. Houdini possuía uma elevada ambição incipiente e todos os progressos da tecnologia deixavam-no inquieto. Nos acanhados limites de um palco podia criar maravilha e espanto. Entretanto, os homens começavam a voar em aeroplanos, ou a correr em automóveis a 95 km/h. Um homem como Roosevelt correra com os espanhóis em San Juan Hill e enviava agora uma frota de navios de guerra a percorrer o mundo inteiro, navios brancos como seus dentes. Os ricos sabiam o que era importante e olhavam-no como se olha uma criança ou um tolo. No entanto, seu treinamento feito por auto-imposição, sua fidelidade à perfeição refletiam um ideal americano. Mantinha-se esguio como um atleta. Não fumava nem bebia. Quilo por quilo, era tão forte como qualquer dos homens que enfrentara. Era capaz de enrijecer os músculos do estômago e com um sorriso convidar qualquer um para esmurrá-lo com o vigor que quisesse. Era extremamente musculoso e profissionalmente destemido. No entanto, para os ricos isso nada valia.

A novidade no espetáculo de Houdini era sua própria fuga de um cofre de escritório. Em seguida tornava a abri-lo, revelando, algemado, o assistente que estivera no palco há poucos momentos. Foi um grande sucesso. Uma noite, após o espetáculo, o agente de Houdini disse-lhe que fora chamado pela Sra. Stuyvesant Fish, da 78th Street, que desejava contratá-lo para uma festa particular. A Sra. Fish fazia parte do grupo dos quatrocentos e era famosa pelos seus ditos espirituosos. Certa vez organizou um baile em que todos tinham de falar como bebês. E estava organizando outro, em memória de seu amigo, o falecido Stanford White, arquiteto de sua casa. Planejara-a ao estilo de um palácio dos doges. Doge era o principal magistrado da república de Gênova ou Veneza. Não quero saber dessa gente, falou Houdini ao agente. Este comunicou à Sra. Fish, como lhe competia, que Houdini não estava disponível. Ela duplicou a oferta. O baile seria realizado numa noite de segunda-feira, o primeiro grande evento da estação. Por volta das nove horas, Houdini surgiu num Pierce Arrow alugado, seguido de um caminhão transportando o equipamento. Seus auxiliares entraram pela porta de serviço.

Sem que Houdini soubesse, a Sra. Stuyvesant Fish contratara também todos os artistas do circo Barnum e Bailey. Ela gostava de escandalizar os conservadores. Houdini foi conduzido a uma espécie de sala de espera, onde se viu rodeado por uma multidão de gente estranha, que tinha ouvido falar nele e desejava tocá-lo. Criaturas de epiderme escamosa e iridescente, com as mãos presas aos ombros, anões com vozes de telefone, irmãs siamesas voltadas para direções opostas, um homem que levantava pesos permanentemente ligados ao seu peito por meio de argolas. Houdini tirou a capa, a cartola e as luvas brancas, entregou-as a um assistente e deixou-se cair numa cadeira. Seus homens aguardavam instruções. Os circenses assediavam-no.

Mas a sala era muito bonita, com teto de madeira trabalhada e tapeçarias flamengas representando Acteon destroçado por cães.

No início de sua carreira, Houdini trabalhara num pequeno circo no oeste da Pensilvânia. Fez apelo ao espírito de grupo para recuperar a serenidade. Uma das anãs destacou-se e forçou os demais a recuarem alguns passos. Era a eminente Lavinia Warren, viúva do general Tom Thumb, o mais famosos de todos os anões. Lavinia Warren Thumb vestia um magnífico modelo que lhe fora entregue pela Sra. Fish; tratava-se de uma brincadeira. A Sra. William Astor usara modelo idêntico na primavera anterior. Lavinia estava penteada à maneira de Astor e ostentava cintilantes cópias das jóias da grande dama. Com quase 70 anos, tinha um porte cheio de dignidade. No dia de seu casamento, há cinqüenta anos, ela e o coronel Thumb foram recebidos na Casa Branca pelos Lincolns. Houdini sentiu vontade de chorar. Lavinia já não trabalhava no circo, mas para vir a Nova York deixara sua casa em Bridgeport, construção de madeira com rebordos trabalhados e uma pequena alameda, que lhe custava algum dinheiro para manter. Por isso aceitara o compromisso daquela noite. Morava em Bridgeport para ficar perto da sepultura do marido que morrera há muitos anos e fora perpetuado em pedra no alto de uma coluna monumental, no cemitério de Mountain Grove. Lavinia media 60 cm de altura. Chegava aos joelhos de Houdini. Sua voz tornara-se mais profunda com a idade e ela se expressava com as inflexões de uma jovem normal de 20 anos. Tinha olhos azuis cintilantes, cabelos prateados e minúsculas rugas na pele transparente. A Houdini, lembrou sua mãe. Vamos, rapaz, faça alguns truques para nós, pediu Lavinia.

Houdini entreteve o pessoal do circo com prestidigitação e alguns truques simples. Colocou na boca uma bola de bilhar, fechou-a, abriu-a e a bola havia desaparecido. Fechou novamente a boca e ao tornar a abri-la retirou a bola de bilhar. Enfiou no rosto uma agulha de costura comum e retirou-a pelo lado de dentro. Abrindo a mão, exibiu um pintinho vivo. Retirou da orelha uma fita de seda colorida. Os circenses ficaram encantados. Aplaudiram e riram. Quando achou que havia cumprido sua obrigação, Houdini levantou-se e disse ao agente que não daria espetáculo para a Sra. Stuyvesant Fish. Houve protestos. Houdini saiu furioso, porta afora. Um lustre de cristal ofuscou-lhe a vista. Encontrava-se no grande salão de baile do palácio dos doges. Uma orquestra de cordas tocava numa sacada. Longas cortinas vermelho-pálido emolduravam as janelas do clerestório e quatrocentas pessoas valsavam no piso de mármore. Protegendo a vista, notou que a própria Sra. Fish se aproximava, plumas seguras por jóias projetando-se dos cabelos em coque, fios de pérolas ondulando no pescoço, um gracejo esboçando-se nos lábios, como a espuma de um epilético.

Apesar de tais experiências, Houdini jamais chegou a ter o que consideramos percepção política. Era incapaz de raciocinar a partir de seus sentimentos magoados. Até o final permaneceria quase totalmente inconsciente da finalidade de sua carreira, do grande mapa revolucionário traçado por sua vida. Era judeu. Seu verdadeiro nome era Erich Weiss. Era apaixonado pela velha mãe, a quem instalara em sua casa de pedra da West 113th Street. Na verdade, Sigmund Freud acabava de chegar à América para fazer uma série de conferências na Universidade Clark, em Worcester, Massachusetts, de modo que Houdini destinava-se a ser, com Al Jolson, livre de vergonha, o último dos grandes amantes da própria mãe, movimento do século XIX que incluiu homens como Poe, John Brown,

Lincoln e James McNeije Whistler. Claro que a primeira recepção de Freud na América não foi promissora. Alguns alienistas profissionais compreendiam sua importância, mas para o público em geral não passava de uma espécie de sexólogo alemão, um expoente do amor livre, que usava grandes palavras para falar de coisas sujas. Uma década pelo menos transcorreria antes que Freud se vingasse, vendo suas idéias começarem a destruir para sempre o sexo na América.

6

Freud chegou a Nova York no *George Washington*, vapor de Lloyd. Vinha acompanhado de seus discípulos Jung e Ferenczi, alguns anos mais novos que ele. Foram recebidos no cais por dois outros freudianos jovens, os Drs. Ernest Jones e A. A. Brill. Todo o grupo jantou no terraço do Hammerstein, enfeitado por palmeiras anãs. Um duo de piano e violino tocava a *Rapsódia Húngara*, de Liszt. Todo mundo falava ao redor de Freud, lançando o olhar continuamente para ele, a fim de avaliar-lhe o humor. Freud comeu uma taça de creme de ovos. Brill e Jones assumiram o papel de anfitriões do visitante. Nos dias subseqüentes mostraram-lhe o Central Park, o Metropolitan Museum e Chinatown. Chineses de rosto felino fixaram-no do interior de lojas escuras, onde havia armários de vidro cheios de sementes de lichia. O grupo foi assistir a um dos filmes mudos tão populares nas lojas e cinemas baratos espalhados por toda a cidade. Uma fumaça branca emergia dos
38 canos dos rifles e homens de batom e ruge caíam para trás,

mãos crispadas ao peito. É silencioso, pelo menos, pensou Freud. O que mais o oprimia no Novo Mundo era o ruído. O terrível alarido de cavalos e carroças, os sons metálicos e agudos dos bondes, a buzina dos automóveis. Ao volante de um Marmon sem capota, Brill conduziu os freudianos por Manhattam. A certa altura, na Quinta Avenida, Freud teve a impressão de estar sendo observado e, erguendo a vista, deu com os olhos em crianças fixando-o do alto de um ônibus de dois andares.

Brill conduziu o grupo ao Lower East Side, com seus teatros iídiches, suas carrocinhas e trens elevados. O assustador comboio passava rugindo pelas janelas dos cortiços onde se esperava que pessoas morassem. As janelas estremeciam, os próprios prédios estremeciam. Freud precisou urinar e ninguém foi capaz de dizer onde havia um mictório público. Foram obrigados a entrar numa leiteria e pedir creme azedo com legumes para que Freud pudesse ir ao banheiro. Mais tarde, de volta ao carro, pararam numa esquina para observar o trabalho de um artista ambulante, um velho que, equipado apenas com tesoura e papel, fazia silhuetas em miniatura por alguns centavos. Posando para o retrato se encontrava uma jovem bela e bem-vestida. O excitável Ferenczi, disfarçando sua admiração pela beleza da mulher, declarou aos colegas que se sentia feliz por descobrir a antiga arte da silhueta florescendo nas ruas do Novo Mundo. Freud, mordendo a ponta do charuto, não fez comentários. O motor continuava ligado. Só o jovem Jung notou a menina de avental, de pé um tanto atrás da jovem e segurando-lhe a mão. Ela espreitou Jung e o jovem de cabeça raspada, que já vinha discordando em assuntos cruciais do seu querido mentor, olhou através das espessas lentes de seus óculos de aro metálico para a encantadora criança e sentiu o que identificou como um choque de 39 reconhecimento, embora no momento fosse incapaz de explicar a razão. Brill pisou na embreagem e o grupo continuou o passeio. Seu objetivo era Coney Island, muito distante da cidade. Chegaram no final da tarde e embrenharam-se imediatamente numa volta pelos três grandes parques de diversão, começando pelo Steeplechase, passando ao Dreamland e chegando finalmente, tarde da noite, às torres e domos contornados de lâmpadas elétricas do Luna Park. Os solenes visitantes andaram na montanha-russa e Freud e Jung tomaram um bote juntos para atravessar o Túnel do Amor. O dia só foi encerrado quando Freud se cansou e sofreu um dos desmaios que o acometiam ultimamente quando na presença de Jung. Dias depois, todo o grupo viajou para Worcester, a fim de assistir às conferências de Freud. Terminadas essas, o cientista foi persuadido a fazer uma expedição até a grande maravilha natural de Niagara Falls. Chegaram num dia nublado. Milhares de recém-casados observavam, aos pares, a grande queda d'água. Um vapor que lembrava chuva ao inverso erguia-se das cascatas. Num arame elevado, preso de uma margem à outra, um homem que lhes pareceu louco, em sapatilhas de balé e malha, caminhava, mantendo o equilíbrio graças a um guarda-sol. Freud meneou a cabeça. Mais tarde, o grupo dirigiu-se à Caverna dos Ventos. Ali, numa passarela abaixo do nível da terra, um guia afastou os demais com um gesto e tomou o cotovelo de Freud. O velho na frente, declarou. O grande doutor, com a idade de 53 anos, decidiu naquele instante que estava farto da América. Acompanhado dos discípulos, embarcou de volta à Alemanha, no *Kaiser Wilhelm der Grosse*. Não conseguira habituar-se à alimentação e à escassez de banheiros públicos na América e acreditava que a viagem arruinara-lhe estômago e bexiga. Toda a população parecia-lhe hiperativa, espalhafatosa e grosseira. A vulgar apropriação, em ampla escala, da arte e da arquitetura européias, sem levar em conta período ou país, era espantosa. Vira em nossa descuidada mistura de enorme riqueza e enorme pobreza o caos de uma entrópica civilização européia. Instalado em seu confortável estúdio de Viena, sentiu-se satisfeito por estar de volta. E disse a Ernest Jones: a América é um erro, um erro gigantesco.

Na época, muita gente por estas plagas estaria disposta a concordar com ele. Havia milhões de homens desempregados. Os que tinham a sorte de ter um emprego ousavam organizar sindicatos. Tribunais impunham-lhes proibições, a polícia agredia-os, os líderes eram presos e substituídos nos seus empregos. Um sindicato era uma afronta a Deus. O operário não seria protegido e atendido por agitadores das massas, declarou um homem rico, mas por cristãos a quem Deus, em Sua infinita sabedoria, entregara o controle da propriedade e os interesses do país. Se tudo o mais falhasse, as tropas seriam convocadas. Fábricas de armamentos erguiam-se em todas as cidades do país. Nas minas, um operário ganhava 1,60 dólar caso conseguisse extrair 3 toneladas de carvão. Morava nos barracos da companhia e comprava alimento nos armazéns também da companhia. Nas fazendas de tabaco, os negros colhiam folhas 13 horas por dia, ganhando 6 centavos a hora, fosse homem, mulher ou criança. As crianças não sofriam discriminação. Eram apreciadas onde quer que se empregassem. Não se queixavam, conforme era hábito entre os adultos. Os patrões gostavam de considerá-las entezinhos felizes. Caso surgisse problema a respeito do emprego de crianças, referia-se apenas a sua resistência física. Eram mais ágeis que os adultos, mas tendiam, nas últimas horas do dia, a perder certo grau de eficiência. Nas fábricas de enlatados e nas usinas, em geral era nesse período que perdiam os dedos, imprensavam as mãos, ou esmagavam as pernas; precisavam ser orientadas no sentido de permanecer alertas. Nas minas trabalhavam na triagem do carvão e eram às vezes sufocadas nas rampas; avisavam-nas então de que se mantivessem atentas. Uma centena de negros era linchada anualmente. Uma centena de mineiros era queimada viva. Uma centena de crianças era mutilada. Aparentemente havia quotas para tais coisas. Quotas para a morte pela fome. Havia também trustes de petróleo, trustes bancários, trustes de estrada de ferro, trustes da carne e truste do aço. Entrou em moda venerar o pobre. Em palácios de Nova York e Chicago organizavam-se bailes da pobreza e os convidados compareciam vestidos de andrajos, comiam em pratos de estanho e bebiam em canecas de esmalte descascado. Os salões eram decorados de modo a parecerem minas, com traves aparentes, trilhos e lanternas portáteis. Firmas de cenários teatrais eram contratadas para transformar jardins em sujas fazendas e salas de jantar em fábricas de algodão. Os convidados fumavam pontas de charuto oferecidas em bandejas de prata. Menestréis pintavam o rosto de preto. Uma anfitriã fez convites para um baile nas docas. Os convidados compareceram com longos aventais e cabeça coberta por gorro branco. Jantou-se e dançou-se sob as carcaças ensangüentadas dos bois, movimentadas ao redor da sala por meio de roldanas. Entranhas espalhavam-se pelo chão. Os lucros foram revertidos para obras de caridade.

7

Um dia, após uma visita a Tombs, Evelyn Nesbit olhou por acaso pela janela traseira do fiacre elétrico e reparou que, pela primeira vez em muitos dias, não era seguida por repórter algum. Em geral os repórteres de *Hearst* e *Pulitzer* acompanhavam-na aos magotes.

Cedendo a um impulso, mandou o motorista fazer a volta e seguir para o leste. Criado da mãe de Harry Thaw, o motorista permitiu-se um franzir de sobrancelhas. Evelyn não lhe deu atenção. O carro atravessou a cidade, o motor pulsando no calor da tarde. Era um Detroit Electric preto, com rijas rodas de borracha. Após algum tempo, Evelyn avistou pela janela os vendedores ambulantes e os carrinhos do Lower East Side.

Rostos morenos espreitavam o interior do fiacre. Homens de grandes bigodes sorriam com dentes de ouro. Operários sentavam-se no meio-fio sob o calor, abanando-se com o chapéu. Meninos de meias até os joelhos corriam acompanhando o carro e carregando enormes volumes nos ombros. Evelyn viu lojas com signos hebraicos nas vitrines e as letras pareceram-lhe um alinhamento de ossos. Viu as escadas de incêndio dos cortiços lembrando os pavimentos de blocos de celas. Cavalos arreados erguiam o pescoço curvado para fitá-la. Trapeiros lutavam com seus carrinhos de duas rodas, transportando imenso volume de sucata, mulheres vendiam pão tirado de cestas carregadas nos braços: todo mundo olhava. O motorista ficou nervoso. Vestia uniforme cinzento com calças de couro preto. Enveredou com o fiacre cintilante pelas ruas estreitas e sujas. Uma menina de avental e botas altas brincava na lama junto ao meio-fio. Uma meninazinha de cara suja. Pare o carro, *43* ordenou Evelyn. O motorista correu para abrir a porta. Evelyn saltou e ajoelhou-se. A menina tinha cabelos pretos e lisos, que se ajustavam à cabeça como um capacete. Sua pele era morena e os olhos tão castanhos que chegavam a ser pretos. Fitou Evelyn sem curiosidade. Era a criança mais linda que já vira. Havia um pedaço de fio atado ao seu pulso. Levantando-se, Evelyn acompanhou-o com o olhar e chegou até um velho com cara de louco, ostentando uma curta barba grisalha. O extremo do fio encontrava-se atado ao redor da cintura do velho, que vestia um casaco esfarrapado, com uma das mangas rasgadas. Usava também boné macio, colarinho e gravata. Estava na calçada, diante de um cartaz ostentando silhuetas presas com alfinete a uma cortina de veludo negro. Era o artista da silhueta. Munido apenas de uma tesourinha e um pouco de cola, retratava as pessoas cortando sua silhueta em papel branco e montando-a sobre fundo escuro. O conjunto, com a moldura, custava quinze centavos. Quinze centavos, minha senhora, disse o velho. Por que amarrou a criança com uma corda? Perguntou Evelyn. O velho observou-lhe o requinte, riu, meneou a cabeça e disse qualquer coisa consigo mesmo, em iídiche. E voltou-lhe as costas. Uma multidão reunira-se ao redor do carro parado. Um operário alto adiantou-se e, tirando respeitosamente o chapéu, traduziu para Evelyn o que o velho dissera: Para que a menina não me seja roubada. Evelyn teve a impressão de que o tradutor fora, de certo modo, um diplomata. O velho artista ria amargamente e, erguendo o queixo na sua direção, fazia evidentes comentários a seu respeito. Diz que a rica senhora talvez não saiba que nos cortiços as meninas são roubadas diariamente aos pais e vendidas como escravas. Evelyn sentiu-se chocada. Esta criança não pode ter mais de 10 anos, falou.

O velho pôs-se a gritar e a apontar um prédio do outro

lado da rua. Voltando-se, indicou o da esquina e, voltando-se ainda uma vez, apontou o da outra esquina. Desculpe, senhora, disse o operário alto, porém, mulheres casadas, crianças, qualquer pessoa em quem ponham as mãos, são violentadas e, envergonhadas, elas se entregam à vadiagem. Casas desta mesma rua são usadas para esse fim. Onde estão os pais da menina? Quis saber Evelyn. O velho falava agora para a multidão, batendo no peito e agitando o dedo no ar. Uma mulher de xale preto meneou a cabeça e gemeu, em apoio. O velho tirou o boné e puxou os cabelos. Até o operário alto esqueceu de traduzir, tão comovido estava com a narrativa. Perdão, senhora, disse finalmente, mas este homem é o pai da criança. E apontou para a manga rasgada do artista. Sua mulher, para dar-lhes de comer, ofereceu o próprio corpo e ele a expulsou de casa, pranteando-a como se pranteiam os mortos. Seus cabelos ficaram brancos no mês passado. Ele tem 32 anos de idade.

O velho, chorando e mordendo o lábio, voltou-se para Evelyn e notou que também ela se comovera. Por um instante todos os que se encontravam naquela esquina partilharam-lhe a desgraça – Evelyn, o motorista, o operário, a mulher de xale preto, os curiosos. Então, uma pessoa se afastou. Depois outra. A multidão dispersou-se. Evelyn aproximou-se da criança que continuava sentada no meio-fio. Ajoelhou-se, olhos marejados, fixou a menina de olhos secos. Ei, querida, falou.

Assim teve início a preocupação de Evelyn Nesbit com o envelhecido artista de 32 anos e sua filha. O homem tinha um comprido nome judaico, que ela não conseguiu pronunciar, de modo que decidiu-se a chamá-lo de Tateh, como fazia a menina. Tateh era presidente da Aliança dos Artistas Socialistas, do Lower East Side. Era um homem 45 orgulhoso. Evelyn percebeu que a única maneira de entrar em contato com ele seria pedir-lhe que fizesse sua silhueta. No decurso de duas semanas, o velho executou cento e quarenta retratos de Evelyn. Após cada uma, ela lhe entregava quinze centavos. Exigia às vezes o retrato da menina. Tateh executou uns noventa, demorando-se mais com eles. Em seguida, Evelyn pediu retratos dela e da menina, juntas. Ao ouvir o pedido, o velho fitou-a diretamente nos olhos e um terrível julgamento hebraico cintilou-lhe nas pupilas. Contudo, fez o que lhe pedia. Com o passar do tempo tornou-se evidente que, embora as pessoas se detivessem para observar o velho trabalhando, bem poucas encomendavam-lhe o retrato. Ele começou a criar silhuetas cada vez mais complicadas, figuras inteiras, fundos, de Evelyn e da meninazinha, de um cavalo de carroceiro arrastando-se de passagem, cinco homens de colarinho alto, sentados num carro aberto. Com a tesoura sugeria não apenas os contornos, mas texturas, humores, caráter, desespero. A maioria dessas silhuetas se encontra hoje em coleções particulares. Evelyn comparecia quase diariamente e permanecia o maior tempo possível. Vestia-se com discrição para não se tornar conspícua. Imitando um hábito dos Thaw pagava grandes somas ao motorista para garantir-lhe o silêncio. Colunistas de fofocas começaram a deduzir, por causa de seus desaparecimentos, que Evelyn andava envolvida em ligações imprudentes, e seu nome foi ligado ao de dezenas de homens de toda a cidade. Quanto menos a viam, mais difamatórios eram as fofocas. Ela não se importava. Esgueirava-se ao encontro de seu novo interesse afetivo no Lower East Side, com um xale na cabeça e um suéter preto roído de traças por cima da blusa, roupas que o motorista guardava sob o tapete do carro. Dirigia-se à esquina de Tateh, posava para o retrato e regozijava-se com o olhar na menina presa ao extremo da corda de estender roupa. Estava apaixonada. A essa altura não houvera homem em sua vida além do marido louco, Harry K. Thaw. A menos que levasse em conta seu admirador secreto, o rapaz de maçãs do rosto salientes e bigodes louros, que a seguia por toda parte. Vira-o pela primeira vez na esquina de Tateh, do outro lado da rua, desviando a vista quando ela o desafiava com o olhar. Sabia que sua sogra contratara detetives particulares, mas achou que ele era demasiado tímido para um detetive. Descobrira onde ela morava e conhecia sua rotina diária, mas nunca se aproximava. Evelyn não se sentia intimidada por aquela atenção, e sim protegida. Intuitivamente percebia-lhe a admiração como um aprofundamento de sua própria respiração. À noite sonhava com a menina, despertava, pensava nela. Planos de futuro cintilavam-lhe na mente como fogos de artifício, desaparecendo rápido. Andava ansiosa, tensa, alerta, inexplicavelmente feliz. Prestaria depoimento a favor do marido e se sairia bem. Mas esperava que o considerassem culpado e ele fosse trancafiado pelo resto da vida.

A menina de avental segurava-lhe a mão, mas não lhe dirigia palavra. Mesmo a Tateh, mal falava. Tateh dizia que ninguém pranteia como uma criança, nem mesmo um amante. Evelyn percebia que o orgulho do velho a teria afastado há muito se ele não houvesse percebido que as atenções para com a menina eram benéficas. Um dia, Evelyn chegou para ser retratada e não encontrou nem o velho, nem a filha. Felizmente descobrira onde moravam, na Hester Street, por cima dos banhos públicos, e para lá se dirigiu depressa, não ousando prever o que acontecera. A Hester Street era um mercado fervilhante de mascates, que vendiam legumes, frutas, galinhas e pães, transportados em carrinhos alinhados junto às calçadas. Estas viviam apinhadas *47* de compradores; latas de lixo transbordantes erguiam-se em fila à entrada de todas as casas. Roupa de cama pendia das escadas de incêndio. Evelyn subiu correndo um lance de escadas de ferro, penetrando num corredor inacreditavelmente malcheiroso. Tateh e a menina moravam no último andar, em duas pequenas peças nos fundos. Bateu à porta. Tornou a bater. Instantes depois, uma fresta se abriu, revelando uma tranca de corrente. Que aconteceu? perguntou Evelyn. Deixe-me entrar.

Tateh ficou escandalizado com a visita. Estava apenas de camisa, calças presas por suspensórios e chinelos. Insistiu em que a porta da frente ficasse aberta, apesar da corrente de ar que soprava do poço da escada, e vestiu rápido casaco e sapatos. Arrumou apressado a cama, atirando sobre ela uma colcha vivamente colorida. A menina se achava deitada numa cama de metal no outro quarto. Estava doente, com febre. As duas peças eram iluminadas à vela. O quarto, embora tivesse janela, encontrava-se quase tão às escuras como a sala da frente. A janela dava para um respiradouro. Todo o apartamento não seria maior que um closet para roupas. Contudo, quando os olhos de Evelyn se habituaram à escuridão, ela percebeu que tudo estava escrupulosamente limpo. Sua chegada provocara tempestuosa consternação no velho artista, que caminhava de um lado para outro à luz da vela, sem saber o que fazer. Em sua agitação fumou um cigarro, segurando-o entre o polegar e o indicador, a palma da mão voltada para cima, à maneira européia. Eu ficarei com a menina enquanto vai trabalhar, insistiu Evelyn. O velho finalmente concordou, ainda que apenas para evitar a terrível tensão de sua presença na casa. Saiu porta afora, carregando a armação com as cortinas de veludo negro dobradas sobre o braço e a caixa de madeira contendo o material, como se fosse um estojo.

Evelyn fechou a porta. Olhou através do vidro da cristaleira as poucas xícaras e pratos de louça lascada. Examinou a roupa de cama nas gavetas, a mesa de carvalho e as cadeiras onde a família fazia as refeições. Havia uma pilha de calças inacabadas sobre uma máquina de costura, à janela do quarto. A máquina tinha pedal de ferro trabalhado. A vidraça brilhava ao reflexo da vela. O cobre da caminha estreita brilhava também. Evelyn sentiu afinidade com a mãe que partira. A menina fitou-a, mergulhada nos travesseiros, e não sorriu nem disse coisa alguma. Evelyn despiu o xale, a velha suéter e colocou-os numa cadeira. Num caixote junto à cama, à guisa de mesa de cabeceira, encontrou uma pilha de livros em iídiche. Havia também volumes em inglês sobre socialismo e panfletos em cujas capas operários de braços vigorosamente unidos marchavam para a frente. Nenhum deles lembrava o frágil Tateh de cabelos brancos. Não havia espelhos nas paredes, nem fotografias da família em parte alguma, nada da esposa e mãe desaparecida. Evelyn encontrou uma tina de metal galvanizado na sala da frente e, tomando um balde, desceu a escada e recolheu água na pia do térreo. Aquecendo a água no fogareiro a carvão da sala, entrou no quarto com a tina, o balde e uma toalha fina e engomada. A meninazinha agarrou-se às cobertas. Evelyn afastou-as com suavidade, sentou na borda da cama, tirou-lhe a camisola, sentindo-se como ao sol, sob a cálida exalação daquele jovem corpo. Venha, entre um instante na tina, convidou. E, ajoelhando-se diante da menina, banhou-a com a água quente, recolhendo-a com as mãos em concha, e com elas acariciando a criança, uma e outra vez, cobrindo-lhe os ombros morenos, os mamilos em flor, o rosto, as costas macias, as coxas finas, a suave curva do estômago, a sua feminilidade. A água escorria do jovem corpo febril, caindo como chuva na tina, *49* enquanto Evelyn banhava-a com as mãos. Depois, com a toalha dobrada em quadrados, enxugou a menina com pancadinhas e vestiu-lhe uma camisola limpa que encontrara numa gaveta – camisola ampla, de algodão fino, grande demais, tão engraçada que a menina riu. Evelyn alisou os lençóis, afofou os travesseiros e quando a instalou novamente na cama, tocou-lhe a testa e sentiu-a mais fresca. Os olhos escuros brilharam na penumbra. Evelyn penteou-lhe o cabelo preto e tocou-lhe o rosto, quando se inclinou sobre ela, os braços da menina envolveram-lhe o pescoço, e ela beijou-a nos lábios.

Foi nesse dia que Evelyn Nesbit pensou em seqüestrar a criança e deixar Tateh entregue à sua própria sorte. O velho artista nunca lhe perguntara o nome e nada sabia a seu respeito. Era algo que podia ser feito. Em vez disso, mergulhou na vida da família com redobrado esforço, levando alimento, roupa de cama, o que quer que conseguisse passar pelo orgulho atormentado do velho. Estava louca para integrar a família. Forçava Tateh a conversar com ela e aprendeu com a menina a costurar as calças que desciam até os joelhos. Durante horas, todos os dias e noites, vivia como uma mulher dos cortiços judeus e era levada para casa pelo motorista dos Thaw, que a esperava num local combinado, a alguns quarteirões de distância, em eterna angústia. Evelyn estava tão desesperadamente apaixonada que já não conseguia enxergar com clareza. Sentia algo nos olhos, pestanejava constantemente, como se quisesse desanuviar a vista. Olhava tudo através das lágrimas. Sua voz tornou-se rouca porque a garganta se achava banhada no pranto incontido e contínuo de sua felicidade.

8

Certo dia, Tateh convidou-a para uma reunião que a Aliança dos Artistas Socialistas do Lower East Side patrocinava em conjunto com sete outras organizações. Era um acontecimento importante. A oradora seria nada menos que Emma Goldman. Tateh explicou cautelosamente que, embora se opusesse invariavelmente a Goldman, sendo ela anarquista e ele socialista, tinha grande respeito por sua coragem e integridade pessoal; concordara, portanto, em que uma espécie de trégua provisória entre socialistas e anarquistas seria aconselhável, nem que fosse apenas por uma noite, porque os fundos recolhidos na ocasião se destinariam a sustentar os alfaiates em greve, os operários das usinas de aço de McKeesport, Pensilvânia, também em greve, e o anarquista Francisco Ferrer, que seria condenado e executado pelo governo espanhol por fomentar uma greve geral na Espanha. Em cinco minutos, Evelyn estava imersa na envolvente lingüística do idealismo radical. Não ousava confessar a Tateh que seria incapaz de distinguir socialismo de anarquismo, ou que estava apavorada com a idéia de conhecer a notória Emma Goldman. Cobrindo a cabeça com o xale e segurando com força a mão da menina, caminhou atrás de Tateh, que enveredou para o norte, rumo ao Salão dos Operários, na East 14th Street. Mas a certa altura, voltou-se para verificar se seu tímido admirador a seguia e deu com ele a meio quarteirão, o rosto magro escondido sob a aba do chapéu de palha.

O assunto da conferência de Emma Goldman era o grande dramaturgo Ibsen, em cuja obra, afirmou, jaziam todos os instrumentos para uma radical dissecação da sociedade. Não era uma mulher que impressionasse pelo físico, pois era baixinha, cintura larga, rosto masculino, de queixo saliente. Usava óculos de aros de tartaruga, que lhe ampliavam os olhos, sugerindo seu permanente ultraje diante das cenas que presenciava. Possuía imensa vitalidade e voz vibrante, e Evelyn, depois de experimentar alívio ao descobrir que Goldman não passava de uma mulher, bastante diminuta aliás, sentiu-se arrebatada pela oratória de idéias vigorosas que a exaltou como um vendaval. No calor e constante vibração que emanavam do público, deixou que o xale caísse sobre os ombros. Devia haver uma centena de pessoas presentes, sentadas em bancos, ou de pé, ao longo das paredes, enquanto Goldman falava instalada a uma mesa no extremo da sala. O departamento de polícia colocara ostensivamente seus homens nas portas, e a certa altura um sargento tentou interromper a conferência, alegando que Emma, segundo fora divulgado, falaria sobre drama, e em vez disso discorria sobre Ibsen. Vaias e assobios expulsaram-no do salão. Goldman, porém, não riu, sabendo por experiência o que inevitavelmente faria um policial embaraçado. Falava com mais rapidez, olhar percorrendo sem cessar o público e pousando repetidamente no rosto de alabastro de Evelyn Nesbit, sentada entre Tateh e a menina, na primeira fila da direita, lugar de honra que cabia à posição de Tateh como presidente da Aliança dos Artistas Socialistas. Amem com liberdade! Gritou Goldman. Aquelas que, como a Sra. Alving, pagaram com sangue e lágrimas o seu despertar espiritual, repudiam o casamento como uma imposição, uma comédia vazia. Alguns entre o público, Tateh inclusive, gritaram Não! Não! Camaradas e irmãos, disse Goldman, podem os socialistas ignorar a dupla escravização de metade da raça humana? Julgam que a sociedade que explora o seu trabalho não está interessada na maneira como exige que vivam com uma mulher? Não em liberdade, mas na servidão? Todos os reformadores falam hoje no problema da escravatura branca. Mas se a escravatura branca é um problema, por que não é um problema o casamento? Não existirá conexão entre a instituição do matrimônio e a instituição do bordel? Ao ouvir a palavra, gritos de Vergonha! Vergonha! Encheram a sala. Tateh cobriu com as mãos os ouvidos da filha e encostou-lhe a cabeça no peito. Um homem levantou-se e protestou. Goldman ergueu a mão, pedindo silêncio. Camaradas, discordemos, é claro, mas sem perder o decoro, a ponto de dar à polícia uma desculpa para nos interromper. De fato, os que se voltaram nos bancos viram uma dúzia de policiais na multidão que se aglomerava às portas. Goldman prosseguiu rápido: a verdade é que as mulheres não podem votar, não podem amar a quem desejam, não podem desenvolver a mente e o espírito, não podem empenhar suas vidas na aventura espiritual da existência, camaradas, não podem! E por quê? Nosso gênio situa-se apenas no ventre? Não podemos escrever livros e gerar saber erudito, executar música e proporcionar modelos filosóficos para o progresso da humanidade? Será sempre físico o nosso destino? Encontra-se entre nós esta noite uma das mais brilhantes mulheres da América, forçada pela sociedade capitalista a exercer seu gênio na prática da atração sexual – e ela o fez, camaradas, ao ponto em que um Pierpont Morgan e um John D. Rockefeller poderiam invejá-la. Seu nome provoca escândalo e os nomes deles são pronunciados com reverência e respeito pelos servis legisladores desta sociedade. Evelyn sentiu um calafrio. Queria colocar o xale na cabeça, mas teve medo de chamar a atenção sobre si. Permaneceu imóvel, olhos fixos nas mãos cruzadas ao colo. A mulher tivera, pelo menos, a gentileza de não olhar na sua direção ao falar. Pessoas entre o público começaram a virar a cabeça, 53 tentando localizar o objeto das observações de Goldman, mas sua atenção foi desviada por um grito que partiu dos fundos da sala. Uma falange de casacos azuis irrompeu portas adentro. Ouviu-se outro grito. E de repente na sala estabeleceu-se um pandemônio. A típica conclusão de um discurso de Emma Goldman. Policiais precipitaram-se pela passagem do centro. A anarquista continuou calmamente de pé à mesa, guardando suas notas numa maleta. Evelyn Nesbit sentiu que Tateh a fixava e voltou-se para enfrentar o ardor do seu julgamento. Ele a fitava com o mesmo olhar que dirigia a uma barata antes de pisá-la. Em seguida, o rosto envelhecido desfez-se noutro, mais complexo, tecido de rugas e vincos, todo o ser preparado para a idade que antecipa a morte. Os olhos, das profundezas de seu velho crânio, traduziram para ela o murmúrio em iídiche que lhe aflorou aos lábios rachados: Minha vida foi conspurcada por prostitutas, foi o que disse. E, agarrando a mão da menina de avental, desapareceu na multidão.

Evelyn deixou-se ficar imóvel, vendo-os se afastar. Parecia que a luz lhe fugia dos olhos. Estendeu a mão em busca de apoio. Uma voz já familiar murmurou-lhe ao ouvido: Venha comigo por aqui. E seu braço foi segurado pela própria Goldman. Era uma pressão de ferro. A conferencista conduziu-a por uma portinhola atrás da mesa e pouco antes que ela se fechasse, Evelyn, emitindo um débil lamento, olhou para trás e viu seu louro e tímido admirador lutando furiosamente para abrir caminho naquela direção. Tenho prática nessas coisas, disse Emma Goldman, conduzindo-a por uma escada às escuras. Era uma noite como outra qualquer. As escadas saíam numa rua lateral do salão de reuniões. Um veículo da polícia passou tocando a sineta e virou a esquina. Venha, disse

Emma Goldman, tomando-lhe o braço e caminhando rapidamente na direção oposta.

Quando o Irmão Mais Novo de Mamãe chegou à rua conseguiu avistar apenas duas silhuetas femininas passando sob um lampião, dois quarteirões adiante. Correu-lhes no encalço. A noite estava fresca. O suor que lhe cobria o pescoço gelou-o. Uma brisa agitou-lhe as calças de boca larga. Chegou a meio quarteirão das duas mulheres e seguiu-as por alguns minutos, mantendo distância. Subitamente, voltaram-se e subiram os degraus de pedra de uma casa. Ele saiu correndo e, ao chegar à porta, viu que se tratava de uma pensão. Entrou e subiu silenciosamente a escada, sem saber em que quarto procurar, mas certo de que o encontraria, fosse como fosse. No segundo pavimento recuou para o recesso de uma porta mergulhada na sombra. Goldman, carregando uma bacia, passou a caminho do banheiro. Ouviu o ruído de água corrente e encontrou aberta a porta do quarto. Era uma peça pequena e, espreitando pela fresta, ele viu Evelyn Nesbit sentada na cama, rosto entre as mãos. Soluços sacudiam-lhe o corpo. As paredes eram recobertas de papel lilás desbotado. Uma lâmpada elétrica de cabeceira proporcionava a única iluminação. Ouvindo Goldman voltar, o Irmão Mais Novo entrou silenciosamente no quarto e esgueirou-se para o interior de um armário, cuja porta deixou entreaberta.

Goldman colocou a bacia cheia d'água na mesinha de cabeceira e sacudiu uma fina toalha engomada. Pobre menina, disse, pobre menina. Deixe que eu a refresque um pouco. Sou enfermeira, sabe? É assim que me sustento. Acompanhei seu caso pelos jornais. Desde o começo eu a admirei. Não podia compreender por quê. Desfez os laços da bota de Evelyn e descalçou-a. Não quer se deitar? Assim. Evelyn recostou-se nos travesseiros, esfregando os olhos com as costas das mãos e aceitou a toalha oferecida por Goldman. Oh, detesto chorar, disse. Quando choro fico feia. E chorou na toalha. Afinal, prosseguiu Goldman, você nada mais é do que uma prostituta inteligente. Aceitou as condições em que se viu e triunfou. Mas, que espécie de vitória é essa? A vitória da prostituta. E quais foram as consolações? As do cinismo, do desprezo, do desprezo pelo gênero masculino. Por que sentiria um elo tão estreito com essa mulher, pensei comigo? Afinal, jamais aceitei a escravidão. Tenho sido livre. Toda a vida combati para ser livre. E nunca levei para a cama um homem a quem não amasse, um homem a quem não aceitasse no amor como um ser humano livre, meu igual, dando e aceitando em iguais porções amor e liberdade. É provável que tenha dormido com mais homens que você. Aposto que ficaria escandalizada se soubesse como fui livre, com que liberdade vivi a minha vida. Porque, como todas as prostitutas, você dá valor à propriedade. É um produto do capitalismo, cuja ética é tão absolutamente corrupta e hipócrita que sua beleza não passa da beleza do ouro, isto é, falsa, fria e inútil.

Nada conteria mais rápido as lágrimas de Evelyn. Descobrindo o rosto, fixou a pequena anarquista, que caminhava de um lado para outro, diante da cama, enquanto falava. Então, por que sentiria elos tão fortes entre nós? Você é a personificação de tudo o que lamento e abomino. Quando a vi na minha conferência dispus-me a aceitar a regra mística de toda experiência. Você veio porque, segundo as leis que regem o universo, sua vida estava destinada a entrar em contato com a minha. Através do vil abismo de sua existência, o coração orientou-a para o movimento anarquista.

Nesbit meneou a cabeça. Você não compreende, falou.
Lágrimas voltaram a marejar-lhe os olhos. E contou a

Goldman a história da menina do avental. Falou de Tateh e de sua vida secreta nos cortiços. E agora eu os perdi. Perdi a minha garotinha. Chorou amargamente. Goldman sentou-se na cadeira de balanço ao lado da cama, mãos apoiadas nos joelhos, e inclinou-se para Evelyn Nesbit. Muito bem, se eu não a tivesse apontado, Tateh não teria fugido. E daí? Não se preocupe. A verdade é melhor do que mentiras. Quando tornar a encontrá-los poderá enfrentá-los com sinceridade, como a pessoa que realmente é. E se não os encontrar, talvez seja melhor assim. Quem saberá quais os instrumentos e quais as pessoas? Quem de nós é causa e vive nos outros para causar, e quem de nós se destina a assim viver? Isto é exatamente o que venho dizendo. Sabe que em certa época de minha vida andei pelas ruas a fim de vender meu corpo? Você é a primeira pessoa a quem conto isto. Felizmente, perceberam minha inexperiência e me mandaram para casa. Foi na 14th Street. Procurei assumir a aparência de uma prostituta e não enganei ninguém. Não creio que o nome Alexander Berkman signifique algo para você. Evelyn meneou a cabeça. Quando Berkman e eu tínhamos 20 anos fomos amantes e companheiros de revolução. Houve uma greve em Pittsburgh, na usina de aço do Sr. Carnegie. E o Sr. Carnegie resolveu acabar com o sindicato. Então partiu em férias para a Europa e deus ordens ao seu principal bajulador, aquele infame Henry Clay Frick, para encarregar-se do assunto. Frick importou um exército de Pinkertons. Os operários estavam em greve de protesto contra uma redução salarial. A fábrica fica situada junto ao Rio Monongahela e Frick desembarcou seus Pinkertons pelo rio, na usina. Houve uma batalha acirrada. Uma guerra. Quando terminou havia dez mortos e dezenas de feridos. Os Pinkertons foram expulsos. Assim, Frick conseguiu acionar o governo a seu favor e a milícia do estado cercou 57 os operários. A essa altura Berkman e eu decidimos realizar o nosso atentado. Incentivaríamos os operários sitiados. Revolucionaríamos a luta. Mataríamos Frick. Mas estávamos em Nova York e sem dinheiro. Precisávamos de dinheiro para as passagens de trem e uma arma. Foi quando vesti roupa de baixo bordada e resolvi andar pela 14th Street. Um velho deu-me dez dólares e mandou-me para casa. Pedi o que faltava emprestado. Mais eu teria feito aquilo se fosse preciso. Era pelo atentado. Era por Berkman e pela revolução. Abracei-o na estação. Ele planejava matar Frick e suicidar-se durante o julgamento. Corri atrás do trem que se afastava. Só tínhamos dinheiro para uma passagem. Ele disse que bastava um para a tarefa. Invadiu o escritório de Frick em Pittsburgh e disparou três vezes no miserável. No pescoço, no ombro. Frick perdeu muito sangue e desmaiou. Homens entraram correndo. Tomaram a arma. Berkman levava um punhal e golpeou Frick na perna. Tomaram-lhe o punhal. Colocou algo na boca. Imobilizaram-no no chão, forçando-o a abrir os maxilares. Era uma cápsula de fulminato de mercúrio. Bastava mordê-la e toda a sala iria pelos ares, com os que ali se encontravam. Seguraram-lhe a cabeça e retiraram a cápsula, espancando-o até deixá-lo inconsciente.

Evelyn sentou-se na cama, encostando os joelhos ao peito. Goldman fixava o assoalho. Ficou na prisão 18 anos, disse ela, muitos na solitária, numa masmorra. Visitei-o uma vez. Não suportei visitá-lo nunca mais. E aquele miserável do Frick sobreviveu, tornando-se um herói para a imprensa, o público voltou-se contra os operários e a greve foi rompida. Dizia-se que atrasamos o movimento trabalhista uns quarenta anos. Havia outro anarquista, Most, homem mais velho, a quem eu venerava. Denunciou Berkman e a mim pelos jornais. Quando o encontrei numa reunião, vinha preparada. Comprara um chicote e açoitei-o diante de todos. Em seguida, despedacei o chicote e atirei-lhe os fragmentos ao rosto. Berkman só saiu da prisão no ano passado. Perdeu o cabelo. Tem a cor de um pergaminho. Meu querido rapaz caminha todo curvo. Seus olhos parecem poços de carvão. Somos apenas amigos agora. Nossos corações já não pulsam em uníssono. O que ele suportou naquela prisão, posso imaginar. Viver na escuridão, na umidade, amarrado, deitado no próprio excremento. Evelyn fez um gesto na direção da mulher e Goldman tomou-lhe a mão e apertou-a com força. Nós duas sabemos, não é, o que significa ter um homem na prisão. Entreolharam-se. Houve um curto silêncio. Claro que seu homem é um pervertido, um parasita, um sanguessuga, um desprezível sibarita, disse Goldman. Evelyn riu. Um porco louco, com a mentalidade distorcida e restrita de um suíno, prosseguiu Goldman. A essa altura riram as duas. Sim, eu o odeio, gritou Evelyn. Goldman tornou-se pensativa. Mas há pontos de contato, está vendo? Nossas vidas têm pontos em comum, nossos espíritos se encontram como duas notas harmônicas e no conjunto do destino humano somos irmãs. Você compreende, Evelyn Nesbit? Ela levantou e acariciou o rosto de Nesbit. Você percebe, minha bela menina?

Enquanto falava, os olhos de Goldman registravam algo na posição de Evelyn. Está usando espartilho? Perguntou. Evelyn fez que sim. Devia envergonhar-se de si mesma. Olhe para mim. Mesmo com este corpo não uso nada por baixo. Minhas roupas são todas largas e livres. Dou ao meu corpo liberdade para ser e respirar. É a isso que me refiro: você é uma criatura formada do jeito deles. Tem tanta necessidade de espartilho como uma ninfa dos bosques. Pegou as mãos de Nesbit e fez com que se sentasse na beira da cama. Apalpou-lhe a cintura. Meu Deus, espartilhos duros como aço. Sua cintura está mais apertada que os cordões de uma bolsa. Levante-se. Evelyn levantou-se, obediente, e Goldman, com a habilidade de uma enfermeira, desabotoou-lhe a blusa e despiu-a. Em seguida abriu os colchetes da saia e mandou que Evelyn a tirasse. Desamarrou os cordões da anágua e despiu-a. Evelyn usava uma leve cinta ao redor da cintura. A parte de cima erguia-lhe o busto. A inferior era presa por tiras que passavam por entre as pernas. A cinta era atada às costas por cordões. É uma ironia que a considerem nos lares de toda a América uma mulher desavergonhada, licenciosa, disse Goldman puxando os laços dos ganchos, afrouxando a cinta e retirando-a pelas pernas. Tire isto, falou. Evelyn obedeceu. A camisa interior permaneceu pregada ao corpo na forma de um espartilho. Respire, ordenou Goldman. Levante os braços, estenda as pernas e respire. Evelyn obedeceu. Goldman puxou a camisa e despiu-a pela cabeça. Em seguida, ajoelhando-se, tirou as calças enfeitadas de renda que Evelyn usava. Saia, ordenou. Evelyn obedeceu. Estava nua à luz do lampião, exceto pelas meias pretas de algodão bordado, presas por ligas à altura das coxas. Passou os braços sobre os seios. Goldman levantou-se e forçou-a a girar lentamente, inspecionando-a, cenho franzido. Veja isso. É surpreendente que você tenha alguma circulação. Marcas dos espartilhos corriam, verticais como lanhos, ao redor dos quadris da moça. A marca das ligas era evidente nas linhas vermelhas que lhe rodeavam o alto das coxas. As mulheres estão se matando, observou Goldman. Afastou as cobertas e pegou na escrivaninha uma maleta preta do tipo das usadas pelos médicos. Um corpo maravilhoso como este e veja o que você faz com ele. Deite-se. Evelyn sentou-se na cama e

observou o que a outra tirava da maleta. Deite-se de

bruços. E Goldman aplicou o líquido onde as marcas do espartilho avermelhavam a pele. Ai! Gritou Evelyn. Arde! É um adstringente, a melhor coisa para restabelecer a circulação, explicou Goldman, esfregando as costas, as nádegas e as coxas de Evelyn. A moça contorcia-se e sua carne se contraía a cada aplicação. Mergulhou o rosto no travesseiro para abafar os gritos. Eu sei, eu sei, disse Goldman. Mas você me agradecerá. E sob suas vigorosas esfregadelas, a carne de Evelyn pareceu desabrochar nas suas mais plenas conformações. Ela estremecia e contraía as nádegas contra o frio revigorante do adstringente. As pernas premidas uma contra a outra. Goldman tirou então da maleta preta um vidro de óleo para massagem e começou a massagear o pescoço, os ombros, as costas, as coxas, as pernas e as solas dos pés. Gradualmente Evelyn relaxou e sua epiderme estremeceu sob a enfática habilidade das mãos de Goldman, que esfregou o óleo, fazendo-o penetrar na epiderme até que todo o corpo voltasse ao seu natural rosado e começasse a fremir de autopercepção. Vire-se, ordenou Goldman. Os cabelos de Evelyn, despenteados, espalhavam-se pelo travesseiro ao redor do rosto. Fechou os olhos e os lábios se distenderam num sorriso involuntário, enquanto Goldman massageava-lhe os seios, o estômago, as pernas. Sim, até isto, disse Emma Goldman passando a mão bruscamente sobre o monte de vênus. Você precisa ter coragem para viver. O abajur da mesinha de cabeceira pareceu toldar-se por um instante. Evelyn levou as mãos aos seios e com as palmas esfregou circularmente os mamilos. As mãos desceram ao longo do corpo e esfregaram os quadris. Seus pés estenderam-se em ponta como os de uma dançarina, dedos recurvos. A pélvis ergueu-se da cama como se buscasse qualquer coisa no ar. Goldman encontrava-se à escrivaninha, fechando a garrafa de emulsão, de costas para

Evelyn, quando a jovem começou a ondular sobre a cama como uma onda do mar. Naquele instante, um grito rouco, estranho, emergiu das paredes. A porta do armário se abriu de súbito e o Irmão Mais Novo de Mamãe tombou no quarto, a fisionomia contraída nos paroxismos de uma santa mortificação. Segurava com as duas mãos, como se quisesse sufocá-lo, o pênis exuberante que, desdenhando suas intenções, açoitou-o pelo chão, jorrando, ao som de gritos de êxtase ou desespero, grandes fios de esperma que percorreram o ar como disparos, pousando lentamente sobre Evelyn, como fitas de teleimpressor.

9

Em New Rochelle, Mamãe preocupava-se há dias com o irmão. Telefonara uma ou duas vezes de Nova York, mas não dissera por que se afastara, onde estava e quando voltaria. Murmurava qualquer coisa. Era um rapaz fechado. Ela estava furiosa. O irmão não reagia à ira. Depois dos telefonemas, Mamãe tomara a medida extrema de entrar no quarto dele e olhar à sua volta. Como sempre, tudo em ordem. A mesa com a máquina para consertar raquetes de tênis. Os remos presos por ganchos à parede. Arrumava seu próprio quarto e ali não se encontraria nem um grão de pó, mesmo na sua ausência. As escovas de cabelo estavam sobre o camiseiro. E a calçadeira de marfim. Uma conchinha em forma de dedal, com grãos de areia presos no fundo. Nunca a vira. Um retrato recortado de uma revista e pregado à parede, um desenho daquela criatura, Evelyn Nesbit, feito por Charles Dana Gibson. Não levara coisa alguma. Suas camisas e colarinhos enchiam as gavetas. Fechou a porta com sentimento de culpa. Era um rapaz estranho. Não fazia amizades. Solitário e impassível, com um laivo de indolência que não conseguia e nem se dava ao trabalho de ocultar. Ela sabia que Papai achava inquietante aquela indolência. Contudo, promovera-o a um posto de maior responsabilidade.

Não podia partilhar suas preocupações com Vovô, que gerara o rapaz em idade avançada e se encontrava no momento totalmente apartado de qualquer senso prático da vida. Vovô estava com 90 anos. Era professor aposentado de grego e latim, que ensinara a gerações de seminaristas no Shady Grove College, no interior de Ohio. Era um classicista do interior. Conhecera John Brown em menino, quando morava no distrito de Hudson, na Reserva Oeste, e seria capaz de contar a história vinte vezes por dia, caso permitissem. Desde a partida de Papai, Mamãe pensava cada vez mais na velha propriedade de Ohio. Ali, os verões eram cheios de promessas e os melros de asas vermelhas esvoaçavam nos trigais. O mobiliário da casa era esparso e feito no local. Cadeiras de pinho, com traves no encosto. Assoalhos encerados de tábuas largas, presas com buchas. Amava aquela casa. Ela e o Irmão Mais Moço brincavam no chão à luz da lareira. Enquanto brincavam, ela sempre o instruía. No inverno, o cavalo que pertencia a ambos, Bessie, era atrelado ao trenó, sininhos presos aos arreios e eles deslizavam sobre os espessos campos de neve de Ohio. Lembrava-se do irmão quando ele era mais novo que seu próprio filho. Cuidava dele, e nos dias de chuva entregavam-se a brincadeiras secretas no sótão, no suave calor da casa, ouvindo os cavalos relincharem e se agitarem sob seus pés. Nas manhãs de domingo, ela vestia o vestido cor-de-rosa e a mais alva das calças e seguia para a igreja, o coração pulsando de emoção. Era uma criança de ossatura larga, maçãs do rosto salientes, olhos cinzentos e amendoados. Morara em Shady Grove a vida inteira, exceto os quatro anos de internato, em Cleveland. Sempre supôs que se casaria com um dos seminaristas, mas no último ano de colégio conhecera Papai. Ele viajava pelo Centro-Oeste, a fim de fazer contatos comerciais para seu negócio de bandeiras e flâmulas. Visitou-a em Shady Grove em duas viagens sucessivas. Quando se casaram, ela veio para o Leste, e trouxe o pai. E como o irmão não conseguira estabelecer-se, também ele reuniu-se à família em New Rochelle. Naquele momento de sua vida, sozinha na casa moderna cheia de toldos, no alto de uma colina da elegante Broadview Avenue, na companhia apenas do filho pequeno e do velho pai, sentiu-se abandonada pela espécie masculina e furiosa consigo mesma pela nostalgia que a dominava sem aviso, a qualquer hora do dia ou da noite. Chegara uma carta do Comitê Republicano de Festejos, indagando se a firma estaria interessada em entrar na concorrência para a decoração e para os fogos de artifício da parada e baile da posse em janeiro próximo, quando se esperava que o Sr. Taft substituísse o Dr. Roosevelt. Era um momento histórico para a firma, e nem Papai, nem o Irmão Mais Novo estavam presentes. Fugiu para o jardim em busca de consolo. Estava-se em fins de setembro e todas as flores ondulavam, plenamente desabrochadas – salvas, crisântemos e cravos amarelos. Caminhou entre os canteiros do jardim, as mãos unidas. De uma janela do primeiro andar, o menino a observava. E notou que o movimento dianteiro do corpo era transmitido lateralmente às roupas. A bainha do vestido ondulava de um lado para outro, roçando a grama. O menino tinha nas mãos uma carta do pai que fora colocada no correio em Cape York, no noroeste da Groenlândia.

Fora trazida aos Estados Unidos pelo cargueiro *Erik*, que transportara para a Groenlândia 35 toneladas de carne de baleia para os cães do comandante Peary. Mamãe copiara a carta e atirara o original no lixo porque cheirava fortemente a baleia morta. O menino recuperara-a e, com o passar do tempo, as manchas de gordura do envelope haviam penetrado cada fibra do papel graças a seu manuseio. A carta estava transparente.

Enquanto o menino a observava, a mãe emergiu da sombra dos olmos e seus cabelos louros, penteados para cima, terminando em coque, ao estilo da época, brilharam ao sol. Imobilizou-se por um instante, como se escutasse alguma coisa. Em seguida levou as mãos aos ouvidos e lentamente caiu de joelhos junto a um canteiro, pondo-se a escavar o chão. O menino abandonou a janela e disparou para baixo. Atravessando a cozinha, saiu pela porta dos fundos e encontrou a criada irlandesa, que corria pelo jardim enxugando as mãos no avental.

Mamãe desenterrara alguma coisa e limpava a terra de um volume que segurava ao colo. A empregada soltou um grito e persignou-se. O menino tentou espiar, ver do que se tratava, porém Mamãe e a criada estavam no chão, sacudindo a terra, e por um instante não conseguiu ver além. O rosto de Mamãe estava tão pálido e de expressão tão intensa, que todos os ossos pareciam ter-se distendido. A mulher bela e opulenta que ele adorava pareceu-lhe espantosamente escaveirada, como se fosse muito velha. E quando as duas afastaram a terra, ele viu que se tratava de um bebê. Havia terras nos olhos e na boca. Era pequenino, enrugado e tinha os olhos fechados. Era um bebê negro e fora enrolado estreitamente num cobertor de algodão. Mamãe libertou-lhe os braços. Ele emitiu um débil vagido e as duas mulheres ficaram histéricas. A criada correu para casa.

O menino acompanhou a mãe, que entrou também, correndo ao seu lado, enquanto os bracinhos do bebê agitavam-se no ar.

As duas lavaram-no numa bacia na mesa da cozinha. Estava ensangüentado, era um menino recém-nascido. A criada examinou o cordão umbilical e disse que fora cortado com os dentes. Envolveram-no em toalhas e Mamãe correu à sala da frente para telefonar para o médico. O menino observou o bebê com atenção para ver se estava respirando. Mal se movia. Depois, suas minúsculas mãos agarraram as toalhas. A cabeça voltou-se devagar, como se através dos olhos fechados houvesse encontrado algo que fixar.

Quando o doutor chegou no seu *Ford Doctor's Car* foi conduzido à cozinha e colocou o estetoscópio na minúscula caixa torácica. Abrindo a boca do bebê enfiou o dedo na garganta. Essa gente, murmurou, meneando a cabeça. Os músculos do rosto contraíram-se nos cantos da boca. Mamãe descreveu-lhe as circunstâncias da descoberta, contando que ouvira um choro partindo de seus pés, da própria terra, e julgara no momento não ter ouvido coisa alguma. E se tivesse continuado a caminhar? Pensou consigo mesma. O médico pediu água quente e retirou um instrumento da maleta. A criada agarrava com força o pequeno crucifixo que lhe pendia do pescoço numa corrente. A campainha da porta soou e o menino a acompanhou até a sala da frente. A polícia havia chegado. Mamãe saiu e explicou novamente as circunstâncias da descoberta. O policial perguntou se podia usar o telefone. O aparelho ficava numa mesinha próxima à porta de entrada. Tirando o capacete, levou o fone ao ouvido e enquanto aguardava a telefonista, piscou para o menino.

Dentro de uma hora uma mulher negra foi encontrada no porão de uma casa do quarteirão vizinho. Era uma lavadeira que trabalhava no bairro. Estava sentada na ambulância da polícia quando Mamãe levou-lhe o bebê. Ao tomá-lo nos braços, ela começou a chorar. Mamãe ficou escandalizada com a juventude da moça. Tinha fisionomia de criança, o rosto moreno era bonito e sem malícia. Era cor de chocolate escuro e tinha os cabelos cortados e descuidados. Uma enfermeira a atendia. Mamãe recuou para a calçada. Para onde a levarão? Perguntou ao médico. Para a enfermaria dos indigentes e mais tarde terá que responder a processo. Que processo? Perguntou Mamãe. Bem, tentativa de homicídio, creio. Ela tem família? Perguntou Mamãe. Não, minha senhora, respondeu o policial. Não que se saiba. O médico baixou a aba do chapéu, dirigiu-se ao seu carro e colocou a maleta no banco. Mamãe inspirou profundamente. Eu assumo a responsabilidade, declarou. Por favor, tragam-na para dentro. E, apesar dos conselhos do médico e dos protestos da polícia, não quis mudar de idéia.

Assim, a jovem negra e seu bebê foram instalados num quarto do sótão. Mamãe deu diversos telefonemas. Cancelou a reunião da liga beneficente. Caminhou na sala de um lado para outro, muito agitada. Sentia de maneira aguda a ausência do marido e censurava-se por aceitar tão facilmente suas viagens. Não havia meio de comunicar-lhe os problemas e preocupações de sua vida. Só teria notícias dele no verão. Fixou o olhar no teto como se quisesse ver através dele. A jovem negra e seu bebê haviam trazido para a casa uma sensação de desgraça, de caos, que se fazia presente e parecia contaminar tudo. Estava assustada. Aproximou-se da janela. Todas as manhãs as lavadeiras subiam a colina depois de saltar do bonde na North Avenue e espalhavam-se pelas casas. Jardineiros italianos cuidavam dos gramados. Geleiros percorriam as ruas, caminhando junto às carroças, os cavalos puxando com esforço os veículos que estalavam ao subir a colina.

Quando o sol se pôs naquela tarde, parecia ter rolado para o sopé da colina. Estava vermelho-sangue. Tarde da noite o menino acordou e deu com a mãe sentada junto de sua cama, contemplando-o, os cabelos louros presos em tranças, os seios macios contra seu braço quando se inclinou para beijá-lo.

10

Na verdade, Papai escreveu diariamente, durante os longos meses de inverno, cartas para envio retardado, que assumiram a forma de anotações no seu diário. Foi assim que mediu o fluxo ininterrupto de crepúsculos. Os membros da expedição viviam com surpreendente conforto a bordo do *Roosevelt*, que fora levado até um ancoradouro e, entre as banquisas de inverno, lembrava uma noz sobre glacê. Peary era dentre todos quem vivia com mais conforto. Possuía uma pianola no salão. Era um homem robusto, de tórax amplo e espessos cabelos ruivos começando a branquear. Usava longos bigodes. Numa expedição anterior perdera os dedos dos pés e caminhava com um andar estranho, meio arrastado, impulsionando os pés sem erguê-los do chão. E pedalava a pianola mesmo sem dedos. Possuía cilindros das melhores músicas de Victor Herbert e Rudolf Friml, assim como um pot-pourri das canções do Bowdoin College e versão da *Valsa minuto*, de Chopin, que ele conseguia tocar em 48 segundos. Mas os meses de inverno não foram dedicados à ociosidade. Organizaram-se caçadas ao almíscar; construíram-se trenós e o acampamento-base precisava ser instalado a 135 quilômetros, em Cape Columbia, ponto de onde partiria a verdadeira marcha polar sobre o oceano de gelo. Precisavam habituar-se a lidar com as matilhas de cães e a construir abrigos em forma de iglu. O assistente negro de Peary, Mathew Henson, supervisionava o treinamento. Após inúmeras expedições, Peary elaborara um sistema. Cada menor detalhe da vida no Ártico representava um juízo bem meditado e fazia parte desse sistema. O material e o formato dos trenós, o alimento a ser consumido, as latas em que este seria transportado, a maneira pela qual as latas eram acomodadas, o tipo de roupa exterior e a interior a ser usado, a maneira de atrelar os cães, o modelo das facas e espingardas, a qualidade dos fósforos e o meio de conservá-los secos, o feitio dos protetores de olhos a serem usados contra a cegueira da neve, etc. Peary adorava discutir seu sistema. Nos pontos essenciais – isto é, no uso de cães e trenós, roupas de peles e alimentação baseada na fauna local – o sistema de Peary adotava a maneira de viver dos esquimós. Papai percebeu-o com um sobressalto, certo dia. Encontrava-se no tombadilho superior, observando Peary censurar vigorosamente um dos esquimós que não havia cumprido corretamente sua tarefa. Em seguida, o comandante percorreu, arrastando os pés, o tombadilho, e ao passar por Papai murmurou: São crianças e têm que ser tratados como tais. Papai inclinava-se a concordar com este ponto de vista, pois sugeria um consenso: recordava-se de uma observação feita nas Filipinas, dez anos atrás, quando lutara sob o comando do general Leonard F. Wood contra os guerrilheiros Moros. Nossos irmãozinhos mulatos precisam aprender uma lição, dissera um oficial graduado, fixando no mapa um alfinete. Ninguém punha em dúvida que os esquimós eram primitivos. Mostravam-se afetuosos, gentis, emotivos, dignos de confiança e cheios de brincadeiras. Adoravam rir e cantar. Em pleno inverno de noite contínua, quando terríveis tempestades arrancavam fragmentos dos rochedos, o vento uivava e a temperatura era tão baixa que Papai sofria alucinações, pensando que tinha a epiderme em fogo, Peary e a maior parte dos homens aprofundavam-se em considerações teóricas do sistema, protegendo-se assim do medo. Os esquimós, que não tinham sistema algum, mas simplesmente viviam ali, sofriam os terrores do seu universo. Às vezes, as mulheres arrancavam inexplicavelmente a roupa e mergulhavam na tempestade, uivando e rolando no gelo. Os maridos precisavam impedi-las à força de se suicidarem. Papai mantinha o controle escrevendo seu diário. Isto era também um sistema, o sistema da linguagem e da conceituação. Propunha que os seres humanos, pelo ato de prestar testemunho, garantissem para a sua existência tempos e lugares diversos do tempo e lugar em que estavam vivendo.

Mas aquela gelada noite de inverno parecia conter uma força que agarrava pelo pescoço e forçava a pessoa a encará-la. As famílias esquimós viviam espalhadas pelo navio, acampando nos tombadilhos e nos porões. Não eram discretas no seu relacionamento. Copulavam sem se despir, através de fendas nas roupas, e entregavam-se à prática com grunhidos e gritos de feroz alegria. Um dia, Papai encontrou um casal e se escandalizou ao ver que a mulher erguia os quadris em resposta aos avanços do marido. Uma estranha canção animalesca emergia-lhe da garganta. Isto era algo que não poderia anotar no diário, exceto numa espécie de código. A mulher estava realmente fazendo pressão contrária e ele ficou abismado ao vê-la reagir assim.

70 Aquela suja e desdentada mulher esquimó, de rosto achatado

e olhos oblíquos, impelidos pelos ossos faciais, cantava e reagia. E lembrou-se dos fastios de Mamãe, do seu requinte e inteligência, ressentindo-se pelo fato de aquela mulher primitiva fazer parte do gênero feminino.

Chegou finalmente a primavera, e foi o assistente de Peary, Mathew Henson, quem chamou Papai, certa manhã, e apontou na direção da popa. Um fino raio de luz rasgava o firmamento ao sul. No dia seguinte já se podia distinguir entre os tipos de escuridão, que foram-se tornando cada vez mais sensíveis. Finalmente, certa manhã, despontou acima do horizonte um sol baço e vermelho, não redondo, mas elíptico, lembrando algo recém-nascido. Cores maravilhosas, rosa, verde e amarelo, cobriam os picos nevados e todo aquele desolado e magnífico mundo ofereceu-se a quem quisesse tomá-lo. O firmamento tornou-se gradualmente azulado e Peary declarou chegado o momento de conquistar o Pólo.

Na véspera da partida da expedição, Papai dirigiu-se com Mathew Henson e três dos esquimós até os rochedos cobertos de pássaros, a meio dia de viagem da costa. Galgaram as pedras com sacolas de pele de baleia a tiracolo e recolheram dúzias de ovos, coisa muito especial no Ártico. Quando os pássaros levantaram vôo, soltando gritos e descrevendo círculos, foi como se uma porção da própria rocha se destacasse. Papai nunca vira tantos pássaros. Eram fulmares e pingüins. Os esquimós seguravam redes, as aves voavam contra elas e se emaranhavam. As redes eram seguradas pelas pontas e tornavam-se sacos de penas imóveis, que chilreavam lamentosamente. Tendo recolhido o máximo que podiam carregar, os homens desceram e mataram imediatamente os pássaros. Ao fulmar, mais ou menos do tamanho de uma gaivota, torciam o pescoço. Mas o que espantou Papai foi a maneira de aniquilar o pequeno e inofensivo pingüim. Bastava comprimir-lhe o minúsculo coração. Papai viu como faziam e tentou também. Segurando o animal com uma das mãos, com o polegar apertou de leve o peito pulsante. A cabeça tombou e a ave estava morta. Os esquimós adoravam a carne e em geral a preparavam como *pickles* em peles de foca.

No caminho de volta ao acampamento, Papai e Mathew Henson discutiram o o tema de sempre entre os homens de Peary – quem teria a honra de acompanhá-lo até o Pólo. Antes do embarque em Nova York, o Comandante deixara bem claro a todos que ele e somente ele descobriria o Pólo: a glória dos demais seria reflexa. Passei a vida planejando este momento, falou Peary, e ele será só meu. Papai considerava isso um ponto de vista razoável. Sofria a timidez do amador diante do profissional. Mas era opinião de Mathew Henson que alguém além dos esquimós teria que acompanhar o Comandante até o alto e ele achava, muito respeitosamente, que seria escolhido. De fato, Papai julgava que Henson tinha um bom argumento. Acompanhara Peary em suas expedições anteriores, era ele próprio um astuto e extraordinário explorador do Ártico. Sabia dominar os cães quase tão bem quanto um esquimó, sabia consertar trenós, construir acampamentos, tinha grande força física e inúmeros talentos. Mas Papai ressentiu-se estranhamente com a presunção de Henson e perguntou-lhe como sabia que seria o escolhido. Haviam galgado uma elevação ao longo da trilha e parado para descansar os cães, contemplando a imensa planície coberta de neve. Naquele instante, o sol rompeu as nuvens e toda a terra cintilou como um espelho. Bem, senhor, disse Mathew Henson com um sorriso, eu sei.

No dia seguinte, a expedição partiu para o norte, viajando sobre o gelo polar. Estava distribuída em equipes consistindo de um ou dois brancos e um grupo de rapazes esquimós, uma matilha de cães e quatro ou cinco trenós. Cada grupo, exceto o de Peary, trabalharia durante uma semana como pioneiro ou desbravador de trilhas para o restante da expedição. Por fim, cada um se destacaria e voltaria à terra, deixando Peary e seus rapazes a percorrer os últimos cento e cinqüenta quilômetros em condições de relativo descanso. Era este o sistema. O trabalho pesado era romper a trilha, tarefa arriscada e cansativa. Elevações de gelo precisavam ser aplainadas a picareta, trenós pesados tinham que ser içados e empurrados pelos aclives e depois segurados, para impedir descidas rápidas demais. Cada trenó carregava 300 quilos de ferramentas e provisões. Quando arrebentavam, tudo precisava ser descarregado e consertado, unindo-se com correias as partes quebradas, trabalho que exigia mãos desprotegidas. Havia torrentes de água a atravessar. Ou então era preciso esperar. O degelo chegou com estalidos fortes como tiros de canhão e um rugido subterrâneo que lembrava a voz do próprio oceano. Nevoeiros inexplicáveis bloquearam o sol. Às vezes nada havia a fazer senão arrastar-se sobre finas camadas de gelo em movimento. O tempo era uma tortura permanente; o vento soprava com tanta violência a 50 ou 60 graus abaixo de zero que a própria atmosfera parecia ter modificado sua natureza física, transformando-se em cristais inassimiláveis pelos pulmões. Cada respiração deixava um resíduo sólido na barba ou na borda gelada do capuz. Todos usavam os sapatos macios de couro de baleia, as calças de pele de urso e os casacos com capuz de pele de caribu, o traje regulamentar, mas até esse material nativo tornava-se quebradiço no frio. O sol permanecia acima do horizonte 24 horas por dia. No final do percurso diário, talvez 20 quilômetros de árduo esforço, o grupo pioneiro armava o acampamento, construía iglus para a expedição, alimentava os cães, desembaraçava os arreios congelados, acendia o fogareiro a álcool para preparar o chá e entregava-se a uma refeição de carne-seca congelada e biscoitos. Lentamente, no decorrer do mês de março, a expedição Peary marchou para o norte. Um de cada vez, os grupos regressavam e sua obrigação era bater o melhor possível a trilha na volta, a fim de facilitar o caminho dos que se seguiriam. Peary preenchia o intervalo diariamente no caminho de ida, ocupando logo um dos iglus construídos para ele por Henson. Entretanto, Henson cuidava dos cães, consertava os trenós quebrados, preparava as refeições, lidava com os esquimós, muitos dos quais principiavam a criar problemas. Peary definia as virtudes da raça esquimó como lealdade e obediência, mais ou menos as mesmas que atribuía aos cães. Chegado o momento da corrida final até o Pólo, que se encontrava apenas a 150 quilômetros, Peary escolheu realmente Henson para acompanhá-lo; e Henson selecionou os esquimós que, a seu ver, eram os melhores, mais leais e dedicados ao Comandante. O restante do grupo fez meia-volta e regressou.

Papai há muito voltara. Chefiara um grupo na primeira semana, mas não se revelara o mais resistente dos membros da expedição, não por falta de ânimo, conforme Peary lhe disse antes de mandá-lo de volta, mas pela tendência de suas extremidades a se congelarem rápido. O calcanhar esquerdo de Papai, por exemplo, congelava todos os dias, por mais que estivesse protegido. À noite, no acampamento, ele o degelava penosamente e tratava-o da melhor maneira possível, mas pela manhã estaria de novo congelado. O mesmo acontecia a um dos joelhos e uma pequena área nas costas da mão. Partes do corpo de Papai congelavam com muita facilidade e Peary declarou que isso acontecia a algumas pessoas no Norte e nada poderia evitá-lo. Peary não era um comandante desprovido de bondade e gostava de Papai. Durante os longos meses de inverno a bordo do *Roosevelt*, haviam descoberto que pertenciam à mesma fraternidade colegial, o que não deixava de ser um forte elo entre os dois. Mas, após uma vida inteira de esforços, Peary estava impaciente para realizar a sua missão. A sociedade de Papai contribuíra com uma grande quantia para os cofres de Peary e por esse motivo enviara um homem a 72 graus e 46 minutos, uma distância bastante respeitável. Antes de partir, Papai presenteou o Comandante com uma bandeira americana que mandara fazer para a ocasião. Era de seda pura e grande tamanho, mas depois de dobrada não excedia o volume de um lenço grande. Peary agradeceu, guardou a bandeira dentro das peles e, depois de recomendar a Papai que ficasse de olho nos pontos de referência, enviou-o de volta ao *Roosevelt* na companhia de três esquimós mal-humorados.

Mas a essa altura Peary já estava a um dia de viagem do objetivo de sua vida. Impelindo Henson e os esquimós sem piedade, recusava-se a deixá-los dormir mais de uma ou duas horas no final de um dia árduo. O sol brilhava, o firmamento estava límpido; havia lua cheia no céu azul e os grandes contornos gelados da terra alçavam-se e estremeciam e se erguiam em direção à lua. Na manhã de 9 de abril, Peary gritou: Alto! E ordenou a Henson que construísse um escudo de neve para protegê-lo enquanto fazia suas observações. Peary, deitado de bruços, com uma vasilha de mercúrio e um sextante, papel e lápis, calculou sua posição e não ficou satisfeito. Caminhou mais um pouco ao longo da banquisa e de novo tomou a posição. Ainda não ficou satisfeito. Durante todo o dia Peary movimentou-se de um lado para outro sobre o gelo, um quilômetro numa direção, dois na outra, fazendo suas observações. Nenhuma o satisfez. Caminhava alguns passos para o norte e descobria que rumara para o sul. Naquele planeta aquoso, o oceano deslizante recusava a se fixar. Não conseguia encontrar o ponto exato para dizer: Este lugar aqui é o Pólo Norte. Contudo, não havia dúvidas de que ali se encontravam. Todas as observações o indicavam. Três hurras, meu rapaz, disse a Henson. E vamos hastear a bandeira. Henson e os esquimós gritaram com toda a força, mas não foram ouvidos devido aos uivos do vento. A bandeira ondulou e tremulou. Peary dispôs Henson e os esquimós diante dela e tirou uma foto. A foto mostra cinco silhuetas atarracadas, envoltas em peles, a bandeira encravada num pico paleocrístico à retaguarda, sugerindo o verdadeiro Pólo físico. Por causa da luz os rostos estão indistintos, não passam de manchas escuras, emolduradas por peles de caribu.

11

Uma importantíssima transformação processava-se nos Estados Unidos. Fora eleito um novo presidente, William Howard Taft, que assumiu o cargo pesando 162 quilos. No país inteiro os homens começaram a se observar. Estavam habituados a beber grande quantidade de cerveja. Devoravam pães habitualmente e comiam uma prodigiosa quantidade de lingüiça recheada com sobras deixadas nos balcões dos bares. O augusto Pierpont Morgan consumia rotineiramente jantares de sete, oito pratos. Ao café-da-manhã comia bife, costeleta de porco, ovos, panquecas, peixe cozido, pãezinhos com manteiga, frutas frescas e creme. O consumo de alimento era o sacramento do sucesso. O homem que ostentava um ventre volumoso encontrava-se no ápice da saúde. As mulheres internavam-se em hospitais onde morriam de ruptura da bexiga, falência do pulmão, coração sobrecarregado e meningite da medula espinhal. Havia muito movimento rumo às fontes sulfurosas, onde o purgativo era apreciado como um incentivo ao apetite. Toda a América era um grande arroto. Tudo isso começou a mudar quando Taft se instalou na Casa Branca. Sua ascensão ao único posto mítico na imaginação americana caiu pesadamente sobre todos. Seu grande vulto expressou de imediato a apoteose daquele estilo de homem. Daí em diante a moda seguiria caminho inverso e só os pobres seriam gordos.

Neste sentido, assim como na maioria dos outros, Evelyn Nesbit encontrava-se à frente de sua época. Seu ex-principal amante, Stanford White, fora um homem robusto, segundo a moda, e o marido, Harry K. Thaw, embora menos volumoso, era fofo e largo. Mas o novo amante, o Irmão Mais Novo de Mamãe, era esguio e rijo como um arbusto. Amavam-se devagar e sinuosamente, impelindo-se um ao outro a estados tão sutis de orgasmo, que encontravam poucos motivos para conversar no restante do tempo que passavam juntos. Era característico de Evelyn não poder resistir a alguém que se sentisse tão fortemente atraído por ela. E conduziu o Irmão Mais Novo por todo o Lower East Side na busca inútil de Tateh e da menina. O apartamento da Hester Street fora abandonado. Evelyn assumiu o aluguel e pagou ao proprietário o mobiliário desprezível. Passava horas sentada à janela que dava para o respiradouro. Tocava os objetos, a manta, um prato, como um cego tentando aprender a ler com os dedos. Em seguida desatava a chorar e era consolada pelo Irmão Mais Novo, na estreita cama de metal.

Quando teve início o julgamento de Harry K. Thaw, Evelyn foi fotografada chegando ao tribunal. No recinto, onde não era permitida a presença de fotógrafos, foi desenhada por artistas para os jornais ilustrados. Podia ouvir o arranhar das penas de aço. Sentada no banco das testemunhas, descreveu-se aos 15 anos erguendo as pernas num balanço de veludo vermelho, enquanto um rico arquiteto continha a respiração à vista de suas coxas. Resoluta, manteve-se de cabeça erguida. Vestia-se com gosto impecável. Seu depoimento criou a primeira deusa do sexo na história americana. Dois setores da sociedade perceberam-no. O primeiro foi a comunidade empresarial, especificamente um grupo de contabilistas e fabricantes de capas e ternos, que também se imiscuía na exibição de quadros em movimento, ou cinematógrafo, como era chamado. Alguns notaram que a foto de Evelyn na primeira página de um jornal fazia esgotar a edição e compreenderam que existia um processo de ampliação, pelo qual as notícias fixavam determinados indivíduos na mente do público em proporção mais ampla que o natural. Esses eram os indivíduos que representavam uma característica humana desejável a ponto de excluir todas as outras. Os homens de negócios perguntavam-se se poderiam criar tais elementos, não a partir das casualidades do noticiário, e sim da deliberada manipulação de seu próprio meio. Se o conseguissem, mais pessoas pagariam para ver shows de cinematógrafo. Assim, Evelyn forneceu inspiração para o conceito do sistema de estrelato do cinema e modelo de todas as deusas do sexo, de Theda Bara a Marilyn Monroe. O segundo grupo de pessoas a perceber a importância de Evelyn era constituído de líderes de sindicatos, anarquistas e socialistas, que previram com razão que com o passar do tempo ela seria maior ameaça aos interesses do operário do que os proprietários de minas, ou fabricantes de aço. Em Seatle, por exemplo, Emma Goldman falou a um grupo de trabalhadores da indústria local, citando Evelyn Nesbit como filha da classe operária, cuja vida constituía um exemplo de como as filhas e irmãs dos pobres eram usadas para o prazer dos ricos. Os homens da platéia caçoaram, berraram observações grosseiras e desataram a rir. Eram operários militantes, sindicalistas com uma percepção radical de sua situação. Goldman enviou uma carta a Evelyn dizendo: Com freqüência me perguntam: como podem as massas deixarem-se explorar pela minoria? A resposta é: sendo persuadidas a identificar-se com ela. Levando para casa um jornal com sua foto e entregando-o à mulher, uma exausta égua de carga com veias varicosas, ele sonha não com a justiça e sim com a riqueza.

Evelyn não sabia o que fazer de tais observações. Continuava a prestar seu depoimento conforme o contrato. Circulava com a família Thaw e, por meio de olhares e pequenos gestos, lançava a imagem de esposa dedicada. Apresentou Harry como vítima de um impulso irresistível para salvar a própria honra e a de sua jovem esposa. Seu desempenho foi impecável. Ouvia o ruído das penas de aço sobre o papel de desenho. Espectadores jurídicos, de óculos e colarinho de celulóide, alisavam os bigodes. Todo mundo vestia roupa preta no tribunal. Evelyn espantou-se com o imenso grupo de pessoas ligadas à lei, que passavam a vida esperando convenções como aquela. Juízes, advogados e meirinhos, policiais, curadores e juristas – todos sabiam que haveria um julgamento para eles. Ela ouvia as penas arranhando o papel. À espera, nos corredores, encontravam-se alienistas preparados para depor no sentido de que

Harry era louco. Foi o único recurso da defesa que ele rejeitou. Não conseguiu aceitá-lo. Sua augusta mãe queria que ele fizesse tal apelo, temendo que, caso contrário, fosse condenado à cadeira elétrica. Evelyn observava-o à mesa dos advogados de defesa e perguntava a si mesma o que satisfaria aquele coração envaidecido. Harry mantinha a expressão facial ajustada ao depoimento. Quando surgia algo engraçado, sorria. Quando triste, baixava as pálpebras. Ao mencionarem o nome de Stanford White, franzia a testa. Postava-se em atitudes de contrição, alternadas com um erguer de cabeça confiante e até mesmo de ardente senso de justiça. Tal atividade exigia-lhe toda concentração. Ao entrar e sair do tribunal mostrava-se calmo e cortês, a própria imagem do equilíbrio.

Ocorreu a Evelyn, certo dia, que Harry talvez a amasse realmente. E ficou aturdida. Tentou determinar a verdade de seu relacionamento. Do relacionamento entre os três. Pela primeira vez sentiu de forma aguda a morte de Stanford White, a perda de Stanny. Ele lhe diria qual era a verdade e faria um gracejo. Era assim que agia. Era um velho concupiscente e adorava uma boa gargalhada. Ela era capaz de enlouquecê-lo, assim como era capaz de enlouquecer Harry, mas sentia-se mais à vontade com Stanny White. Ele a deixava sozinha e saía para construir qualquer coisa, enquanto Harry nunca a deixava porque não tinha o que fazer. Era apenas rico. Ela precisava desesperadamente conversar com alguém e a única pessoa com quem já conseguira fazê-lo era o homem por cuja morte fora diretamente responsável. No pergaminho azul com letras em relevo, o papel de carta da Sra. Harry K. Thaw, escreveu a Emma Goldman. Que fiz eu? Perguntou numa missiva. A resposta chegou da Califórnia, onde Goldman arrecadava fundos para a defesa dos irmãos militantes McNamara, acusados de explodir o prédio do *Los Angeles Times*. Não superestime seu papel no relacionamento entre aqueles dois homens.

Entretanto, o caso de Harry foi a julgamento. Não conseguiram chegar a um veredicto. Novo julgamento foi decretado. Evelyn depôs novamente, com as mesmas palavras e os mesmos gestos. Depois de tudo encerrado, Harry K. Thaw foi enviado por período indefinido ao Hospital Matteawan para Criminosos Insanos. Quase de imediato, seus advogados passaram a negociar o divórcio. Evelyn estava preparada. Seu preço era um milhão de dólares. Em seguida, os detetives particulares entraram em ação com um relatório de suas infidelidades com o Irmão Mais Novo de Mamãe e outros imaginários e o divórcio foi discretamente concluído com o pagamento a Evelyn de 25 mil dólares. Sentada na cama da suíte do hotel a que teria de renunciar, Evelyn fixava os chinelos que segurava na mão. Naquele dia em especial, os carinhos do Irmão Mais Novo haviam-na deixado fria. Recordava o que Goldman dissera na última visita a Nova York: Por mais dinheiro que tenha recebido de Thaw, a quantia não passa daquilo que ele lhe quis dar. É lei da riqueza que tais pessoas somente lucram com o dinheiro que deles é tomado. É assim que as coisas acontecem. Não se sabe como, cada dólar que lhe foi pago resultou em benefício dele. E você ficará com uma quantia finita, que será gasta e esbanjada, até ficar pobre como quando começou. Evelyn sabia que era verdade. Mesmo com aquele dinheiro que possuía, ainda a maior parte de sua fortuna, deixava-a invadida por sentimentos estranhos e indefinidos. Algum homem fingiria amor, roubaria o dinheiro e a abandonaria de coração partido. Por aquele amargo insight só tinha a agradecer a Goldman. A anarquista pintara dois quadros, um de ambição e barbárie, fome, injustiça e morte, como nas presentes organizações *81* nacionais de capital privado, e o outro de utópica serenidade, como nas livres combinações de iguais sem governo, partilhando sensatamente uns com os outros o seu trabalho e sua riqueza. Evelyn fez doações à revista anarquista de Goldman, *Mother Earth*, a fim de mantê-la em circulação. Deu seu apoio a apelos radicais que lhe chegaram do país inteiro por causa dos rumores de que fora politizada. Deu dinheiro à defesa legal de líderes trabalhistas que estavam na prisão. Dinheiro aos pais de crianças mutiladas em usinas e fábricas. Indiferente, repartiu sua fortuna, ganha com dificuldade. O público não veio a saber por que Evelyn insistia no anonimato. Não sentia alegria. Fixando o espelho, via os inegáveis contornos da maturidade começando a dominar o jovem rosto. Seu longo e belo pescoço pareceu-lhe um desajeitado tronco onde pousava uma ridícula cabeça de prostituta em fim de carreira, olhos melancólicos. Chorou, ansiando pelo aconchego de um corpo como o de Stanford White. Entretanto, o Irmão Mais Novo de Mamãe, à sua maneira solene, fiel e silenciosa, desvelava-se junto dela. Desconhecia o significado do conforto. Não sabia entretê-la, provocando-a ou falando como se fala a um bebê. Não era capaz de dizer-lhe como se aprecia um diamante, ou de levá-la a um restaurante onde o *maître* se desfizesse em mesuras. A única coisa que sabia era entregar-lhe sua vida e trabalhar para satisfazer-lhe os menores caprichos. Ela o amava, mas queria alguém que a maltratasse e a quem pudesse maltratar. Ansiava por um desafio ao seu intelecto, desejava ver de novo despertarem suas ambições.

12

E que destino haviam levado Tateh e sua filhinha? Depois da reunião, o velho artista permaneceu uma noite e um dia em seu apartamento, sem comer ou pronunciar palavra, pensativo, fumando sem parar seus cigarros Sobrany, meditando sobre o terrível destino. A intervalos olhava para a filha e, vendo a destruição de sua inacreditável beleza, vítima de persistente má sorte, abraçava-a com força, olhos marejados de lágrimas. A menina preparava em silêncio as refeições simples com gestos tão reminiscentes de sua mulher que ele finalmente não pôde mais suportar a situação. Atirando suas poucas roupas à mala mofada, cuja correia há muito apodrecera, atou um barbante em volta, tomou a menina pela mão e abandonou para sempre o apartamento de duas peças da Hester Street. Caminhando até a esquina, entraram no bonde da linha 12, que conduzia a Union Square. Ali, transferiram-se para a linha 8 e seguiram para a Broadway. O anoitecer era quente e todas as janelas do bonde estavam abertas. As ruas pareciam apinhadas de cabriolés, carros e suas buzinas agrediam-se umas às outras. Os bondes seguiam em grupos, sinetas tilintando, as faíscas elétricas dos pantógrafos soltando estalidos ao longo dos fios, em minúsculas intensificações dos relâmpagos de calmaria que piscavam no firmamento sobre a cidade abafada, ao crepúsculo. Tateh não tinha a menor idéia de seu destino. A menina segurava-lhe a mão com força. Seus olhos escuros fixavam, solenes, o desfile de pessoas que passeavam na Broadway, os homens de chapéu de palha, blazer azul-marinho e calças brancas, e as mulheres em claros vestidos de verão. As lâmpadas elétricas dos espetáculos de variedades piscavam cada qual à sua maneira. Um halo de luz girou ao redor de suas pupilas. Três horas depois encontravam-se num bonde que seguia para o norte, enveredando pela Webster Avenue, no Bronx. A lua despontou, a temperatura caiu e o bonde deslizou pela ampla avenida, com paradas ocasionais. Passaram por terrenos cobertos de relva intercalando-se com quarteirões de casas gêmeas, ainda em construção. Finalmente as luzes desapareceram e a menina percebeu que viajavam nos limites de um grande cemitério, no alto de uma colina. As lousas e mausoléus erguiam-se contra o frio céu noturno, lembrando-lhe o destino de sua mãe. Pela primeira vez, perguntou a Tateh para onde iam. Ele fechou a janela para protegê-los do vento frio que assobiava no bonde barulhento e ondulante. Eram os únicos passageiros. Feche os olhos, disse ele. Distribuídos pelos bolsos e sapatos estavam suas economias, cerca de trinta dólares. Decidira abandonar Nova York, a cidade que lhe arruinara a vida. A essa altura de nossa história existia um sistema bem desenvolvido de linhas de bondes interurbanos. Podiam-se percorrer grandes distâncias em duros bancos de veludo ou de madeira, seguindo até o fim da linha e transferindo-se para a seguinte. Tateh ignorava tudo a respeito dos trajetos. Pretendia apenas seguir até onde os bondes o levassem.

Nas primeiras horas da primeira manhã da viagem atravessaram a cidade até Mount Vernon, Nova York, e lá souberam que o percurso seguinte só teria início de madrugada. Descobrindo um pequeno parque, dormiram no caramanchão da banda. Pela manhã lavaram-se num banheiro público e, quando o sol despontou, entraram num bonde pintado de vermelho e amarelo vivo, alegremente saudados pelo condutor. Tateh pagou um níquel para si e dois centavos pela menina. No assoalho de madeira do veículo, aos fundos, viam-se empilhados caixotes cheios de garrafas de leite, úmidas e brilhantes. Tateh propôs comprar uma. O condutor fixou-o, depois à meninazinha, disse que ele podia tirar uma garrafa, mas não aceitou o dinheiro. Puxou um cordão, a campainha do bonde tocou e o veículo entrou em movimento. O condutor cantava. Era um homem robusto, ventre enorme e voz de tenor. Levava a máquina de calcular atada à cintura. Pouco depois, o bonde entrou na cidade de New Rochelle, Nova York, e enveredou lentamente pela Main Street. O tráfego estava mais intenso, o sol brilhava e a cidadezinha parecia movimentada. Explicaram a Tateh que se ele quisesse atravessá-la, teria que transferir-se para a Linha de Post Road Shore, na esquina da North Avenue. Isto foi feito graças ao pagamento de outro centavo por cada baldeação. Tateh e a menina saltaram na esquina da Main Street com a North Avenue e aguardaram o bonde que fazia a conexão. Um menino passou com sua mãe. A menina olhou para ele. Tinha os cabelos cortados rente, vestia blusa de marinheiro, azul-marinho, meias brancas e sapatos engraxados também brancos. A mãe segurava-lhe a mão e quando passaram pela menina junto ao seu velho pai, os olhos do garoto fixaram os dela. Naquele momento, um bonde da Post Road surgiu e Tateh, agarrando com firmeza o pulso da filha, saiu da calçada e entrou no veículo. Quando o bonde se afastava, a menina viu o garoto passar de trás para a frente. De pé na plataforma traseira observou-o até perder de vista. Ele tinha olhos azuis, amarelos e verde-escuros, como o globo da escola. O bonde subiu a rua que acompanhava Long Island Sound até a fronteira de Connecticut. Em Greenwich, Connecticut, transferiram-se para outro bonde, que os conduziu através das cidades de Stanford e Norwalk, até Bridgeport, local onde estava sepultado Tom Thumb. A essa altura já sabiam quando se aproximava o fim da linha. O condutor percorria o bonde, virando os encostos dos bancos, sem interromper o passo. Em Bridgeport fizeram nova baldeação. Os trilhos voltaram-se para o interior. Passaram a noite em New Haven, Connecticut, numa pensão, e tomaram café-da-manhã na sala de jantar da senhoria. Tateh escovou furiosamente as calças, o casaco e o boné antes de descer, e atou uma fita ao redor do colarinho puído, verificando ainda se a menina estava de avental limpo. Era uma pensão para estudantes e havia alguns deles à mesa. Usavam óculos de aros dourados e suéteres de gola rolê. Após o desjejum, o velho artista e sua filha dirigiram-se a pé ao ponto do bonde e recomeçaram a viagem. Um carro da Springfield Traction Company conduziu-os até New Britain e dali à cidade de Hartford. O bonde ondulava, lento, pelas ruas estreitas da cidade e as casas de madeira pareciam tão próximas que bastaria esticar o braço para tocá-las. Encontraram-se então nos limites da cidade, seguindo para o norte em direção a Springfield, Massachusetts. O grande veículo de madeira balançava de um lado para outro. O vento açoitava-lhes o rosto. Corriam ao longo de descampados, onde os pássaros alçavam vôo e pousavam à sua passagem. A menina avistou rebanhos de vacas pastando, cavalos castanhos saltando ao sol. Uma fina camada de pó de giz cobriu-lhe o rosto como uma máscara, branqueando-lhe a pele, realçando os grandes olhos úmidos, a boca vermelha, e Tateh sentiu um momentâneo choque ao perceber-lhe a maturidade. O carro disparava pelos trilhos, estrada afora, e sempre que se aproximava de algum cruzamento fazia soar a trombeta. A certa altura deteve-se para aceitar um carregamento de hortaliças. Passageiros apinhavam-se no corredor. A menina aguardava, ansiosa, que o bonde atingisse velocidade. Tateh percebeu que se sentia feliz. Estava adorando a viagem.

Segurando a mala ao colo, passou o braço livre pela cintura da menina. E surpreendeu-se sorrindo. O vento açoitou-o no rosto e invadiu-lhe a boca. O bonde parecia que ia saltar dos trilhos. Sacudia-se de um lado para outro e todo mundo ria. Tateh riu. Viu passar a aldeia de sua infância, algumas verstas* para além do prado. Um campanário de igreja projetava-se sobre uma colina. Em criança adorava trens, adorava viajar nas grandes carretas ao luar de verão, corpos de crianças caindo uns sobre os outros ao rijo sacolejo das carroças. Olhou ao redor para os passageiros do bonde e pela primeira vez, desde que chegara à América, achou que seria possível viver ali. Em Springfield, compraram pão e queijo, e entraram num vagão moderno, pintado de verde-escuro, da Worcester Electric Street Railway. Tateh compreendeu que iria pelo menos até Boston. Calculou o custo de todas as passagens e verificou que chegaria a 2,40 dólares para ele e pouco acima de 1 dólar para a menina. O bonde enveredou, cantando baixinho, por estradas de terra e o sol atrás deles se punha nas Berkshires. Grupos de pinheiros lançavam compridas sombras. Passaram por um único remador numa ginga, remando num rio largo e muito tranqüilo. Avistaram uma grande roda de moinho girando lentamente sobre um riacho. As sombras intensificaram-se. A menina adormeceu. Tateh, a mala presa no colo, mantinha os olhos nos trilhos em frente, que brilhavam à luz do feixe único da poderosa lâmpada elétrica, em cima na parte dianteira do carro.

---

*Medida itinerária russa que equivale a 1.067 metros. (*N. do E.*)

13

Trilhos! Trilhos! Aos visionários que escreviam para as revistas populares parecia que o futuro se encontrava no extremo de linhas paralelas. Havia estradas de ferro estendendo-se a longa distância, ferrovias elétricas interurbanas, vias urbanas, elevados lançando suas linhas de aço sobre a terra, ziguezagueando como a textura de uma infatigável civilização. E em Boston e Nova York havia até estradas de ferro sob as ruas, novos sistemas de transporte rápido subterrâneo, carreando diariamente milhares de pessoas. Em Nova York, de fato, o sucesso do metrô de Manhattan provocara a exigência de uma linha para o Brooklyn. Em conseqüência, realizava-se um milagre da engenharia – a construção de um túnel sob o East River, do Brooklyn a Battery. Escavadores, trabalhando sob a proteção de um escudo hidráulico, escavavam no leito do rio centímetro a centímetro instalando os segmentos de tubos em ferro forjado. Os homens que realizavam esse trabalho eram considerados heróis. Escavando sob o rio, estavam sujeitos a um destino horrível. Um dos perigos típicos era a explosão, quando o ar comprimido encontrava uma falha no teto do túnel e escapava com um sopro violento. Certo dia houve um escapamento tão explosivo que sugou quatro operários que se encontravam no túnel, atirando-os através de seis metros do depósito do rio e lançando-os a uma altura de 12 metros. Apenas um dos homens sobreviveu. O acidente conquistou manchetes em todos os jornais, e quando Harry Houdini leu as reportagens, durante o café-da-manhã, vestiu-se às pressas e correu ao Bellevue Hospital, para onde fora transportado o operário sobrevivente. Sou Harry
Houdini, explicou na portaria, e preciso falar àquele

operário. Duas enfermeiras conferenciaram por detrás do balcão. Entretanto, ele lançou um olhar às papeletas e correu escada acima. É proibido subir, declarou uma rígida enfermeira, quando o mágico atravessava uma enfermaria cheia de doentes e moribundos. Feixes de luz do alegre sol da manhã batiam como contrafortes nas janelas altas e empoeiradas. Reunida ao redor da cama do heróico operário, encontrava-se a família – a mulher, a velha mãe de lenço na cabeça, dois robustos filhos. Um médico atendia-o. O operário estava envolto em ataduras da cabeça aos pés. Os braços no gesso apoiavam-se em tração, assim como uma das pernas. A intervalos emergia da cabeça enrolada em gaze um gemido fraco. Houdini pigarreou. Sou Harry Houdini, declarou à família. Ganho a vida escapando. É esta a minha profissão. Sou escapologista. Mas afirmo que nunca realizei uma fuga que se aproximasse desta. Indicou a cama. A família fixou-o sem qualquer expressão na apática fisionomia eslava. A avó, sem tirar os olhos de Houdini, disse algo em língua estrangeira – uma pergunta, porque um dos filhos respondeu no mesmo idioma, incluindo o nome de Houdini. Continuaram a fixá-lo. Vim apresentar os meus respeitos, disse Houdini. Os rostos eram planos, testas largas, olhos separados. Não retribuíram o sorriso. Como entrou aqui? Perguntou o médico. Não ficarei mais que um minuto, falou Houdini. Quero apenas perguntar-lhe uma coisa. Acho melhor que saia, disse o médico. Houdini voltou-se para a família. Quero saber o que ele sentiu. Quero saber o que fez para chegar à superfície. Foi o único que conseguiu. Deve ter feito alguma coisa. Gostaria de saber. É muito importante para mim. Tirando a carteira do bolso retirou algumas notas. Acho que isto lhes seria útil. Vamos, tomem, gostaria de ajudar. A família continuava a fixá-lo. Ouviu-se um som vindo do vulto que se encontrava na cama. Um dos filhos inclinou-se, ouvido junto à cabeça, escutou por um instante e fez que sim. Voltando-se para o irmão disse-lhe qualquer coisa. Eram rapazes altos, com mais de um metro e oitenta, tórax como barris. Nada de agressões, disse o médico. Houdini deu consigo mesmo erguido pelos braços e arrastado pela enfermaria, os pés mal tocando o chão. Decidiu não resistir. Conhecia truques de autodefesa e havia maneiras de livrar-se daqueles imbecis, mas, afinal, encontrava-se num hospital.

Houdini caminhou pela rua com as orelhas ardendo de humilhação. Usava chapéu com as abas voltadas para baixo e casaco de linho justo, de botões duplos, em cujos bolsos mergulhou as mãos. As calças eram marrom-claras e os sapatos marrom e branco, de bico pontudo. Era uma fria tarde de outono e a maioria das pessoas vestia sobretudo. Houdini movimentava-se com rapidez pelas ruas apinhadas de Nova York. Era inacreditavelmente flexível. Havia um espetáculo que utilizava o mundo real como palco e a este ele não conseguia alcançar. Apesar de todas as realizações, era um vigarista, um ilusionista, um simples mágico. Que sentido teria a sua vida se as pessoas ao saírem do teatro o esquecessem? As manchetes dos jornais diziam que Peary chegara ao Pólo. Eram os feitos da vida real que ingressavam nos livros de história.

Houdini decidiu concentrar-se em espetáculos ao ar livre. Durante uma turnê escapou de um caixote fechado com pregos e amarrado com cordas, mergulhado no gélido rio Detroit. Ele próprio mergulhou em rios de Boston e Filadélfia, onde o gelo flutuava. Praticou para as escapadas aquáticas, sentado na banheira de casa e rodeado de blocos trazidos pelo geleiro. Mas nada se modificou. Resolveu fazer uma turnê pela Europa. Estreara ali quando não conseguira ingressar nos grandes circuitos de variedades dos

Estados Unidos. Sentia, estranhamente, que na Europa as pessoas o compreendiam melhor do que seus próprios conterrâneos. Dias antes da partida concordou em fazer um espetáculo em benefício de mágicos idosos e atores aposentados. Queria surpreendê-los com uma nova fuga e contratou um grupo de serventes do Bellevue que, subindo ao palco, o envolveriam da cabeça aos pés em ataduras. Isso foi feito. Envolveram-no, em seguida, em vários lençóis, prenderam-no a uma cama de hospital e atiraram água sobre ele para que os envoltórios se tornassem mais pesados. Houdini escapou. O velho pessoal de teatro aplaudiu entusiasticamente. Ele continuou insatisfeito.

Houdini deveria embarcar para a Europa no *Imperator*, imenso navio alemão com uma figura na proa – algo estranho para um transatlântico moderno de três conveses. A cabeça de proa era uma águia coroada, com as garras encravadas no mundo. A velha mãe de Houdini, a Sra. Weiss, foi até o cais para despedir-se dele. Era uma senhora miúda e correta, toda vestida de preto . Houdini beijou-a, abraçou-a com força, beijou-lhe as mãos e subiu a prancha de embarque. Tornou a descê-la correndo, e de novo a beijou, segurando-lhe o rosto entre as mãos. Beijou-lhe os olhos. Ela meneou a cabeça e acariciou-o. Houdini subiu correndo e acenou. Não sabia se tornaria a vê-la. Quando o grande vapor recuou para o rio, postou-se à amurada e continuou acenando, agitando o boné para atrair-lhe a atenção. Era óbvio que ela não poderia vê-lo. Ridículo, gritou, porque as máquinas do vapor agitavam a água do rio; continuou a observar a diminuta silhueta em preto, correndo pelo convés de bordo quando os rebocadores voltaram a embarcação para o rio. De pé, no cais, a frágil velhinha observava o navio afastar-se. Apreciava a dedicação do filho. Certa vez, ele se aproximara, pedira que ela segurasse as pontas do avental e ali despejara cinqüenta dólares de ouro. Era um bom menino. Tomando um cabriolé voltou para casa na 113th Street, a fim de esperar por ele.

Houdini iniciou sua turnê pela Europa no Hansa, de Hamburgo. O público mostrou-se entusiasmado. Os jornais concederam-lhe amplo espaço. Jamais se sentira tão insatisfeito. Perguntava por que dedicara a vida ao entretenimento ocioso. O público aplaudia. Após cada espetáculo havia sempre uma pequena multidão à entrada dos artistas. Mostrava-se seco com o público. Um dia compareceu a uma demonstração de uma máquina voadora fabricada pelos franceses, o Voisin, um belo biplano de asas quadradas, leme e três rodas de bicicleta delicadamente reforçadas. O aviador voou sobre uma pista de corridas e pousou no centro do campo e no dia seguinte seu feito era descrito nos jornais. Houdini agiu com decisão. Dentro de uma semana era proprietário de um biplano Voisin, que lhe custou cinco mil dólares. Foi-lhe entregue com um mecânico francês, que dava aulas sobre a arte de voar. Obteve licença para utilizar um campo de paradas nas imediações de Hamburgo. Em todos os países por onde andara, sempre se entendera bem com os militares. Os soldados eram seus admiradores em toda parte. Diariamente, ao amanhecer, dirigia-se ao campo de exercícios e instalava-se nos controles do Voisin, enquanto o mecânico francês lhe indicava a função e a finalidade das manivelas e pedais ao alcance do piloto. O avião era dirigido por meio de uma grande roda montada em posição vertical e ligada por um eixo ao leme dianteiro. O piloto sentava-se diante do leme num banquinho encaixado entre duas asas. Atrás ficava o motor e, para além do motor, a hélice. O Voisin era de madeira. As asas,
cobertas de tecido bem esticado e calafetado com verniz.

Os parafusos ligando as asas duplas eram revestidos do mesmo material. O Voisin parecia um papagaio quadrado. Houdini mandou pintar seu nome em letras de imprensa no painel exterior das asas e nos estabilizadores traseiros. Mal conseguia esperar pelo primeiro vôo. O paciente mecânico instruía-o nas diversas operações necessárias para fazer a máquina levantar vôo, mantê-la no ar e pousá-la. Todas as noites Houdini fazia seus truques e de madrugada saía para as aulas. Certa manhã, quando o firmamento avermelhado estava límpido, o mecânico finalmente achou as condições do vento favoráveis, empurrou a máquina para fora do galpão e voltou-a para a brisa. Houdini instalou-se no lugar do piloto, virou o boné para trás, puxou-o para baixo com força e agarrou o manche. Seus olhos estreitaram-se em concentração. Ergueu o queixo com firmeza e, voltando a cabeça, fez sinal ao mecânico, que acionou a hélice de madeira. O motor pegou. Era um Enfield de 80 cavalos, considerado melhor do que o que os próprios irmãos Wright usavam. Mal ousando respirar, Houdini acelerou o motor, deixou em ponto morto, tornou a acelerar. Finalmente ergueu o polegar. O mecânico passou sob a asa e retirou os calços das rodas. O aparelho avançou lentamente. Houdini respirava cada vez mais rápido, à medida que o Voisin ganhava velocidade. Em breve saltitava pelo chão e o piloto sentia as asas assumirem autonomia, como se uma presença incorpórea se houvesse reunido ao empreendimento. A máquina alçou-se do chão. Houdini julgou estar sonhando. Precisou conter a emoção, ordenando severamente a si mesmo manter as asas niveladas e o acelerador de mão continuamente em sintonia com a velocidade de vôo. Estava no ar! Seus pés movimentaram os pedais, as mãos agarraram a roda do controle e suavemente o leme dianteiro inclinou-se para baixo e o aparelho subiu para os céus. Ousou olhar: a terra a 150 metros. Já não ouvia o pulsar do motor à retaguarda. Sentia o vento no rosto e percebeu que gritava. Os fios de retenção pareciam cantar, as grandes asas acima e abaixo ondulavam, mergulhavam e brincavam no ar com sua incrível inteligência. As rodas de bicicleta giravam devagar, preguiçosas, na brisa. Houdini voava sobre um agrupamento de árvores. Ganhando confiança, fez uma difícil manobra, uma inclinação lateral em curva. O Voisin descreveu um amplo círculo ao redor do campo de treinamento. Avistou então o mecânico ao longe, junto ao galpão, erguendo os braços numa saudação. Tranqüilo, Houdini nivelou as asas, deslizou sob a brisa e começou a descer. No momento em que as rodas tocaram o chão, a crueza do impacto sacudiu-o. E quando o aparelho deslizou, acabando por imobilizar-se, a única coisa que desejou foi voar novamente.

Em vôos subseqüentes, Houdini permaneceu no ar até 10 ou 12 minutos, o que era virtualmente um desafio à capacidade de combustível do avião. Parecia-lhe às vezes planar como que suspenso das nuvens sobre sua cabeça. Avistava aldeias inteiras, aninhadas lá embaixo na paisagem alemã, e acompanhava sua própria sombra em estradas inacreditavelmente retas, contornadas de sebes. Certa vez voou tão alto que avistou ao longe os contornos medievais de Hamburgo, com relances do Rio Elba. Orgulhava-se imensamente de seu avião. Desejava ingressar na história da aviação. Jovens oficiais da caserna local começaram a procurar o campo de treinamento a fim de ver Houdini voar. Passou a conhecer de nome alguns deles. E então o comandante, cuja permissão fora necessária para o uso do campo, perguntou a Houdini se estaria interessado em fazer algumas conferências para os jovens oficiais a respeito da arte de voar. O mágico concordou prontamente.

Reajustando sua programação, iniciou uma série de conferências informais. Gostava dos jovens oficiais. Eram muito inteligentes e respeitosos. Riam de seus gracejos. Seu alemão era imperfeito e com inflexões de iídiche, mas aparentemente ninguém notava.

Certa manhã, após um vôo, Houdini taxiava o aparelho para o galpão quando viu à sua espera um Mercedes cheio de oficiais do Exército Imperial Alemão. Antes que pudesse desembarcar, seu amigo, o comandante, ergueu-se do banquinho escamoteável do carro, fez continência e perguntou-lhe de maneira formal se se importaria de levantar vôo novamente com o Voisin, para uma demonstração. Houdini olhou para os dois senhores idosos, cobertos de medalhas, sentados no banco traseiro do carro, que o cumprimentaram com a cabeça. Sentado muito teso no banco da frente, junto ao motorista, encontrava-se um soldado usando capacete de espigão e segurando a carabina nos joelhos. Naquele instante, um Daimler branco, com carroceria fechada para os passageiros, aproximou-se lentamente do carro oficial. Seus adornos metálicos estavam polidos a ponto de faiscar e até os raios brancos das rodas mostravam-se perfeitamente limpos. Uma bandeira de franjas douradas ondulava no pára-choque dianteiro. Houdini não pôde ver o interior da cabine. É claro, respondeu. E ordenou ao mecânico que reabastecesse o aparelho. Dentro de minutos estava novamente no ar, descrevendo amplas curvas ao redor do campo. Tentou imaginar que aparência teria do chão e sentiu a emoção do desempenho. Passou ruidosamente sobre os carros a uma altura de trinta metros e fez a volta a 15 metros, ondulando as asas e acenando. Voava para quem quer que estivesse naquele carro branco.

Ao pousar foi escoltado até o grande Daimler. O motorista abriu a porta e ficou em posição de sentido. Sentado no carro estava o Arquiduque Francisco Ferdinando, herdeiro do trono austro-húngaro. O arquiduque vestia uniforme de marechal-de-campo do exército austríaco e segurava na curva do braço um capacete emplumado. Seus cabelos eram cortados bem rentes e retos como uma escova no alto da cabeça. Tinha grandes bigodes encerados, que se curvavam para cima. Fitou Houdini com olhar estúpido, de pálpebras pesadas. Sentada ao seu lado estava sua mulher, a condessa Sophia, solene matrona que bocejava delicadamente por detrás da mão enluvada. O Arquiduque Francisco Ferdinando aparentemente ignorava quem era Houdini. Cumprimentou-o pelo invento do aeroplano.

Parte II

14

Ao regressar a New Rochelle, Papai subiu os degraus de entrada da casa, passou sob os gigantescos bordos noruegueses e encontrou sua mulher com um bebê negro nos braços. No sótão, a moça negra continuava retraída. A melancolia sugara-lhe a vontade dos músculos. Não tinha forças para segurar o filho. Permanecia o dia inteiro no quarto, olhando as vidraças em forma de diamante recolher a claridade, cintilar com ela e depois ceder. Papai observou-a através da porta aberta. A moça ignorou-o. Ele andou pela casa, encontrando por toda parte sinais de sua ausência. Seu filho já possuía escrivaninha, como convinha a todos os estudantes. Julgava escutar o vento do Ártico, mas era a criada Brigit empurrando um aspirador elétrico sobre o tapete da sala. O mais estranho de tudo era o espelho do banheiro: devolvia-lhe o rosto lúgubre, barbado, de um abandonado, um homem sem lar. O espelho do *Roosevelt* não revelara aquilo. Despiu-se e sentiu-se chocado com os contornos do seu corpo, as costelas e a clavícula, a epiderme branca e vulnerável, o quadril ossudo, o órgão pendente, mais vermelho que tudo. À noite, na cama, Mamãe abraçou-o e tentou aquecer-lhe os rins, aninhando-o, ao deitar junto às suas costas, envolvendo aquela estranha frialdade. Perceberam ambos que desta vez ele permanecera longe tempo demais. Lá embaixo, Brigit colocou um disco na Victrola, acionou a manivela e sentou-se na sala, fumando um cigarro e escutando John McCormacy cantar *I Hear*   99

You Calling Me. Estava fazendo o possível para perder o emprego. Já não era eficiente nem respeitadora. Mamãe atribuía a mudança à chegada da jovem negra. Papai relacionava-a com os graus de alteração no plano moral. Percebia-a em toda parte, aquela nova estação, e sentia-se aturdido. No escritório, disseram-lhe que as costureiras do departamento das bandeiras haviam ingressado num sindicato de Nova York. Vestiu-se com roupas tiradas do armário e estas ficaram enormes, tão disformes quanto as peles que usara durante um ano. Trouxe presentes para casa. Deu ao filho um par de presas de vaca marinha e um dente de baleia com entalhes esquimós. À mulher, deu uma pele de urso polar branco. Retirou seus tesouros árticos da mala – os cadernos do seu diário com as capas enrolando nos ângulos, as páginas rígidas, como se tivessem sido molhadas; uma foto autografada do comandante Peary; uma ponta de arpão em osso; três ou quatro latas de chá intactas – tesouros inacreditáveis no Norte, mas que ali na sala pareciam as embaraçosas posses de um selvagem. A família, de pé, ao redor, observava-o de joelhos. Nada tinha a dizer-lhe. Na curva setentrional do mundo reinavam uma escuridão e um frio que se insinuaram na sua pessoa, recurvando-lhe os ombros. Esperando que Peary voltasse ao *Roosevelt*, escutava o vento uivar à noite, enlaçando, com amor e gratidão, o corpo fedorento, cheirando a peixe, de uma esquimó. Colocara seu corpo naquele peixe malcheiroso e mal ousava trazer à mente a velha palavra anglo-saxã. Isso ele fizera. Em New Rochelle, sentia em si mesmo o cheiro do óleo de fígado de peixe, peixe no hálito, peixe nas narinas. Esfregava-se até ficar vermelho. Fixava os olhos de Mamãe em busca do castigo. Encontrou, em vez disso, a mulher curiosa e atenta à sua nova personalidade. Percebeu que todas as noites desde que voltara haviam dormido na mesma cama. Já não era, de certo modo, tão decididamente casta como fora. Enfrentava-lhe o olhar. Deitava-se com os cabelos soltos. Uma noite, sua mão roçou-lhe o peito e pousou debaixo da camisola do marido. Ele concluiu que Deus lhe reservava castigos tão torturantes que seria inútil tentar prevê-los. Com um gemido voltou-se para ela e encontrou-a disposta. Suas mãos, atraindo-lhe o rosto, não sentiram as lágrimas do marido.

Mas a casa com seus janelões, ângulos chanfrados e três janelas na água furtada erguia-se no terreno como um navio. Os toldos enrolados estavam presos às janelas. Postou-se na calçada, numa radiosa manhã de novembro. As folhas caídas, cobertas de geada, jaziam como um oceano encapelado ao redor da casa. O vento soprava. Voltara coxeando de leve. Pensou em preparar sua conferência de regresso para o Clube dos Exploradores de Nova York e descobriu que preferia ficar sentado na sala, os pés junto a um aquecedor elétrico. Toda a família tratava-o como a um convalescente. O filho levava-lhe caldo de carne. O menino crescera e perdera um pouco de seu aspecto rotundo. Estava se tornando competente e útil. Discutia com inteligência o cometa Halley. Papai sentia-se infantil ao seu lado.

Os jornais publicavam notícias do safári que Teddy Roosevelt fazia na África. O grande defensor das espécies matara 17 leões, 11 elefantes, 21 rinocerontes, 8 hipopótamos, 9 girafas, 47 gazelas, 29 zebras e mais antílopes, gnus, impalas, gamos, javalis e cervos sem conta.

Quanto aos negócios na ausência de Papai, tudo aparentemente correra bem. Mamãe era capaz de falar com decisão de questões como custo unitário, balanço e publicidade. Assumira responsabilidades executivas. Fizera alterações em certos processos de faturamento e contratara quatro novos agentes de vendas na Califórnia e no Oregon. Tudo que fizera manteve-se de pé sob o exame de Papai, que ficou abismado. Na mesinha de cabeceira de Mamãe havia um volume intitulado *The Ladie's Battle*, de Molly Elliot Seawell. Encontrou também um panfleto a respeito de planejamento familiar, cujo autor era Emma Goldman, a anarquista revolucionária. Na oficina, sob uma clarabóia, descobriu o cunhado inclinado sobre uma mesa de desenho. O Irmão Mais Novo de Mamãe começava a perder os cabelos louros. Estava pálido e magro e menos comunicativo que nunca. O mais extraordinário era o tempo que passava trabalhando – 12 a 15 horas por dia. Assumira a divisão de fogos de artifício e desenhara dezenas de novos foguetes, buscapés e um novo tipo de bombinha empacotada não cilindricamente e sim numa embalagem esférica. Com seu pavio lembrando uma haste, recebeu o nome de Bomba Cereja. Os dois dirigiram-se, certa manhã, ao campo de testes do Irmão Mais Novo, no final da linha de bondes, nos pântanos marinhos. Vestiam pesados sobretudos pretos e chapéu-coco. Papai postou-se numa ligeira elevação, junto ao capim alto. Num descampado de lama seca, a quase cem metros de distância, o Irmão Mais Moço inclinou-se e preparou a demonstração. Combinara com Papai que a primeira combustão seria a da bombinha padrão e a segunda, da Bomba Cereja. Subitamente, levantou-se, ergueu um braço e recuou alguns passos. Papai ouviu o leve estouro do foguete e viu em seguida o fio de fumaça apagado pelo vento. O Irmão Mais Novo adiantou-se novamente, inclinou-se, recuou, desta vez mais rápido, erguendo os braços. Ouviu-se então uma explosão como a de uma bomba verdadeira. As gaivotas rodopiaram, de repente, no ar, Papai sentiu a concussão vibrar-lhe nos ouvidos e ficou alarmado. Quando o Irmão Mais Novo reuniu-se a ele, tinha o rosto vermelho e os olhos brilhantes. Papai observou que a carga talvez fosse demasiado poderosa, provocando acidentes. Não quero produzir algo que possa cegar uma criança, objetou. O Irmão Mais Novo não respondeu, mas voltou ao seu campo de testes e acendeu outra Bomba Cereja, desta vez postando-se a um ou dois passos do estopim. Dava a impressão de estar sob o chuveiro, rosto voltado para a água. Estendeu os braços. A bomba explodiu. De novo inclinou-se e de novo estendeu os braços. A bomba explodiu. Os pássaros esvoaçavam em círculos cada vez mais amplos elevando-se sobre o barulho, sobrevoando a praia, e, picando as ondas encrespadas e planando ao vento.

O rapaz estava de luto. Gradualmente Evelyn Nesbit fora se tornando indiferente e quando ele insistira no seu amor, revelara-se hostil. Enfim, partira um dia com um dançarino profissional de *rag*. Deixara um bilhete. Trabalhariam juntos. O Irmão Mais Novo levou para seu quarto de New Rochelle um caixote cheio de silhuetas e um par de sapatos de cetim bege, que Evelyn jogara fora. Certa vez, nua à exceção dos sapatos e das meias brancas bordadas, ela apoiara as mãos nas coxas e olhara para ele por cima do ombro. Ele ficou de cama dias seguidos depois que voltou. Às vezes agarrava o pênis como se o quisesse arrancar pelas raízes. Ou então caminhava de um lado para outro com as mãos sobre os ouvidos, cantarolando alto quando ouvia a voz dela. Não conseguia olhar para as silhuetas. Gostaria de encher o coração de pólvora e explodi-lo pelos ares. Certa manhã acordou com o perfume dela nas narinas. De todas as lembranças, aquela era a mais penosa. Correndo para baixo, atirou a pilha de silhuetas e os *103* sapatinhos de cetim na lata de lixo. Em seguida, fez a barba e dirigiu-se à fábrica de bandeiras e foguetes.

As silhuetas foram recuperadas pelo sobrinho.

15

O menino guardava como uma preciosidade tudo o que era jogado fora. Recebia sua educação de maneira peculiar e vivia uma vida intelectual inteiramente secreta. Andava de olho nos diários árticos do pai, mas não tentaria lê-los, a menos que ele deixasse de se interessar pelo que escrevera. No seu entender, o sentido de uma coisa era expresso através do seu abandono. Observou as silhuetas, examinado-as cuidadosamente, e escolheu uma delas para pendurá-la na parte interna do seu armário. Era um estudo do mais freqüente modelo do artista, uma menina de cabelos em forma de capacete e postura de alguém que parece prestes a sair correndo. Calçava botinhas muito usadas de cano alto e as meias cambaias das crianças pobres. Escondeu no sótão o restante da coleção de silhuetas. Vivia alerta não só para objetos jogados fora, como para acontecimentos e coincidências inesperadas. Não aprendia coisa alguma na escola, mas saía-se bem porque nada lhe era exigido. Sua professora tinha cabelos duros, ensinava declamação e batia palmas enquanto os alunos praticavam nos cadernos as linhas curvas que, segundo se julgava, incentivavam uma boa caligrafia. Em casa revelava inclinação pelos volumes de *Motor Boys* e raramente perdia uma edição do *Wild West Weekly*. Por qualquer motivo, esses gostos, que a família não considerava excepcionais, eram um conforto para todos. Mamãe desconfiava que ele era um menino estranho, embora não partilhasse com ninguém esta impressão, nem mesmo com Papai. Qualquer indício de que o filho era uma criança comum animava-a. Desejava que tivesse amigos. Papai ainda não se recuperara e Irmão Mais Novo vivia demasiadamente atormentado com suas preocupações para ser de alguma utilidade, de modo que restava Vovô para cultivar o que talvez fosse esquisitice do menino, ou simplesmente independência de espírito.

O velho era muito magro e curvado e recendia a mofo, talvez porque tivesse poucas roupas e se recusasse a comprar ou aceitar algo novo. Além disso, tinha os olhos constantemente marejados. Contudo, sentava-se na sala e contava ao menino histórias de Ovídio. Falavam de gente que se transformava em animais, árvores ou estátuas. Eram histórias de transformação. Mulheres tornavam-se girassóis, aranhas, morcegos, pássaros; homens transformavam-se em serpentes, porcos, pedras e até em ar, simplesmente. O menino ignorava que se tratasse de Ovídio e não teria feito diferença se soubesse. As histórias de Vovô insinuavam-lhe que as formas vitais eram voláteis e que tudo neste mundo poderia facilmente ser outra coisa. Com freqüência a narrativa do velho deslizava do inglês para o latim sem que ele percebesse, como se estivesse lendo para uma de suas classes de quarenta anos atrás, de modo que nada parecia imune ao princípio da volatilidade, nem mesmo o idioma.

O menino considerava o avô um tesouro abandonado. Aceitava as histórias como imagens da verdade e, portanto, como proposições que poderiam ser testadas. Encontrou provas, em sua própria experiência, da instabilidade tanto das coisas como das pessoas. Era capaz de olhar para a escova de cabelos no armário e fazê-la escorregar e cair ao chão. Quando levantava a janela do quarto, ela poderia fechar-se no momento em que ele achasse que o cômodo estava esfriando. Gostava de ir ao cinema no Teatro New Rochelle, na Main Street. Conhecia os princípios da fotografia, mas via também que o cinema dependia da capacidade dos seres humanos, animais ou objetos cederem porções de si mesmos, os resíduos de sombra e luz que deixavam para trás. Escutava fascinado a Victrola e tocava repetidamente o mesmo disco, fosse qual fosse, como se quisesse testar a resistência de um evento duplicado.

E então deu para estudar-se no espelho, esperando talvez que alguma mudança se realizasse diante de seus olhos. Não percebia que estava mais alto do que há alguns meses, ou que seu cabelo começava a escurecer. Mamãe notou esta nova atenção para com sua pessoa e interpretou-a como a vaidade de um menino que começa a considerar-se um homem. Havia certamente ultrapassado a idade dos ternos de marinheiro. Sempre discreta, nada disse, mas sentiu-se muito satisfeita. De fato, ele cultivava o hábito, não por vaidade, mas porque descobrira no espelho um meio de autoduplicação. Fixava-se até haver dois seres enfrentando um ao outro, nenhum dos quais poderia afirmar ser o verdadeiro. Dava a impressão de estar desencarnado. Já não era algo exato como uma pessoa. Tinha a vertiginosa sensação de separar-se infinitamente de si mesmo. E mergulhava tão fundo no processo que se tornava incapaz de emergir, embora tivesse a mente lúcida. Precisava de um estímulo externo, um barulho forte, ou uma mudança de luz vinda através da janela, para captar-lhe a atenção e reintegrá-lo.

E seu pai, o homem vigoroso e cheio de autoconfiança, que voltara encaveirado, curvado e barbado? E seu tio, vertendo cabelos e lassitude? No sopé da colina da Broadview Avenue, certo dia, os cidadãos eminentes da cidade inauguraram a estátua de bronze de um velho governador holandês, homem de fisionomia feroz, chapéu de copa quadrada, capa, calças bufantes e sapatos de fivela. A família compareceu à cerimônia. Havia outras estátuas nos parques da cidade e o menino conhecia-as todas. Acreditava que era um meio de transformação dos seres humanos e, em certos casos, de cavalos. Contudo, nem mesmo estátuas permaneciam as mesmas. Assumiam diferentes coloridos ou perdiam fragmentos de si mesmas.

Era evidente que o mundo se compunha e recompunha sem parar, num infindável processo de insatisfação.

O inverno tornou-se extremamente frio e seco, e os lagos de New Rochelle eram ideais para a patinação. Aos sábados e domingos, Mamãe, o Irmão Mais Novo e o menino patinavam no lago que existia no bosque no extremo da Paine Avenue, a rua transversal a Broadview. O Irmão Mais Novo patinava sozinho, em longos, solenes e graciosos movimentos sobre o gelo, mãos às costas, cabeça baixa. Mamãe usava chapéu de peles, um comprido casaco preto e conservava as mãos num regalo, enquanto o filho patinava segurando-lhe o braço. Ela esperava assim distraí-los de suas solitárias atividades interiores. Era uma cena alegre, com adultos e crianças da vizinhança patinando sobre o gelo branco, onde se destacavam as longas echarpes coloridas, esvoaçando ao pescoço, faces e narizes vermelhos. Gente caía e ria e era levantada. Cães esforçavam-se por manter o equilíbrio acompanhando as crianças. Ouvia-se o constante ruído das lâminas dos patins cortando o gelo. Algumas famílias colocavam cadeiras de vime sobre deslizadores para os mais velhos ou menos ousados, empurrando-os com solicitude. Os olhos do menino, porém,

viam apenas os traços feitos pelos patinadores, rapidamente apagados, de momentos passados, viagens realizadas.

16

O mesmo inverno surpreendeu Tateh e a filha na cidade
industrial de Lawrence, Massachusetts. Haviam chegado
no outono anterior, tendo ouvido falar que ali havia empregos. Tateh permanecia diante de um tear 56 horas por
semana. Seu salário era pouco menos de seis dólares. A família morava num cortiço sem aquecimento, no alto de
uma colina. Ocupavam uma peça que dava para um beco
onde os moradores costumavam atirar o lixo. Tateh tinha
medo que a menina caísse vítima dos maus elementos da
vizinhança. Recusou-se a matriculá-la na escola – ali era
mais fácil que em Nova York evitar as autoridades – e for-
çava-a a ficar em casa quando não podia sair com ela. Depois do trabalho andavam durante uma hora pelas ruas
escuras. A menina tornou-se pensativa. Ombros tesos, caminhava como uma mulher. Ele se torturava antecipando-
lhe a maturidade. No momento em que a menina se torna
mulher precisa de mãe para orientá-la. Teria que passar sozinha por aquela difícil alteração? E se ele encontrasse alguém para casar, como receberia ela o novo membro da
família? Talvez para ela fosse a pior coisa do mundo.

Os deprimentes cortiços de madeira estendiam-se em
filas infindáveis. Encontravam-se ali todos os povos europeus – italianos, poloneses, belgas, judeus, russos. Não havia entendimento entre os diferentes grupos. Um dia, a
maior das fábricas, a American Woolen Company, distri-

buiu envelopes com uma redução no salário e um estremecimento percorreu os operários. Vários trabalhadores italianos abandonaram suas máquinas e correram pela fábrica convocando uma greve, arrancando fios e atirando carvão pelas janelas. Outros imitaram-nos. A ira espalhou-se. Por toda a cidade operários abandonavam as máquinas. Os que não conseguiam tomar uma decisão eram arrebatados pelo impulso do momento. Em três dias todas as fábricas de têxteis de Lawrence estavam virtualmente fechadas.

Tateh ficou desconsolado. Íamos morrer de fome ou de frio, disse à filha. Agora seremos fuzilados. Mas trabalhadores do sindicado dos tecelões, que sabiam organizar rapidamente uma greve, vieram de Nova York para orientar tudo. Um comitê grevista foi constituído, com representantes de todas as nacionalidades, e uma mensagem foi expedida aos trabalhadores: nada de violência. Levando a filha, Tateh reuniu-se aos milhares de piquetes que rodeavam a fábrica – maciço prédio de tijolos que se prolongava por mais de um quarteirão – caminhando sob o céu cinzento e frio. Bondes desciam a rua, os motoristas espreitavam os milhares de manifestantes caminhando silenciosamente sob a neve. Os fios de telefone e telégrafo arqueavam-se, pesados de gelo. Policiais armados de rifles guardavam nervosos os portões da fábrica. Todos usavam sobretudo.

Houve inúmeros incidentes. Uma operária foi baleada na rua. Os únicos armados eram a polícia e a milícia, mas os dois líderes da greve, Ettor e Giovanetti, foram detidos por cumplicidade no tiroteio e colocados na prisão, à espera de julgamento. Algo de semelhante era de se esperar. Tateh dirigiu-se à estação para assistir à chegada a Lawrence dos substitutos de Ettor e Giovanetti. Havia uma imensa multidão. Do trem saltaram Big Bill Haywood, o mais famoso de todos os líderes. Vinha do oeste e usava 109 chapelão, que tirou da cabeça para acenar. Um aplauso brotou da multidão. Haywood ergueu as mãos, pedindo silêncio, e falou. Sua voz era magnífica. Aqui não há estrangeiros, exceto os capitalistas, declarou. A multidão aplaudiu, delirante. Em seguida, todos marcharam pelas ruas, cantando a *Internacional*. A menina nunca vira Tateh tão entusiasmado. Gostava da greve porque assim saía do quarto. E segurava a mão do pai.

Mas a luta prosseguiu, semana após semana. Comitês de auxílio haviam estabelecido cozinhas em todos os bairros. Não é caridade, explicou uma mulher a Tateh quando este, depois de a menina ter recebido sua porção, recusou a dele. Os chefes querem os operários enfraquecidos, portanto é preciso que estejam fortes. As pessoas que nos ajudam hoje precisarão amanhã do nosso auxílio. Na linha do piquete, nas manhãs geladas, os operários envolviam o pescoço com echarpes e batiam os pés na neve. O casaco da menina já estava puído. Tateh apresentou-se como voluntário para servir no comitê de cartazes e tirou-os das ruas frias desenhando pôsteres. Eram muito bonitos, mas o homem encarregado do setor disse que não estavam certos. Não queremos arte, disse o homem. Queremos algo que desperte a ira. Queremos manter a fogueira acesa. Tateh desenhara piquetes, silhuetas magras com os pés mergulhados na neve. Desenhara famílias amontoadas em cortiços. Passou a desenhar letras. Todos por um e um por todos. E sentiu-se melhor. À noite levava para casa pedaços de papel, ripas de carvalho, penas e tinta e, para distrair a menina de suas preocupações, começou a desenhar silhuetas. Criou uma cena num bonde, com pessoas entrando e saindo. Ela adorou. Apoiando-a no travesseiro, admirou-a de diferentes ângulos. Isto deu a Tateh uma inspiração.

Executou diversos estudos do bonde e quando os reuniu,

folheando as páginas, tinha-se a impressão de que o veículo se aproximava dos trilhos, vindo de longe, e parava, a fim de que as pessoas entrassem ou saltassem. E ficou tão encantado quanto a menina. Esta o fitou com tão serena aprovação que ele se sentiu impelido a criar para ela. Trouxe para casa mais papel e imaginou-a patinando no gelo. Em duas noites fez 120 silhuetas em folhas do tamanho de sua mão e prendeu-as com um barbante. Segurando o livrinho, a menina folheava as páginas com o polegar e via-se a si mesma patinando para longe e voltando, deslizando e formando um oito, regressando, fazendo piruetas e inclinando-se graciosamente para o público. Tateh abraçou-a e chorou ao sentir-lhe o corpo frágil, os lábios macios contra seu rosto. E se nada pudesse fazer por ela além de desenhar figurinhas? E se continuassem assim em variáveis graus de esperança não concretizada? Ao crescer, a menina amaldiçoaria seu nome.

Entretanto, a greve se tornou famosa. Repórteres chegavam diariamente de todo o país. Outras cidades prestavam apoio. Mas tornava-se cada vez mais fraca a unidade na frente grevista. Um pai de família achava difícil manter a coragem e a resolução. Um plano, segundo o qual os filhos dos grevistas seriam enviados a outros lugares, alojando-se com simpatizantes dos grevistas, foi posto em prática. Centenas de famílias de Boston, Nova York e Filadélfia ofereceram-se para abrigá-las. Outras enviaram dinheiro. Cada família era cuidadosamente investigada pelo comitê grevista. Os pais tinham que assinar documentos comprovando sua permissão. A experiência teve início. Mulheres ricas vieram de Nova York para escoltar a primeira centena que viajaria de trem. Cada criança passava por um exame médico e vestia roupas novas. Chegaram à Grand Central Station, em Nova York, como um exército religioso. Foram recebidas por uma multidão e houve um momento em que todos manusearam a foto de crianças de mãos dadas, olhando relutantes para a frente, como se encarassem o medonho destino industrial que a América lhes havia preparado. A cobertura da imprensa foi das mais amplas. Os proprietários das fábricas de Lawrence perceberam que de todos os estratagemas arquitetados pelos operários, a cruzada das crianças era o mais prejudicial. Se permitissem sua continuação, a opinião pública se inclinaria para os operários e os patrões teriam de ceder. Isto significaria um aumento salarial que levaria certos trabalhadores a oito dólares semanais. Ganhariam extra pelas horas que trabalhassem além do expediente e por aceleração do ritmo de trabalho. E não seriam punidos pela greve, o que era um absurdo. Os proprietários sabiam quem eram os administradores da civilização e a fonte do progresso e prosperidade da cidade de Lawrence. Pelo bem do país e do sistema democrático americano, decidiram que não haveria mais cruzadas de crianças.

Entretanto Tateh debatia consigo mesmo. Claro que o melhor para a menina seria passar algumas semanas com uma família estável. Seria bem alimentada, estaria aquecida e provaria uma amostra de vida familiar normal. Mas não suportava a idéia de separar-se da filha. Estava cheio de maus presságios. Dirigindo-se ao comitê de auxílio, instalado numa loja nas proximidades da fábrica, conversou com uma das mulheres que ali se encontravam. Ela garantiu-lhe que havia um excesso de boas famílias da classe operária oferecendo-se para abrigar uma criança. Judias? Perguntou Tateh. Peça o que quiser e nós temos, respondeu a mulher. Mas Tateh não conseguia decidir-se a assinar os documentos. Todas as famílias são investigadas, disse a mulher. Acha que podemos ser negligentes num assunto como este? Fui socialista a vida inteira, afirmou Tateh. Claro, explicou ela. Um médico auscultará a menina. Só por isso já vale a pena. Fará refeições quentes e saberá que seu pai tem amigos no mundo. Mas ninguém o forçará. Veja a fila atrás do senhor. Há muitos interessados.

Tateh pensou: Cá estou eu em meio à fraternidade em ação e pensando como qualquer burguês do *shtetl*. E assinou os papéis de autorização.

Uma semana depois levou a menina à estação da estrada de ferro. Faria parte de um contingente de duzentas, que seguiriam para Filadélfia. Vestia casaco novo e um gorro que mantinha aquecidas as orelhas. Tateh olhava repetidamente para ela. Era linda. Tinha um ar naturalmente distinto. E gostava das roupas novas. Ele se mostrou tranqüilo, procurando não parecer magoado. A menina aceitara a idéia de deixá-lo sem uma palavra de protesto. Claro que seria ótimo para todos os interessados. Mas, já que achava aquilo tão fácil, que aconteceria no futuro? A menina tinha reservas que ele não conseguia romper. Atraía as pessoas. Várias das mães observavam-na. Tateh sentiu-se orgulhoso, mas assustado também. Entraram na sala de espera, um pandemônio de mães e crianças. Alguém gritou: Lá vem ele! E a multidão correu para as portas quando o trem surgiu ruidoso, soltando grandes jatos de vapor.

Um carro reservado para as crianças fora ligado ao final do trem, na linha Boston e Maine. A locomotiva era uma Baldwin 4-6-0. Desceram todos à plataforma, com as enfermeiras registradas do Comitê Feminino de Filadélfia à cabeça da procissão. Não esqueça as boas maneiras, recomendou Tateh pelo caminho. Quando alguém fizer uma pergunta, responda. Fale de modo que possam ouvi-la. Ao ultrapassarem o ângulo da estação, ele notou na rua uma fileira de milicianos com seus chapéus quadrados, empunhando rifles junto ao peito. Estavam voltados na direção oposta à da estação. A procissão parou e recuou um pouco. Houve uma certa agitação no começo da fila. Em seguida, Tateh ouviu um grito, policiais surgiram de todos os lados e de repente a multidão entrou em terrível tumulto. Enquanto os passageiros olhavam espantados pelas janelas do trem, a polícia começou a separar as mães das crianças, arrastando-as, entre gritos e pontapés das mulheres, para caminhões que se encontravam no extremo da plataforma. Os caminhões eram Reo's, do exército, com capô em forma de pagode e tração a corrente. As crianças, pisoteadas, espalharam-se em todas as direções. Uma mulher passou correndo, pondo sangue pela boca. Vapor desprendia-se da locomotiva como farrapos de nevoeiro. A sineta tocou discretamente. Uma mulher surgiu diante de Tateh. Tentou dizer qualquer coisa. Segurava o estômago. Caiu. Tateh pegou a filha nos braços e tirou-a da plataforma, colocando-a no carro mais próximo, onde estaria fora de perigo. Em seguida, voltou a atenção para a mulher caída. Segurando-a por debaixo dos braços, arrastou-a através da multidão até um banco. Quando a estava sentando, atraiu a atenção de um dos policiais, que o agrediu nos ombros e na cabeça com o cassetete. Que está fazendo? Gritou Tateh. Não sabia o que queria aquele louco. Mergulhou de novo na multidão, foi seguido e espancado. Tropeçou e continuou a ser agredido. Finalmente caiu.

A autorização para aquela ação policial fora uma ordem expedida pelo delegado da cidade, proibindo a todas as crianças de saírem de Lawrence, Massachusetts. Para seu próprio bem. Estavam todas de joelhos, segurando o corpo prostrado e ensangüentado dos pais. Choravam. Em poucos minutos a polícia havia desimpedido a plataforma, os caminhões se afastaram, os milicianos marcharam para longe, restando apenas alguns adultos espancados e soluçantes e crianças em pranto. Um dos adultos era Tateh. Apoiado numa das pilastras procurou recuperar o fôlego. Não conseguia raciocinar com clareza. Começou a ouvir sons que haviam sido emitidos minutos antes. Escutou a voz da menina a gritar: Tateh! Tateh! Naquele instante ocorreu-lhe que a plataforma da estação se achava extraordinariamente clara. O trem havia partido. A percepção tocou-lhe o coração como uma corda. Estava completamente alerta e continuava a ouvir a voz. Tateh! Tateh! Ele olhou para trás e viu, nos trilhos, o último vagão do trem para Filadélfia, logo após o fim da estação. O trem estava parado. Disparou a correr, enquanto o trem começava a se movimentar devagar. Saltou para os trilhos. Correu, tropeçando, braços estendidos. As mãos agarraram a grade da plataforma de observação. O trem ganhava velocidade. Seus pés começaram a desligar-se do chão. Os dormentes começaram a passar indistintos. Agarrou-se à grade, conseguindo finalmente erguer os joelhos até a plataforma e ali imobilizar-se, a cabeça premida contra as barras, como um prisioneiro suplicando para ser libertado.

17

Tateh foi salvo por dois condutores, que o levantaram pelos braços e pelo fundilho das calças, colocando-o na plataforma de observação. Encontrou a filha no trem e, ignorando todos os que os rodeavam, condutores, passageiros, tomou-a nos braços e chorou. Em seguida notou que a capa nova da menina estava ensangüentada. Observou-lhe as mãos. Manchadas de sangue. Onde está ferida? Gritou. Ela meneou a cabeça e apontou para ele. Compreendeu 115 então que o sangue que a cobria era seu. Escorria do couro cabeludo, escurecendo-lhe os cabelos brancos.

Um médico que por acaso estava no trem cuidou dos ferimentos de Tateh e deu-lhe uma injeção. Depois disso, ele não soube exatamente o que se passou. Dormiu deitado em duas poltronas, com o braço por travesseiro. Percebia o movimento do trem e sabia que sua filha estava sentada no banco em frente. Olhava pela janela. Eram os únicos passageiros no carro especial para Filadélfia. Às vezes escutava vozes, mas não conseguia despertar o suficiente para saber o que diziam. Ao mesmo tempo, via claramente os olhos da filha, onde colinas nevadas deslizavam lentas, em curva, sobre as pupilas. Assim fez a viagem até o sul de Boston, depois até New Haven, atravessou as cidades de Westchester Rye e New Rochelle, transpôs as estações ferroviárias de Nova York, atravessou o rio até Newark, Nova Jersey e, em seguida, Filadélfia.

Quando o trem chegou, os dois refugiados encontraram um banco desocupado na estação e ali passaram a noite. Tateh não se sentia muito bem. Felizmente levava nos bolsos a parcela do salário semanal que reservara para o aluguel: dois dólares e cinqüenta centavos. A menina sentou-se junto dele no banco desgastado e observou as configurações formadas pelas pessoas que se movimentavam na estação. Nas primeiras horas da manhã havia apenas um carregador empurrando uma grande vassoura sobre o piso de mármore. Parecia, como sempre, aceitar totalmente a situação em que se encontrava. Tateh sentia dor de cabeça, tinha as mãos inchadas e arranhadas. Sentado, as palmas sobre os ouvidos, não sabia o que fazer. Não conseguia raciocinar. Encontravam-se, ignorava como, em Filadélfia.

Pela manhã pegou um jornal que alguém havia abandonado. Na primeira página havia um relato da agressão policial em Lawrence. Encontrou uma caixa de cigarros no bolso e, fumando, leu o jornal. Um editorial clamava por uma investigação do ultraje feito pelo governo federal. Então, a greve fora bem-sucedida. Mas, e daí? Ouviu o ruído dos teares. Um salário de seis dólares e mais alguns trocados. Aquilo transformaria suas vidas? Continuariam a viver naquele quarto miserável, naquela terrível rua sombria. Tateh meneou a cabeça. Este país não me quer deixar respirar. Nesse estado de espírito chegou lentamente à decisão de não regressar a Lawrence. Seus pertences, seus trapos, deixaria à senhoria. O que você trouxe? Perguntou à filha. Ela mostrou-lhe o conteúdo da bolsinha: coisas que separara para a viagem longe de casa. Roupa de baixo, pente, escova, um prendedor de cabelos, ligas, meias e os livros que ele fizera para ela, com as cenas do bonde e da patinadora. Naquele momento, quem sabe, Tateh começou a conceber sua vida isolada do destino da classe operária. Detesto máquinas, disse à filha. Levantou-se, ela imitou-o, tomou-lhe a mão e juntos procuraram a saída. O sindicato dos operários venceu, disse consigo mesmo. Mas, que conseguiu? Alguns centavos de aumento nos salários? Passará a ser dono das fábricas? Não.

Lavaram-se nos banheiros públicos e em seguida dirigiram-se ao café da estação para tomar um desjejum de pãezinhos e café. Passaram o dia caminhando pelas ruas de Filadélfia. Fazia frio e o sol brilhava. Admiraram as vitrinas das lojas e, quando os pés começaram a doer devido à temperatura, entraram numa loja de departamentos para se aquecerem. Era um vasto empório apinhado de fregueses em todas as seções. A menina notou, interessada, que cestinhas metálicas pendiam de fios móveis, transportando o dinheiro e os recibos entre os balcões e a caixa. *117*

Os vendedores puxavam uma corda com punho de madeira para descer as cestinhas e outra para erguê-las. Manequins, feito bonecas adultas, ostentavam barretes de cetim e chapéus de abas largas, com plumas e egretas. Só um desses chapéus custa mais que o meu salário de uma semana, observou Tateh.

Mais tarde, de novo nas ruas, passaram por prédios com fachada metálica, onde caminhões eram erguidos até as plataformas dos armazéns. As vitrinas das companhias de mantimentos e dos atacadistas pouco tinham a oferecer de interessante. Mas o olhar da menina foi atraído para uma vidraça suja, onde estavam expostas todas as novidades em bugigangas das companhias que vendiam pelo correio. A essa altura, os homens de negócios começavam a descobrir o que havia de lucro nas brincadeiras e mágicas de salão. Havia charutos explosivos, rosas de borracha para a lapela que esguichavam água, caixas de pó que provocava espirros, telescópios que deixavam o olho preto, baralhos que explodiam, jogos de manivela, sininhos e estátuas da liberdade, anéis mágicos, canetas explosivas, livros que revelavam o significado dos sonhos, dançarinas com o ventre de borracha, relógios explosivos, ovos idem.

Tateh ficou olhando para a vitrina por muito tempo, depois que o interesse da menina havia arrefecido. Entrou com ela na loja. Tirando o chapéu, falou a um homem de camisa listrada, com ligas nas mangas, que se adiantou ao seu encontro. O homem era amável. Claro, vamos ver, falou. Tateh pegou a bolsa da menina, colocou-a sobre o balcão e abrindo-a, tirou o livro da patinadora. Colocando-se junto ao proprietário, braço esticado, tomou as páginas e folheou-as com habilidade. A menina deslizou para a frente e para trás, descreveu um oito, voltou, fez uma pirueta e

118

uma graciosa inclinação. O homem ergueu as sobrancelhas e estendeu o lábio inferior. Deixe-me tentar, pediu.

Uma hora depois, Tateh saiu da loja com 25 dólares em dinheiro e um contrato assinado, segundo o qual forneceria quatro outros livros a 25 dólares cada. A firma chamava-se Franklin Novelty Company – publicaria os livros, acrescentando-os à sua linha de artigos. Para finalidades de contrato receberam o nome de livros móveis. Vamos, disse Tateh à filha. Encontraremos uma pensão num bom bairro e em seguida faremos uma boa refeição e tomaremos um banho quente.

18

Assim o artista orientou sua vida segundo o fluxo da energia americana. Operários fariam greve e morreriam, mas nas ruas das cidades, um homem empreendedor poderia cozinhar batata doce num balde de carvões em brasa e vendê-las por um ou dois centavos. Um tocador de realejo sorridente seria capaz de encher sua caneca. Phil, o Violinista, sem se deixar intimidar pela neve, cortava os dedos das luvas e tocava sob as janelas iluminadas das mansões. Frank, o Rapaz do Dinheiro, mantinha-se de olhos abertos à procura de um cavalo foragido transportando a filha de um corretor de Wall Street. Em todo o continente, os negociantes comprimiam as gordas teclas de suas caixas registradoras. O valor do evento duplicável era percebido em toda parte. Cada cidade tinha o seu balcão de *ice-cream soda* em mármore belga. Parker, o Dentista Indolor, oferecia-se, fosse onde fosse, para acabar com a dor de dentes. *119*

Em Highland Park, Michigan, o primeiro automóvel Modelo T construído por meio de uma linha de montagem deslizou por uma rampa e pousou na grama, sob um céu cristalino. Era preto, desajeitado e distante do chão. Seu inventor observou-o a distância, chapéu-coco inclinado para trás, mastigando uma baga de palha. Segurava na mão esquerda um relógio de algibeira. Empregador de inúmeros homens, grande parte deles estrangeiros, há muito acreditava que a maioria dos seres humanos era demasiado idiota para ganhar corretamente a vida. E concebera a idéia de reduzir as operações, na linha de montagem de um automóvel, aos gestos mais simples, de modo que qualquer tolo fosse capaz de executá-los. Em lugar de ensinar a um só homem centenas de tarefas na construção de um só carro, fazê-lo caminhar de lá para cá a fim de pegar as peças que se encontravam num depósito geral, por que não colocá-lo num lugar e mandá-lo executar repetidamente uma só tarefa, deixando que as peças chegassem às suas mãos por meio de esteiras rolantes? Assim a capacidade mental do operário não seria forçada. O homem que coloca um parafuso não coloca a porca, disse o inventor aos seus associados. O homem que coloca a porca não a aperta. Ele tinha jeito para falar. Inspirara-se numa visita a uma instalação de acondicionamento de carne, onde o gado atravessava o recinto pendente de ganchos presos a cabos. Com a língua moveu a palha de um canto para outro da boca e consultou novamente o relógio. Parte do seu gênio consistia em parecer a seus executivos e competidores menos inteligente que eles. Roçou a grama com a ponta do sapato. Exatamente seis minutos depois que o primeiro carro rolou pela rampa, um outro idêntico surgiu no alto, deteve-se por um instante, voltado para o sol frio da manhã, e em seguida deslizou para baixo, colidindo com a traseira do primeiro.

Henry Ford fora um fabricante de carros comuns. Experimentava agora êxtase maior e mais intenso que o concedido a qualquer americano que o precedera, sem excetuar Thomas Jefferson. Fizera com que uma máquina se repetisse infinitamente. Seus executivos, gerentes e assistentes reuniram-se para apertar-lhe a mão, lágrimas nos olhos. Concedeu-lhes seis segundos, pelo relógio de bolso, para a manifestação sentimental e em seguida mandou-os todos de volta ao trabalho. Sabia que seriam necessários aperfeiçoamentos e tinha razão. Controlando a velocidade da esteira rolante poderia controlar o ritmo de produção do operário. Não queria que um trabalhador se inclinasse, ou se afastasse a mais de um passo do seu posto. Precisaria dispor de cada segundo necessário à tarefa, mas nem um segundo desnecessário a mais. A partir desses princípios, Ford elaborou a proposição final da fabricação industrial – não só as partes do produto acabado seriam intercambiáveis, como os homens que construíam o produto seriam, eles próprios, intercambiáveis. Em breve produziria três mil carros por mês e os venderia às multidões. Viveria uma existência longa e ativa. Adorava pássaros e animais e contava entre seus amigos John Burroughs, um velho naturalista que estudava os seres humildes das florestas – tâmias, quatis, juncos, cambaxirras e chapins.

19

Mas a realização de Ford não o colocou no alto da pirâmide dos negócios. Somente um homem ocupava aquelas alturas.

Os escritórios da Companhia J. P. Morgan eram sediados em Wall Street, 23. O grande financista comparecia ao trabalho todas as manhãs vestindo terno azul-marinho, sobretudo preto, com gola de pêlo de carneiro, e cartola. Inclinava-se para roupas um tanto fora de moda. Ao sair de sua limusine, a manta do carro tombou-lhe aos pés. Um dos vários funcionários do banco que haviam corrido ao seu encontro recolheu-a e pendurou-a no lugar apropriado, na parte interior da porta. O motorista agradeceu profusamente. Por qualquer motivo o tubo acústico desprendera-se do gancho e outro funcionário do banco pendurou-o no lugar. Entretanto, Morgan entrou no prédio rodeado por assistentes, auxiliares e até mesmo alguns clientes da firma, esvoaçando-lhe ao redor como pássaros. Levava a sua bengala de castão de ouro. Encontrava-se com 75 anos de idade – homem robusto, com 1,80m de altura, cabeça grande coberta de ralos cabelos brancos, bigode igualmente branco e olhos ferozes e intolerantes, colocados com tal proximidade que sugeriam a psicopatologia de sua vontade. Aceitando as homenagens de seus empregados dirigiu-se a seu gabinete, sala modesta, separada por vidros, no térreo do banco, onde ficava visível a todos e todos a ele. Ajudaram-no a despir casaco e sobretudo. Usava colarinho de ponta virada e gravata larga. Instalou-se à escrivaninha e, ignorando as contas dos depositantes, a primeira coisa que estudava em geral, disse aos assistentes: Quero conhecer aquele sujeito, o mecânico. Como se chama? O mecânico de automóveis. Ford.

Percebera na realização de Ford uma ânsia de ordem tão imperiosa quanto a sua. Era o primeiro indício que recebera nos últimos tempos de que talvez não estivesse sozinho no planeta. Pierpont Morgan era o clássico herói americano, o homem nascido no seio de extrema riqueza e que, graças ao trabalho árduo e à crueldade, multiplicara a fortuna da família a perder de vista. Controlava 741 diretorias de 112 corporações. Conseguira, certa vez, um empréstimo para o governo dos Estados Unidos, salvando-o da ruína. Sozinho detivera o pânico de 1907 providenciando a importação de cem milhões de dólares em lingotes de ouro. Movimentando-se em vagões particulares de estrada de ferro ou iates, atravessava todas as fronteiras e estava à vontade em qualquer parte do mundo. Era um monarca do invisível, transnacional reino do capital, cuja soberania era universalmente reconhecida. Dominando recursos que tornavam insignificantes fortunas reais, era um revolucionário que deixava aos presidentes e reis o seu território, enquanto ele controlava as estradas de ferro e as linhas de navegação, bancos e trustes, indústrias e serviços de utilidade pública. Durante anos, rodeara-se de grupos de amigos e conhecidos, isolando-os mentalmente das características pessoais que poderiam indicar menor consideração por ele do que admitiriam. Decepcionara-se invariavelmente. Em toda parte homens se dobravam diante dele e mulheres rebaixavam-se. Conhecia como ninguém os frios e áridos limites do sucesso ilimitado. As operações comuns de sua inteligência e instinto, nos últimos cinqüenta anos, haviam feito dele um homem eminente nos negócios das nações e ele achava que isso pouco dizia em favor da humanidade. Somente uma coisa lembrava a Pierpont Morgan sua humanidade: uma doença crônica de pele que lhe dominara o nariz, transformando-o num morango do tipo gigantesco, que conquistava prêmios e era cultivado pelo gênio da horticultura, na Califórnia – Luther Burbank. A moléstia acometera-o na juventude. À medida que envelhecia e se tornava mais rico, o nariz crescia. Aprendeu a enfrentar e dominar o olhar das pessoas que o observavam, mas a cada dia de sua vida, quando se levantava e o examinava ao espelho, achava-o realmente abominável, e, ao mesmo tempo, satisfatório. Parecia-lhe que toda vez que fazia uma aquisição, manipulava um caso de ações, ou assumia uma indústria, novo pericarpo vermelho e brilhante desabrochava. Sua peça favorita em literatura era um conto de Nathaniel Hawthorne, intitulado *The Birthmark*. Falava de uma mulher encantadora, de beleza perfeita, à exceção de um pequenino sinal de nascença no rosto. Quando o marido, um cientista, levou-a a tomar uma poção destinada a eliminar a imperfeição, o sinal desapareceu, mas tão logo o seu tênue contorno evaporou-se da epiderme e ela se tornou perfeita, a mulher morreu. Para Morgan, o defeito daquele nariz monstruoso era um sinal de Deus, uma garantia de mortalidade. Era a mais firme garantia que possuía.

Certa vez, anos antes, organizara um jantar em sua residência de Madison Avenue, no qual os convidados eram os 12 homens mais poderosos da América, além dele próprio. Esperava que as energias reunidas de tantas inteligências abalassem as paredes de sua casa. Rockefeller espantou-o com a notícia de que sofria de constipação crônica e fazia grande parte de seus raciocínios no banheiro, Carnegie cochilou sobre o próprio brandy. Harriman murmurou idiotices. Reunida naquela sala, a elite dos negócios não sabia o que dizer. Morgan ficou abismado, coração apertado. Ouvia mentalmente os ventos elétricos de um universo vazio. Ordenou aos criados que colocassem coroas de louros em todas as cabeças. Sem exceção, a dúzia dos homens mais poderosos da América ficou com cara de idiota. Mas a pomposidade que aumentara com a riqueza persuadiu-os de que talvez aquelas coroas ridículas tivessem algum significado. Nem uma só das mulheres pensou em rir. Eram verdadeiras bruxas. Sentadas sobre seus grandes traseiros drapeados, seios caídos sob o decote, não possuíam um grama de espírito. Nem uma centelha no olhar. Eram leais esposas de grandes homens e o forte impulso de destacadas realizações havia-lhes sugado a vida do corpo. Nada revelando dos seus sentimentos, Morgan esconde-se por detrás de sua feroz expressão. Um fotógrafo foi convocado para tirar uma foto. Houve um clarão e o solene momento ficou registrado.

Fugiu para a Europa, embarcando no vapor *Oceanic* da White Star. Reunira a White Star Line, a Red Star Line, a American, Dominion, Atlantic Transport e Leyland numa só companhia com 120 navios. Desprezava a competição tanto no mar como na terra. À noite, postava-se à amurada do navio, ouvindo o mar agitado, sentindo suas ondulações, mas sem vê-lo. Mar e céu eram negros e indiscerníveis. Um pássaro, uma espécie de gaivota, surgiu da escuridão e pousou na amurada a alguns metros, talvez atraído por seu nariz. Não tenho pares, disse Morgan ao pássaro. Parecia uma verdade indiscutível. Fosse como fosse projetara-se para além do sistema mundial de valores, mas esse mesmo fato lançava sobre ele a assustadora responsabilidade de manter as ilusões dos outros homens. Para seus irmãos episcopais construiria uma catedral, The Cathedral of St. John, na West 110th Sreet, em Nova York. Para a mulher e os filhos adultos, continuaria a manter a imagem da solidez doméstica. Aos olhos do país viveria de maneira tão opulenta quanto possível, jantando com reis, adquirindo objetos de arte em Roma e Paris, ou entretendo-se com belas companhias em Aix-les-Bains.

Morgan manteve suas promessas. Todos os anos, passava seis meses na Europa, movimentando-se majestosamente de um país a outro. Os porões de seus navios enchiam-se de coleções de quadros, manuscritos raros, primeiras edições, jades, bronzes, autógrafos, tapeçarias, cristais. Fitava nos olhos os burgueses de Rembrandt e os prelados de El Greco, como se quisesse encontrar domínios de verdade que o levassem a cair de joelhos. Tocava os textos ilustrados de Bíblias raras da Idade Média, como se captasse o pó da Cidade de Deus. Achava que se houvesse algo além do seu conhecimento deveria estar no passado e não no presente, de cuja total ruína ele estava convicto. Ele era o presente. Empregava curadores para descobrirem objetos de arte e sábios para lhe falarem das antigas civilizações. Abriu caminho para o passado através das tapeçarias flamengas. Acariciou a estatuária romana. Caminhou pela Acrópole, dando pontapés nas pedras soltas. Seus desesperados estudos fixaram-se, inevitavelmente, nas civilizações do antigo Egito, onde se ensinava que o universo é imutável e que a morte é seguida pela ressurreição. Ficou fascinado. Sua vida assumiu novo rumo. Financiou expedições arqueológicas do Metropolitan Museum ao Egito. Acompanhou a retirada das areias secas de cada nova estela, amuleto e vaso canópico contendo vísceras. Viajou ao vale do Nilo, onde o sol nunca deixa de nascer, nem o rio de invadir suas margens. Estudou os hieróglifos. Uma noite, ao sair do hotel no Cairo, percorreu os dez quilômetros que o separavam da Grande Pirâmide num veículo especial. À luz transparente e azulada da lua ouviu um guia nativo falar sobre a sabedoria concedida ao grande Osíris e que havia uma sagrada tribo de heróis, uma colônia de deuses que nascem regularmente em todas as épocas para ajudar a humanidade. A idéia aturdiu-o. Quanto mais pensava a respeito, mais palpável lhe parecia. Regressando aos Estados Unidos começou a pensar em Henry Ford. Não tinha ilusões no sentido de que Ford fosse um cavalheiro. Considerava-o um esperto provinciano, grosseiro como um pedaço de lenha. Mas julgou achar na maneira como utilizava os homens uma reencarnação do faraonismo. Não apenas isso: estudara fotos do fabricante do automóvel e achara-lhe uma extraordinária semelhança com Sethi I, o pai do grande Ramsés e a múmia mais bem conservada entre as que haviam sido exumadas na necrópole de Tebas, no Vale dos Reis.

20

A residência de Morgan em Nova York ficava no número 219 da Madison Avenue, em Murray Hill, solene casa de pedras na esquina nordeste da 36th Street. Ao lado, erguia-se a Biblioteca Morgan, em mármore branco, que ele construíra para abrigar os milhares de livros e objetos de arte reunidos em suas viagens. Fora planejada ao estilo da Renascença italiana por Charles McKim, sócio de Stanford White. Os blocos de mármore ajustavam-se sem argamassa. Uma neve mais escura do que as pedras da Biblioteca cobria as ruas no dia em que Henry Ford chegou para o almoço. Todos os ruídos da cidade estavam abafados pela neve. Um policial encontrava-se à porta da residência. Do outro lado da rua e em todas as esquinas da 36th e Madison, pequenos grupos de homens com as golas voltadas para cima contemplavam a casa do grande personagem.

Morgan pedira um almoço leve. Pouco falaram durante a refeição sem outros convidados em Chincoteagues, e que consistia em sopa de tartaruga, um Montrachet, costeleta de carneiro, um Château Latour, tomates frescos e *127* endívias, torta de ruibarbo com creme e café. O serviço era executado como por passes de mágica. Dois dos criados de Morgan faziam os pratos aparecerem e desaparecerem com tal discrição que sugeriam a ausência de qualquer intervenção humana. Ford comeu bem, mas não tocou o vinho. Terminou antes do anfitrião e fixou com franqueza o nariz de Morgan. Encontrou uma migalha na toalha e depositou-a no pires da xícara de café. Seus dedos alisaram, ociosos, a baixela de ouro.

Quando terminaram de almoçar, Morgan deu a entender a Ford que gostaria que ele fosse à Biblioteca. Saindo da sala, atravessaram uma espécie de sombrio recinto público, onde estavam três ou quatro homens esperando obter alguns momentos do tempo de Pierpont Morgan. Eram seus advogados. Foram ali para aconselhá-lo sobre o seu comparecimento perante o comitê parlamentar de Bancos e Finanças, estabelecido então em Washington com a finalidade de sondar a possibilidade da existência de um truste monetário nos Estados Unidos. Morgan afastou os advogados com um gesto quando se levantaram ao vê-lo. Havia também, à espera, um negociante de arte em casaco matinal, que viajara de Roma expressamente para falar-lhe. O negociante ergueu-se apenas para fazer uma inclinação.

Ford nada perdeu de toda essa ostentação. Era homem de gostos simples, mas não se sentiu embaraçado pelo que reconhecia como um império diferente do seu apenas em estilo. Morgan conduziu-o à grande Sala Oeste da Biblioteca, onde se sentaram em lados opostos de uma lareira da altura de um homem. Era um bom dia para se estar junto ao fogo, observou Morgan. Ford concordou. Charutos foram oferecidos. Ford recusou. Observou que o teto era dourado, as paredes, recobertas de damasco vermelho.

Havia telas elegantes penduradas por detrás de vidros com pesadas molduras – retratos amarelados de pessoas expressivas, ostentando halos dourados. Calculou que naquela época só os santos tinham seus retratos pintados. Havia uma madona com o menino. Passou os dedos pelo veludo vermelho do braço da cadeira.

Morgan deixou-o absorver o ambiente, tirando fumaradas do seu charuto. Finalmente disse em voz áspera: Ford, não estou interessado em adquirir seu negócio, ou em partilhar de seus lucros. Nem estou associado a qualquer dos seus competidores. Ford anuiu. Confesso que é uma boa notícia, respondeu, com um olhar de esguelha. O anfitrião prosseguiu: Admiro o que realizou e, embora tenha receios relativos ao automóvel nas mãos de qualquer mongolóide que por acaso disponha de poucas centenas de dólares, reconheço que o futuro lhe pertence. É ainda jovem – 50 anos ou por aí? – e talvez compreenda melhor do que eu a necessidade de mobilizar separadamente as massas. Passei a vida na coordenação de recursos de capital e na combinação harmoniosa de indústrias, mas nunca considerei a possibilidade de que o emprego da mão-de-obra fosse em si um processo unificador, independente da empresa na qual é utilizada. Permita que lhe faça uma pergunta: Ocorreu-lhe que sua linha de montagem não é apenas um golpe de gênio industrial e sim a projeção de uma verdade orgânica? Afinal, o caráter intercambiável das partes é uma regra da natureza. Indivíduos partilham da sua espécie e dos seus genes. Todos os mamíferos reproduzem-se da mesma maneira e compartilham dos mesmos impulsos de autonutrição, com sistemas digestivo e circulatório perceptivelmente semelhantes, e gozam dos mesmos sentidos. É óbvio que isto não significa que todos os mamíferos tenham partes intercambiáveis, como os seus automóveis.

Mas o plano geral é o que permite aos taxonomistas classificar os mamíferos como tais. E dentro de uma espécie – a humana, por exemplo – as regras da natureza operam de modo que nossas diferenças individuais baseiam-se na nossa similaridade. Assim, a individualização pode ser comparada a uma pirâmide, no sentido de que só é alcançada graças à colocação da pedra mais alta.

Ford ponderou. Excetuando-se os judeus, murmurou. Morgan julgou não ter ouvido bem. Perdão, falou. Os judeus, repetiu Ford. São diferentes de todas as outras pessoas que conheço. E lá se vai sua teoria à merda. Sorriu.

Morgan permaneceu calado por alguns minutos, fumando o seu charuto. O fogo soltava estalidos. Rajadas de neve borrifadas pelo vento pontilharam de leve as vidraças da Biblioteca. Morgan voltou a falar. De vez em quando contrato sábios e cientistas para me auxiliar nas minhas investigações filosóficas, com a esperança de chegar a conclusões a respeito desta vida, conclusões que não se encontram ao alcance das massas, falou. Proponho partilharmos os frutos do meu estudo. Não creio que seja insolente a ponto de crer que suas realizações sejam resultado exclusivo dos seus esforços. Caso assim qualifique o seu sucesso previno-lhe, senhor, de que terá um terrível preço a pagar. Acabaria por se encontrar perdido nos confins do mundo, vendo como ninguém o vazio do firmamento. Acredita em Deus? Deus é o meu negócio, respondeu Ford. Muito bem, disse Morgan. Não esperava que um homem de sua inteligência adotasse uma idéia tão vulgar. Talvez precise de mim mais do que pensa. Suponhamos que eu lhe pudesse provar que existem padrões universais de ordem e repetição, que emprestam significado à atividade deste planeta. Suponhamos que pudesse demonstrar-lhe que o senhor é

um instrumento, na era moderna, de tendências na identidade humana que confirmam a mais antiga sabedoria do mundo?

Morgan levantou-se bruscamente e saiu da sala. Ford voltou-se na poltrona para segui-lo com a vista. Daí a instantes o velho surgiu na porta, chamando-o com gesto veemente. Ford acompanhou-o, atravessando o hall central da Biblioteca até a Sala Leste, cujas altas paredes estavam cobertas de prateleiras de livros. Havia duas fileiras superiores dotadas de passarelas de vidro fosco e balaustradas de metal polido, de modo que qualquer livro poderia ser facilmente alcançado, por mais alto que se encontrasse. Morgan dirigiu-se à parede dos fundos, comprimiu a lombada de um determinado volume e parte das prateleiras deslocou-se, revelando uma passagem que permitia acesso a uma pessoa de cada vez. Por favor, disse a Ford. E seguindo-o, adentrou numa pequena câmara e apertou um botão que fechou a porta.

Tratava-se de uma sala de tamanho comum, modestamente mobiliada com uma mesa redonda e polida, duas cadeiras com encosto de varetas e um móvel com tampo de vidro para expor manuscritos. Morgan acendeu uma luminária de metal verde. Ninguém jamais entrou comigo nesta sala, falou. Acendeu um abajur de pé, destinado a iluminar a vitrine. Venha cá, senhor, chamou. Ford, olhando através do vidro, viu um antigo pergaminho coberto de caligrafia latina. Isto é um fólio de um dos primeiros textos rosa-cruzes. *O casamento químico de Christian Rosencrutz*. Sabe quem foram os primeiros rosa-cruzes, Sr. Ford? Alquimistas cristãos do palatinado renano, cujo eleitor era Frederico V. Estamos falando do início do século XVII, senhor. Esses homens bons e eminentes promulgaram a idéia de uma magia benéfica e permanente concedida a determinados indivíduos de todas as épocas, *131* para uso coletivo da humanidade. Em latim a expressão é *prisca theologia*, sabedoria secreta. O estranho é que esta crença numa sabedoria secreta não pertence apenas aos rosa-cruzes. Sabemos que em Londres, em meados do mesmo século, existia uma sociedade chamada Colégio Invisível. Seus membros tinham fama de ser os portadores da magia benéfica a que me refiro. Não deve conhecer os escritos de Giordano Bruno, dos quais aqui se encontra uma página original, escrita de seu próprio punho. Meus sábios descobriram para mim, como ótimos detetives, a existência desta idéia e de diversas misteriosas organizações que a sustenta na maioria das culturas renascentistas, em sociedades medievais e na Grécia antiga. Espero que esteja ouvindo com atenção. A menção mais antiga de pessoas especiais nascidas em cada época e destinadas a amenizar os sofrimentos da humanidade com sua *prisca theologia* chegou até nós através dos gregos, nos escritos traduzidos do sacerdote egípcio Hermes Trimegistus. Foi Hermes quem deu o nome histórico a esse saber oculto. Chama-se Hermética. Com o volumoso indicador Morgan bateu no vidro apontando a última peça exposta na vitrine, um fragmento de pedra rosada sobre o qual viam-se leves rabiscos geométricos. Aquilo talvez seja um espécime de Hermes no cuneiforme original, senhor. E agora permita que lhe faça uma pergunta: Na sua opinião, por que uma idéia que circulou em todas as épocas e civilizações desapareceu nos tempos modernos? Por que somente na era da ciência perderam-se de vista esses homens e sua sabedoria? Já digo por quê: A ascensão da ciência mecanicista de Newton e Descartes foi uma grande conspiração, uma diabólica conspiração, para destruir a nossa percepção da realidade e a consciência dos que existem entre nós dotados de qualidades transcendentais. Mas eles continuam conosco, apesar de tudo. Acompanham-nos em todas as épocas. Voltaram, compreende? Voltaram!

Morgan, rubro de excitação, voltou a atenção de Ford para o canto mais afastado da sala onde, mergulhado na sombra, erguia-se um móvel retangular, coberto com uma toalha de veludo dourado. Morgan agarrou uma ponta da toalha e, fixando o convidado com agressivo orgulho de proprietário, puxou-a, deixando-a cair ao chão. Ford inspecionou o item. Era uma caixa de vidro soldada com chumbo. No interior havia um sarcófago. Ouviu a respiração alterada do velho. Era o único som naquela sala. O sarcófago era de alabastro. Encimando-o via-se a efígie do sujeito que jazia no interior. A efígie era pintada em ouro, ocre, vermelho e azul. Isto, senhor, disse Morgan, voz rouca, é o ataúde de um grande faraó. O governo egípcio e toda a comunidade arqueológica acreditam que esteja no Cairo. Se soubessem que está nas minhas mãos haveria um tumulto internacional. É literalmente inestimável. Minha equipe particular de egiptólogos tomou todas as precauções científicas para preservá-lo dos desgastes do ar. Sob a máscara que ali vê encontra-se a múmia do grande faraó da XIX Dinastia, Sethi I, retirada do templo de Karnak, onde permaneceu por mais de três mil anos. Eu a mostrarei em seu devido tempo. Permita que lhe diga somente que o rosto do grande rei lhe será de considerável interesse.

Morgan precisou recuperar a calma. Afastando uma das cadeiras, sentou-se à mesa e aos poucos sua respiração foi voltando ao normal. Ford sentou-se diante dele e, compreendendo os problemas físicos do velho, permaneceu calado, fixando os sapatos. Botinas marrons, compradas pelo catálogo de L. L. Bean. E eram confortáveis. Sr. Ford, disse Pierpont Morgan, quero que seja meu convidado numa *133* expedição ao Egito. É esse o lugar que importa, senhor. Foi ali que tudo teve início. Encomendei um vapor planejado expressamente para navegar no Nilo. Quando ficar pronto quero que venha comigo. Virá? Não terá que fazer qualquer investimento. Precisamos ir a Luxor e Karnak. Precisamos ir à Grande Pirâmide de Gizé. Somos tão poucos, senhor. Minha fortuna levou-me às portas de certas criptas, à decifração de sagrados hieróglifos. Por que não nos satisfaríamos com a verdade de quem somos e com a eterna força benéfica que encarnamos?

Ford permaneceu sentado, ligeiramente curvado, as longas mãos pousadas nos braços da cadeira como que partidas nos pulsos, ponderando tudo o que fora dito. Olhou para o sarcófago. Quando se certificou de que havia compreendido, meneou solenemente a cabeça e respondeu da seguinte maneira: Se eu bem o entendi, Sr. Morgan, o senhor está falando sobre reencarnação. Bem, permita que lhe diga uma coisa: na juventude enfrentei uma terrível crise mental ao perceber que não tinha o direito de saber o que sabia. Eu tinha valor, sem dúvida, mas era um simples rapaz do interior, que passara pelo seu McGuffey como todos os demais. No entanto, sabia como funcionavam as coisas. Era capaz de olhar algo, dizer como funcionava e provavelmente indicar um meio de aperfeiçoá-lo. Mas não era um intelectual, compreende? Não tinha paciência com as palavras complicadas.

Morgan escutava, sentindo que não devia mover-se.

Muito bem, prosseguiu Ford. Encontrei por acaso um livrinho intitulado *An Eastern Fakir's Eternal Wisdom*, publicado pela Franklin Novelty Company de Filadélfia, Pensilvânia. E nesse livro, que me custou apenas 25 centavos, achei tudo que precisava para me tranquilizar. A reencarnação é a minha única crença, Sr. Morgan. Explico assim o meu gênio: alguns viveram mais vidas que outros. Assim, o que o senhor gastou com eruditos e viajando ao redor do mundo eu já sabia. E vou lhe dizer algo em agradecimento pelo almoço: empresto-lhe o livro. Ora, não precisa se preocupar com todos esses latins, falou, gesticulando. Não precisa remexer as latas de lixo européias e construir navios para percorrer o Nilo só para descobrir algo que pode obter encomendando por dois dólares pelo reembolso postal!

Os dois homens fixaram-se. Morgan recostou-se na cadeira. O sangue fugiu-lhe do rosto e os olhos perderam o brilho agressivo. Quando falou foi com a voz débil de um velho. Sr. Ford, se minhas idéias conseguirem sobreviver à ligação com o senhor, terão passado pelo teste decisivo, falou.

Contudo, a descoberta crucial fora realizada. Cerca de um ano após esse extraordinário encontro, Morgan fez uma viagem ao Egito. Embora Ford não o acompanhasse, reconhecera a possibilidade de uma assustadora linhagem. E juntos haviam conseguido fundar o mais secreto e mais exclusivo clube da América, A Pirâmide, do qual só eles eram membros. O clube financiou certas pesquisas que existem ainda hoje.

21

Claro que a esta altura de nossa história as imagens do antigo Egito encontravam-se estampadas na mente de todos, devido às descobertas feitas no deserto por arqueólogos ingleses e americanos. Depois dos jogadores de futebol, com suas calças acolchoadas de lona e capacetes de couro, os arqueólogos eram os personagens de maior prestígio nas universidades. A mumificação era descrita com detalhes nos suplementos de domingo e os métodos funerários dos papiros eram analisados por repórteres principiantes. A arte egípcia, seu estilo, era escolhido para a decoração de interiores. Desapareceu o Luís XIV e entraram em moda as cadeiras-trono com serpentes esculpidas nos braços. Em New Rochelle, Mamãe não ficou imune à tendência e, achando opressivamente enfadonho o papel de parede com motivos florais, substituiu-o por um elegante padrão de homens e mulheres egípcias, olhos grandes e negros, toucados altos e saias curtas. Coloridos de ocre, azul e castanho, desfilavam pelas paredes àquela estranha maneira frontal dos egípcios, com abutres nas palmas das mãos, bagos de trigo, lírios aquáticos e alaúdes, acompanhados de leões, escaravelhos, corujas, bois e pés decepados do corpo. Papai, sensível a qualquer mudança, perdeu o apetite. Parecia-lhe impróprio sepultar-se para jantar.

O menino, porém, adorava os motivos e sentiu-se impelido a estudar o alfabeto hieroglífico. Abandonou o semanário *Wild West Weekly* em troca de revistas que publicavam histórias de túmulos violados e da concretização das maldições das múmias. Vivia intrigado com a mulher negra do sótão e em suas brincadeiras secretas ela figurava como princesa Núbia, capturada e transformada em escrava. Ignorando-o, ela permanecia no quarto à janela, enquanto o menino passava pela porta, ostentando uma máscara de íbis em papel marchê, que ele próprio fabricara.

Numa tarde de domingo, um Ford Modelo T, novinho, subiu devagar a colina e passou pela casa. O menino, que por acaso a avistou da varanda, disparou escada abaixo e postou-se na calçada. O motorista olhava à direita e à esquerda, como se tentasse descobrir um endereço; fazendo o carro descrever uma volta na esquina, regressou. Parando diante do menino, deixou o motor ligado e chamou-o com a mão enluvada. Era um homem negro. Seu carro cintilava. Os metais brilhavam. O veículo tinha pára-brisas e capô móvel. Estou procurando uma jovem negra que se chama Sarah, disse ele. Disseram-me que reside numa destas casas.

O menino compreendeu que ele se referia à mulher do sótão. Ela está aqui, respondeu. O homem desligou o motor, freou o carro e saltou. Em seguida galgou os degraus de pedra sob os dois bordos noruegueses e rodeou a casa, dirigindo-se à porta dos fundos.

Quando Mamãe a abriu, o homem mostrou-se respeitoso, mas havia algo de resoluto e autoconfiante na maneira como indagou se poderia falar com Sarah, por favor. Mamãe não conseguiu calcular-lhe a idade. Era atarracado, rosto escuro e brilhante, com reflexos avermelhados, maçãs salientes. Os grandes olhos pretos fixavam com tal intensidade que se tinha a impressão de estarem a ponto de cruzar. O bigode era bem aparado. Vestia-se com a aparência de riqueza a que os negros em geral tendiam: sobretudo preto justo no corpo, terno *pied de poule* preto e branco, polainas cinzentas e sapatos pretos pontudos. Segurava um boné cinza escuro e óculos de motorista. Mamãe disse-lhe que esperasse, fechou a porta e subiu ao terceiro andar. Não encontrou Sarah sentada à janela, como acontecia em geral, e sim de pé, rígida, mãos cruzadas ao peito, voltada para a porta. Sarah, disse Mamãe, uma visita para você. A moça não respondeu. Quer vir até a cozinha? Meneou a cabeça. Não quer vê-lo? Não, senhora, disse finalmente em voz baixa, olhos no chão. Mande-o embora, por favor. Era 137 o máximo que havia dito em todos os meses que vivera na casa. Mamãe voltou ao térreo e não encontrou mais o sujeito à porta dos fundos e sim na cozinha, onde, ao calor do recanto do fogão, dormia o bebê de Sarah no carrinho. Era um carrinho de vime apoiado em quatro rodas de madeira, com forração desbotada em cetim azul debruado de veludo. O próprio filho de Mamãe dormira ali e antes dele, seu irmão. O negro estava ajoelhado junto ao carrinho e fixava a criança. Mamãe, sem raciocinar direito, sentiu-se ofendida porque ele tivera a audácia de entrar. Sarah não pode recebê-lo, disse, mantendo a porta aberta. O homem tornou a olhar para a criança, levantou-se, agradeceu e partiu. Ela bateu a porta com mais força do que devia. O bebê acordou e começou a chorar. Tomou-o nos braços e embalou-o, espantada com sua reação exagerada ao visitante.

Assim foi a chegada do homem negro, num carro, à Broadview Avenue. Chamava-se Coalhouse Walker Jr. A partir daquele domingo apareceu todas as semanas, batendo sempre à porta dos fundos e regressando sem queixas diante da recusa de Sarah em vê-lo. Papai considerava as visitas um aborrecimento e queria desencorajá-las. Chamarei a polícia, declarou. Mamãe pousou a mão no braço dele. Um domingo, o homem deixou um buquê de crisântemos amarelos, que naquela estação deveriam ter custado um bom dinheiro. Antes de levar as flores para Sarah, Mamãe postou-se à janela da sala. Na rua, o negro espanava o carro, limpava os raios das rodas, os faróis dianteiros e o pára-brisas. Depois de olhar para a janela do terceiro andar afastou-se. Mamãe recordou a expressão dos seminaristas de Ohio que a visitavam quando ela estava com os seus 17 anos. E disse a Papai: Creio que estamos assistindo a um namoro do tipo mais obstinado e cristão. Papai replicou:

Sim, se é que se pode chamar namoro a um relacionamento que já produziu uma criança. É uma observação maldosa, disse Mamãe. Houve sofrimento e agora há penitência. É muito nobre e lamento que não o perceba.

A moça não falava sobre seu visitante. A família não tinha a menor idéia de onde ela o conhecera ou como. Que soubessem, não tinha família ou amigos na comunidade negra do centro da cidade. Havia ali uma sociedade estabelecida, mas também, na periferia, pessoas de passagem. Aparentemente ela pertencia à última opção e chegara sozinha a Nova York para trabalhar como criada. Mamãe estava encantada com a situação. Pela primeira vez desde o dia terrível em que encontrara o bebê negro no canteiro, via motivos de esperança para o futuro da moça. E começou a lamentar a intransigência de Sarah. Imaginou o percurso desde o Harlem, onde Coalhouse Walker Jr. vivia, e a viagem de volta, e decidiu que da próxima vez a visita seria mais proveitosa. Serviria chá na sala. Papai pôs em dúvida a conveniência do gesto. Mamãe replicou: Ele fala corretamente e age como um cavalheiro. Não vejo nenhum inconveniente. Quando o Sr. Roosevelt estava na Casa Branca ofereceu um jantar a Booker T. Washington. Nós podemos oferecer chá a Coalhouse Walker Jr.

E foi assim que no domingo seguinte o negro tomou chá. Papai notou que ele não parecia absolutamente embaraçado por se encontrar na sala, de xícara e pires na mão. Pelo contrário, agiu como se fosse a coisa mais natural do mundo. O ambiente não o assustou e nem suas maneiras tornaram-se diferentes. Foi cortês e correto. Falou a seu respeito. Era pianista profissional, fixado em caráter mais ou menos permanente em Nova York, após conseguir emprego na orquestra Jim Europe Clef Club, conjunto muito conhecido, que fazia regularmente concertos no Manhattan   *139*

Casino da 155th Street e da Oitava Avenida. Era importante para um músico encontrar emprego permanente, que não exigisse viagens. Estou farto de viajar, declarou. Estou farto de turnês. Falou com tanta convicção que Papai compreendeu que a mensagem destinava-se à mulher do sótão. Isso o irritou. Que sabe tocar? Perguntou bruscamente. Por que não toca algo para nós?

O negro pousou a xícara na bandeja, levantou-se, levou o guardanapo aos lábios, colocou-o junto à xícara e dirigiu-se ao piano. Sentou-se no banquinho e imediatamente tornou a levantar-se, fazendo-o rodopiar até que a altura estivesse satisfatória. Sentando-se, tocou um acorde e se voltou para eles. Este piano está muito desafinado, falou. Papai ficou vermelho. Oh, sim, interveio Mamãe. Nisto somos terrivelmente negligentes. O músico voltou-se de novo para o teclado, dizendo: *Wall Street Rag*, composto pelo grande Scott Joplin. Começou a tocar. Desafinado ou não, o Aeolian jamais produzira tais sons. Pequenos e límpidos acordes pendiam do ar como flores. As melodias pareciam buquês. Era como se não existissem outras possibilidades de vida senão as delineadas pela música. Quando terminou, Coalhouse Walker girou no tamborete e encontrou no público a família inteira – Mamãe, Papai, o menino, Vovô e o Irmão Mais Novo de Mamãe, que descera do quarto em mangas de camisa e suspensórios para ver quem estava tocando. De todos era o único que conhecia ragtime. Ouvira-o no seu período de vida noturna em Nova York e jamais esperara ouvi-lo na casa da irmã.

Coalhouse Walker Jr. voltou-se novamente para o piano e disse: *The Maple Leaf*, também de Scott Joplin. O mais famoso de todos os *rags* vibrou no ar. O pianista sentava-se rígido diante do teclado, as longas mãos escuras de unhas rosadas produzindo sem esforço aparente os grupos de acordes sincopados e as marcantes oitavas. Era uma robusta composição, música vigorosa que despertava os sentidos e não se imobilizava por um só instante. O menino sentiu-a como se fosse luz tocando vários pontos no espaço, acumulando-se em complicados desenhos, até que toda a sala cintilava por si mesma. A música penetrou o poço da escada e subiu ao terceiro andar, onde a muda e irredutível Sarah ouvia de porta aberta, mãos cruzadas ao colo.

A música terminou. Todos aplaudiram. Mamãe apresentou então o Sr. Walker a Vovô e ao Irmão Mais Novo, que apertou a mão do negro, dizendo prazer em conhecê-lo. Coalhouse Walker ficou solene. Todos estavam de pé. Houve um silêncio. Papai pigarreou. Não era conhecedor de música. Seus gostos tendiam para Carrie Jacobs Bond. Achava que a música negra tinha que ter sorrisos e passos de dança. Conhece alguma canção negra? Perguntou, sem intenção de ser grosseiro. *Coon songs*, era assim que se chamavam. Mas o pianista respondeu com um tenso menear de cabeça. Tais canções eram feitas para espetáculos ambulantes, replicou. Brancos cantavam-nas com o rosto pintado de preto. Seguiu-se novo silêncio. O negro fixou o teto. Bem, parece que a Srta. Sarah não poderá me receber, falou. Voltando-se bruscamente, atravessou o hall em direção à cozinha. A família seguiu-o. Deixara o sobretudo numa cadeira. Vestiu-o, ignorando-os a todos e ajoelhando-se contemplou o bebê adormecido no bercinho. Após alguns instantes levantou-se, cumprimentou e saiu porta afora.

A visita impressionou a todos, exceto a Sarah, que não deu sinais de ceder na recusa em ter qualquer contato com aquele homem. Na semana seguinte ele voltou, e também na outra. Passara a visitar a família e a cada visita atualiza- *141* va-os com respeito às suas atividades dos seis dias anteriores, pensando apenas em seu total e absorvente interesse. Papai ficava desconcertado com a atitude daquele homem. Ela não quer saber dele, disse a Mamãe. Terei que passar o restante da vida recebendo Coalhouse Walker aos domingos? Contudo, Mamãe notou indícios de progresso. Sarah assumira as obrigações da governanta que se ausentara, arrumando as peças com tanta energia e competência que Mamãe riu à momentânea ilusão de que a moça estava limpando a própria casa. Principiou a tomar nos braços o filho também fora das horas de amamentação, assumindo primeiro o banho diário e depois carregando-o para cima à noite. Mas continuava se recusando a receber o visitante. Coalhouse Walker apareceu fielmente durante todo o inverno. Mais de uma vez, quando as estradas se tornaram intransitáveis devido à neve, chegou de trem e tomou o bonde da North Avenue até o sopé da colina. Vestia sobretudo preto e chapéu de pêlo de carneiro ao estilo russo. Trouxe roupinhas para a criança, além de uma escova de cabelo com cabo de prata para Sarah. Papai admirou-lhe a perseverança e perguntou a si mesmo até que ponto o salário de um músico poderia custear tais presentes.

Um dia ocorreu a Papai que Coalhouse Walker Jr. ignorasse ser negro. Quanto mais pensava no assunto, mais lhe parecia exato. Walker não agia nem falava como os outros negros. Era capaz de transformar as costumeiras deferências praticadas pelos de sua cor, de modo a refletir sua própria dignidade e não a do interlocutor. Chegando à porta dos fundos dava-lhe uma batida vigorosa e ao ser admitido cumprimentava solene a todos, transmitindo-lhes de certo modo a impressão de que eram a família de Sarah, e que suas gentilezas para com eles representavam apenas a consideração e o respeito que sentia pela moça.

Papai percebeu no homem certos perigos. Talvez não devêssemos incentivar esta corte, disse a Mamãe. Há nele algo de temerário. Até Mathew Henson conhecia o seu lugar.

Mas desta vez era impossível desviar o curso dos acontecimentos. No final do inverno, Sarah disse que veria Coalhouse Walker na sala. Dias seguidos houve um correcorre de preparativos. Mamãe deu-lhe um dos seus vestidos, ajudando-a a apertá-lo. Sarah desceu, bonita e tímida, cabelos escovados e empomadados, e sentou-se no sofá, olhos baixos, enquanto Coalhouse Walker Jr. conversava formalmente e tocava piano para ela. Mamãe insistiu em que os membros da família pedissem licença e saíssem, a fim de que o namoro pudesse transcorrer com privacidade. Nada se obteve com isso. Após a visita, Sarah parecia irritada e até zangada. Era lenta no perdão e, o que era estranho, sua obstinação parecia a única reação apropriada à persistência dele. Sarah tentara matar o filho recém-nascido. A vida não era um fato que qualquer dos dois encarasse com despreocupação. Viviam na brutal sujeição a suas esperanças e sentimentos. Suportavam-se a si mesmos. O Irmão Mais Novo de Mamãe compreendia isso mais nitidamente que qualquer outro membro da família. Falara com Coalhouse Walker apenas uma vez, mas admirava-o muito. Via na maneira de agir do negro mais masculinidade do que ele próprio possuía. E ponderava no assunto. O Irmão Mais Novo considerava o amor em certos corações como uma fraqueza física, uma falha no ser fisiológico equivalente a rachaduras ósseas ou uma tendência à congestão pulmonar. Sofria disso, assim como Sarah, embora ela fosse negra. Achava que a moça devia ser alguma rainha africana deslocada. Seu próprio ar desajeitado sugeria que noutro país seria graciosa. E quanto mais relutante parecia em aceitar as propostas de casamento de Coalhouse *143*

Walker, mais o Irmão Mais Novo compreendia o que havia em seu coração profundamente aflito.

Certo domingo de março, porém, quando o vento soprava mais suave e pequenos brotos castanhos surgiam nos ramos dos bordos, Coalhouse chegou no seu Ford brilhante e deixou o motor ligado. Vizinhos em seus pátios aproximaram-se para observar o intenso e estranho negro, vigoroso e correto, com seus olhos escuros, escuros a ponto de se cruzarem, e a bonita e desajeitada Sarah, vestindo blusa chemisier cor-de-rosa, saia preta, casaco e um dos chapéus de aba larga de Mamãe, caminhando sob os bordos norugueses e descendo os degraus de concreto que davam para a rua. Carregava o bebê. Walker ajudou-a a entrar no carro e instalou-se ao volante. Acenaram para a família e partiram pelas ruas suburbanas em direção à zona rural no extremo norte da cidade. Estacionaram junto à estrada. Observaram um cardeal roçar a terra escura e depois galgar até o mais alto e esguio ramo de uma árvore. Foi nesse dia que ele a pediu em casamento e ela aceitou. Fora surpreendente o aparecimento daqueles magníficos amantes na vida da família e o conflito de suas vontades exercera efeito quase hipnótico.

22

E então o Irmão Mais Novo de Mamãe recomeçou suas idas a Nova York. Trabalhava à mesa de desenho ultrapassando a hora do jantar e depois pegava o trem da noite. Fizera amizade com alguns oficiais de serviço no arsenal da

Lexington Avenue e 34th Street. Queixavam-se do rifle Springfield, mostravam-lhes suas pequenas armas e suas granadas. Compreendeu imediatamente que seria capaz de planejar melhores armamentos. Bebia com os oficiais. Tornou-se conhecido nas portas dos camarins de vários teatros da Broadway. Postava-se nos becos, como os outros, jamais tão bem-vestido como os mais velhos, nem tão desleixado e bonito como os universitários de Princeton e Yale. Mas havia no seu olhar tal intensidade de expectativa, que atraía bom número de mulheres. Era sempre tão sério e infeliz, que persuadiam-se de que as amava. Consideravam-no um poeta.

Contudo, seu salário não podia custear-lhe tais inclinações. A Broadway vibrava de luzes e entretenimento e todo o mundo ligado ao teatro e imbuído de sua excitação vivia de maneira extremada. Aprendeu onde encontrar mulheres que fossem para casa por preço modesto. Um desses lugares era a Bethesda Fountain do Central Park. Passeavam em duplas quando a temperatura era amena. Os dias começavam a ser mais longos. Nos poentes frios e luxuriosos, caminhavam ao redor da fonte, as sombras projetando-se nos largos degraus, a água já negra, as lajes do piso castanhas e rosadas. Ele as divertia levando-as a sério. Era gentil com as moças e por isso não se importavam com suas esquisitices. Levava uma mulher para seu quarto de hotel e depois ficava sentado numa cadeira, segurando um dos sapatos, completamente esquecido dela. Ou então nem tentava fazer amor, limitando-se a examinar-lhe as partes íntimas. Bebia vinho até entrar em coma. Jantava em restaurantes com o chão coberto de serragem. Freqüentava clubes instalados nos porões de Hell's Kitchen, onde vagabundos pagavam bebidas para todos. Caminhava por Manhattan à noite, devorando os transeuntes com o olhar. Fixava as vitrines dos restaurantes e sentava-se no saguão de hotéis, olhos inquietos, captando o movimento e o colorido antes que se definissem.

Por acaso descobriu os escritórios da revista *Mother Earth*, publicada por Emma Goldman. Ficavam na 13th Street, num prédio que servia de residência à anarquista, quando ela se encontrava em Nova York. Ficou na rua sob os lampiões, olhos nas janelas, várias noites seguidas. Finalmente, um homem desceu a escada, atravessou a rua e aproximou-se de onde ele se encontrava. Era alto, cadavérico, cabelos compridos e usava uma gravata fininha. Falou: A temperatura está fria à noite. Venha, não temos segredos. O Irmão Mais Novo foi conduzido para o outro lado da rua e subiu a escada.

Acontece que em sua vigília fora confundido com um espião da polícia e tratado com requintada ironia. Ofereceram-lhe chá. Havia diversas pessoas no apartamento, todas de chapéu e casaco. Goldman surgiu no limiar e sua atenção se concentrou nele. Meu Deus, ela exclamou. Ele não é policial. E pôs-se a rir. Ajustava na cabeça um chapéu, prendendo-o com enormes grampos. Ele ficou encantado ao ver que Emma se recordava dele. Venha conosco, chamou.

Pouco depois, o Irmão Mais Novo encontrou-se no sindicato Cooper, próximo a Bowery. O salão estava abafado, apinhado de gente. Havia muitos estrangeiros. Os homens continuavam de chapéu, embora estivessem em um local fechado. Tratava-se de uma grande e fedorenta assembléia, recendendo a alho e transpiração. Reunira-se para apoiar a Revolução Mexicana. Ele ignorava a existência de uma Revolução Mexicana. Os homens agitavam os punhos. Ficavam de pé sobre os bancos. Orador após orador tomou a tribuna. Alguns não falaram inglês, mas em idiomas que não foram traduzidos. O Irmão Mais Novo não conseguia ouvir direito. Aparentemente os peões mexicanos haviam espontaneamente se revoltado contra Díaz, presidente do México há 35 anos. Precisavam de armas. Precisavam de munições. Pretendiam descer das montanhas, atacando os Federais e os trens de abastecimento, armados de bordões e mosquetes. Meditou no assunto. Finalmente Emma Goldman se levantou para falar. De todos os oradores foi a melhor. A sala ficou em silêncio enquanto ela descrevia a cumplicidade dos ricos proprietários de terras com o desprezível tirano Díaz, a subjugação dos peões, a pobreza e a fome e, o mais vergonhoso de tudo, a presença de representantes de firmas comerciais americanas nos conselhos nacionais do governo mexicano. Falava com voz forte. Quando movia a cabeça e gesticulava, seus óculos cintilavam, refletindo a luz. Ele abriu caminho para a frente a fim de estar mais próximo dela. Emma descreveu um certo Emiliano Zapata, simples fazendeiro do distrito de Morelos, que se tornara revolucionário por não ter outra opção. Vestia o desbotado pijama do trabalhador rural, fechado no peito por bandoleiras e preso na cintura por cartucheira. Meus camaradas, não se trata de um traje estrangeiro, gritou ela. Não são terras estrangeiras. Não existe camponês mexicano, não existe o ditador Díaz. Existe apenas uma luta no mundo inteiro, somente a chama da liberdade, tentando iluminar as medonhas trevas da vida neste mundo. O aplauso foi ensurdecedor. O Irmão Mais Novo não tinha dinheiro. Virou pelo avesso os bolsos, mortificado ao ver ao seu redor pessoas que transcendiam a pobreza contribuindo com punhados de moedas. Surpreendeu-se junto à plataforma dos oradores. Os discursos estavam encerrados. Emma levantou-se, rodeada por colegas e admiradores. Via-a abraçar um homem moreno, de terno   *147* e gravata escuros e também um enorme sombrero. Emma voltou-se e seu olhar pousou no rapaz louro, meio calvo, cuja cabeça ultrapassava a tribuna montada no palco, como a de um francês decapitado, pupilas voltadas para o alto, numa espécie de êxtase. E riu.

O rapaz pensou que no final do comício ela falaria com ele, mas havia uma recepção para o mexicano nos escritórios de *Mother Earth*. Ele era representante dos zapatistas e calçava botas sob as calças sem bainha. Não sorriu, mas tomou chá e em seguida enxugou os longos bigodes com as costas da mão. As salas estavam apinhadas de jornalistas, boêmios, artistas, poetas e mulheres da sociedade. O Irmão Mais Novo não percebia que estava seguindo Goldman de um lado para outro, desesperado para atrair-lhe a atenção. Mas a militante se achava tremendamente ocupada com todos os demais. Cada pessoa que entrava tinha que ser recebida. Emma estava preocupada com uma série de coisas. Apresentava pessoas umas às outras e a diferentes indivíduos propunha diferentes coisas a fazer, gente com quem precisariam conversar, lugares aonde deveriam ir, situações que precisavam avaliar ou escrever a respeito. Ele se sentia profundamente ignorante. Emma entrou na cozinha e bateu a massa para fazer um bolo. Tome, disse ao Irmão Mais Novo. Leve estes copos e coloque-os na mesa da sala grande. Ele se sentiu grato por ingressar na rede de pessoas úteis. Havia cartazes das capas de *Mother Earth* em todas as paredes. Um homem alto, de cabelos compridos, servia o ponche. Era o que havia saído à rua para convidar o Irmão Mais Novo a subir. Parecia um ator shakespeariano desempregado. Tinha as unhas contornadas de preto e bebia tanto ponche quanto servia. Recebia as pessoas cantando uma ou duas linhas de uma
canção. Todo mundo ria quando falava com ele. Chamava-se

Ben Reitman e era o homem com quem Goldman vivia. Havia algo estranho no alto de sua cabeça, um ponto raspado. Notando o olhar do Irmão Mais Novo, explicou que estivera em San Diego e que fora coberto de piche e penas. Emma estivera na cidade para fazer uma conferência e ele era o seu agente, alugando as salas, tomando todas as providências. Não queriam que Emma falasse. Seqüestraram-no, levando-o a um local distante, onde o despiram e cobriram de piche. Em seguida queimaram-no com charutos e coisas piores. Enquanto fazia o relato, sua fisionomia toldou-se e o sorriso desapareceu. Um grupo reunira-se em volta. Ele segurava a colher do ponche e esta começou a tilintar contra a borda da poncheira. Aparentemente não conseguia largá-la, fixando a mão com um sorriso estranho. Não queriam que Emma falasse em Kansas City, Los Angeles, ou Spokane. Mas falou. Conhecemos todas as prisões. Ganhamos todos os casos. Ela falará em San Diego. Riu como se não pudesse acreditar que sua mão tremesse como tremia. A colher tilintava contra a poncheira.

A essa altura um homem abriu caminho até a mesa e falou: Você acha, Reitman, que o mundo lucrou pelo fato de você ser coberto de piche e penas? Era um homem baixo, totalmente calvo, óculos de lentes espessas, lábios grossos na boca ampla e compleição cerúlea. A questão passou a ser o direito de Emma falar, e não o que ela tem a dizer. Todas as nossas energias esgotam-se em autodefesa. É a estratégia deles, não a nossa. Temo que você não o esteja compreendendo. Que há de tão glorioso em ser retirado da prisão por algum liberal de consciência culpada, pobre Reitman? Só para que ele se congratule consigo mesmo? Que progresso faz o mundo? Os dois encararam-se. A voz de Goldman soou alegremente na periferia do agrupamento:

Sacha! Rodeou a mesa, enxugando as mãos no avental. Postando-se junto de Reitman, tirou-lhe da mão, com delicadeza, a colher do ponche. Sacha, meu caro, disse para o homem pálido, se começarmos por ensinar-lhes seus próprios ideais, é possível que depois consigamos que aprendam os nossos.

A festa prosseguiu até de madrugada. O Irmão Mais Novo desesperou-se para atrair-lhe a atenção. Sentou-se à indiana sobre um velho sofá de molas cambaias. Após algum tempo percebeu que a sala estava silenciosa. Ergueu a vista. Goldman sentara-se numa cadeira da cozinha, bem diante dele. A sala estava vazia, ele era o último convidado. Inesperadamente sentiu os olhos marejados. Perguntou se eu me lembrava de você, disse Emma Goldman. Mas como poderia esquecer? Poderia alguém esquecer uma cena daquelas, meu pagão? Tocou-lhe a face com o polegar, afastando uma lágrima. Tão trágica, tão trágica. Suspirou. É isso a única coisa que deseja da vida? Os olhos ampliados espreitaram-no através das lentes dos óculos. Estava sentada de pernas separadas, mãos nos joelhos. Ignoro onde ela está. Mas se soubesse, que adiantaria? Suponhamos que a convencesse a voltar para você. Ficaria apenas por algum tempo. Fugiria novamente, não sabe? Ele fez que sim. Você está com péssima aparência, observou Emma. Que anda fazendo? Não se alimenta? Não respira ar puro? Ele meneou a cabeça. Envelheceu dez anos. Não posso apoiá-lo. Pensa que é muito especial por ter perdido a amante. Isso acontece todos os dias. Suponhamos que ela consentisse, afinal, em viver com você. Como burguês, gostaria que se casassem. Os dois se destruiriam um ao outro dentro de um ano. Você a veria envelhecer, entediada, diante de seus próprios olhos. Ficariam sentados um em frente ao outro à mesa de jantar, escravizados ao que você julgava ser amor. Ambos. Acredite que assim é melhor. O Irmão Mais Novo chorava. Tem razão, claro que tem razão, disse ele, beijando-lhe a mão. Emma tinha mãos pequenas, mas dedos inchados, pele avermelhada e juntas salientes. Não guardo lembranças dela, soluçou. Foi algo que sonhei. Goldman não se deixou comover. Assim você pode sentir pena de si mesmo, falou. E que deliciosa emoção. Vou lhe dizer uma coisa: nesta sala, esta noite, vi meu atual amante, mas também dois dos meus ex-amantes. Somos todos bons amigos. A amizade é o que permanece. Ideais partilhados, respeito pela integridade do ser humano. Por que não aceita sua liberdade? Por que se aferra a alguém para viver?

Inclinou a cabeça enquanto ela falava, olhos no chão. Sentiu-lhe os dedos sob o queixo, erguendo-lhe a cabeça. E deu consigo fixando Goldman e Reitman. No sorriso avoado de Reitman brilhava um dente de ouro. Olharam-no, curiosos e interessados. Goldman falou: Ele me lembra Czolgosz. Reitman disse: Ele é culto, um burguês. Mas, o mesmo pobre menino no olhar, replicou Goldman. O mesmo menino pobre e perigoso. O Irmão Mais Novo imaginou-se na fila para apertar a mão de William McKinley. Um lenço envolvia-lhe a mão. No lenço, uma arma. McKinley caía para trás. Sangue manchava-lhe o colete. Ouviam-se gritos.

Quando saiu abraçaram-no à porta. Os lábios de Emma, surpreendentemente macios, tocaram-lhe o rosto. Sentiu-se dominado pela emoção. Recuou. Os panfletos que levava debaixo do braço caíram ao chão. Todos riram ao se abaixar para recolhê-los.

Mas uma hora após encontrava-se entre os carros no trem leiteiro que seguia para New Rochelle. Pensou em atirar-se sob as rodas. Escutou-lhes o ritmo, o firme clangor, lembrando o acompanhamento de um *rag*. Os ruídos agudos e as marteladas de metal sobre metal na junção dos vagões eram a mão direita sincopando. Um *rag* suicida. Segurou as manivelas das portas de ambos os lados, escutando a música. Os vagões saltavam-lhe sob os pés. A lua apostava corrida com o trem. Ergueu o rosto para o céu entre os vagões, como se até o luar pudesse aquecê-lo.

23

Num domingo à tarde, Coalhouse Walker despediu-se da noiva e partiu para Nova York no seu Ford. Eram cerca das cinco horas e as sombras das árvores escureciam a rua. Seu caminho passava por Firehouse Lane, diante da sede do Emerald Isle Engine, corporação de bombeiros voluntários, conhecidos pelo brilho de seus uniformes de parada e o estardalhaço de suas atividades. Nas freqüentes vezes em que segui por aquele caminho, os voluntários de Emerald Isle encontravam-se de pé, conversando diante do prédio de dois andares, todo em madeira, e quando ele passava silenciavam e fixavam-no. Sabia que, vestido como andava e proprietário de um carro, tornava-se uma provocação para muitos brancos. Crescera em meio a tais sentimentos.

A essa altura, as companhias particulares de voluntários eram mantidas como auxiliares do departamento de bombeiros municipal. Financiadas por contribuições de particulares, ainda não haviam motorizado seu equipamento. Quando o negro passou, um grupo de três cavalos cinzentos destinados a puxar veículos saiu do prédio para a rua, arrastando a grande bomba a vapor, pela qual o posto de Emerald Isle era famoso no local. Os animais foram imediatamente detidos, o que levou Coalhouse Walker a frear bruscamente o carro.

Dois dos voluntários saíram do prédio, reunindo-se ao cocheiro, que permaneceu sentado na boléia, olhando para o negro e bocejando ostensivamente. Vestiam todos camisas de trabalho azul, lenços verdes, calças azul-marinho e botas. Coalhouse Walker tirou o pé da embreagem e desceu para acionar a manivela do carro. Os voluntários esperaram que ele terminasse e, em seguida, anunciaram que se encontrava numa rua com pedágio particular e que só poderia passar depois de pagar 25 dólares, ou apresentar um passe dizendo que era residente da cidade. Isto é uma via pública, replicou Walker. Passei por aqui dezenas de vezes e ninguém jamais mencionou pedágio. Instalou-se ao volante. Fale com o chefe, disse um dos bombeiros a outro. Walker decidiu dar marcha à ré com o Ford, recuar até a esquina e seguir por outra rua. Voltou-se no banco. Naquele instante, dois bombeiros, carregando uma escada de seis metros, colocaram-se na rua à retaguarda. Dois outros surgiram com nova escada e outros ainda apareceram com carrinhos transportando mangueiras enroladas, baldes, machadinhas, ganchos e demais equipamentos de combate ao fogo, que foram depositados na rua, já que a companhia escolhera aquele exato momento para varrer suas instalações.

O chefe distinguia-se por um boné militar branco, que ele usava num ângulo arrogante. Era um tanto mais velho que os demais. Mostrando-se cortês para com Coalhouse, explicou que, embora o pedágio nunca tivesse sido cobrado, estava em vigência e que se ele não pagasse não passaria. Segurando o boné com ambas as mãos tirou-o da cabeça e recolocou-o de modo que a viseira lhe cobrisse os olhos. Isto obrigava-o a erguer o queixo para ver, dando-lhe uma aparência agressiva. Era um homem vigoroso, braços musculosos. Vários dos voluntários sorriam, maliciosos. Precisamos do dinheiro para um veículo, explicou o chefe, para chegarmos aos incêndios assim como você se dirige aos bordéis.

O negro considerou calmamente suas alternativas. O posto de bombeiros de Emerald Isle dava para um terreno descampado, que descia até um lago. Talvez pudesse sair da rua, entrar no terreno e rodear as escadas e o carro das mangueiras. Mas estava cercado de perto e, ainda que conseguisse manobrar de modo a ultrapassar os cavalos, o ângulo apertado da curva poderia fazer com que o automóvel desabasse pelo declive. Aparentemente não lhe ocorreu mostrar-se resignado, como muitos negros fariam nesta situação.

Brincando na margem do lago havia dois garotos negros, de 10 e 12 anos. Ei! Chamou Coalhouse. Venham cá! Os garotos aproximaram-se correndo e observaram Coalhouse que desligou o motor, pisou o freio e saiu da estrada. Quero que vigiem este carro, recomendou. Quando eu voltar digam se alguém tocou nele.

O músico dirigiu-se rapidamente à esquina e seguiu para o centro comercial. Após dez minutos encontrou um policial operando um sinal de trânsito. O policial ouviu a queixa, meneou a cabeça e levou algum tempo tirando o lenço de um bolso interno e assoando o nariz. Os rapazes não querem prejudicar ninguém, disse finalmente. Eu os conheço. Volte, que já devem estar cansados da brincadeira. Walker deve ter compreendido que provavelmente seria aquele o máximo de apoio que obteria de um policial. Ao mesmo tempo, talvez tenha

perguntado a si mesmo se não se mostrara exageradamente

sensível no que não passara de uma brincadeira. E resolveu voltar a Firehouse Lane.

O carro e os cavalos haviam sido retirados. A via estava livre de voluntários e seu automóvel se encontrava no terreno baldio. Dirigiu-se a ele. Estava coberto de lama. Havia um rasgão de um palmo no capô. E, depositado no banco traseiro, encontrava-se um monte de excremento humano recente.

Atravessando a rua entrou no posto de bombeiros. De pé, braços cruzados, estava o chefe com seu boné militar e lenço verde no pescoço. Na Polícia me informaram que não existe pedágio em parte alguma desta cidade, falou Coalhouse Walker. Exatamente, respondeu o chefe. Qualquer um é livre para passar nesta rua sempre que quiser. Como o sol se pusera, as luzes elétricas estavam acesas no interior do posto de bombeiros. Através dos vidros da porta, o negro avistou os três cavalos cinzentos em suas baias, o grande veículo niquelado, com suas peças metálicas junto à parede dos fundos. Quero que limpem meu carro e paguem o prejuízo, declarou. O chefe pôs-se a rir e dois de seus homens aproximaram-se para se divertir também.

Naquele instante surgiu um veículo da polícia transportando dois funcionários, sendo um deles o policial de trânsito a quem Coalhouse Walker se dirigira. Ele entrou no terreno baldio, olhou o carro e voltou ao posto de bombeiros. Willie, disse o policial ao Chefe dos Bombeiros, você ou alguns dos seus rapazes fizeram alguma coisa? Vou lhe dizer exatamente o que aconteceu, replicou o chefe. Este negro estacionou seu maldito carro no meio da rua, bem diante do posto de bombeiros. Tivemos que tirá-lo do caminho. É uma séria infração estacionar diante do Corpo de Bombeiros, não é, rapazes? Os voluntários menearam afirmativamente, muito sérios. O robusto policial tomou uma decisão. Afastando-se alguns passos com Coalhouse, falou: Escute, empurraremos a sua lataria de volta à rua e você seguirá o seu caminho. Não houve realmente prejuízos. Raspe aquela merda e esqueça toda a história. Eu seguia o meu caminho quando eles me detiveram, replicou Coalhouse. Sujaram meu carro e rasgaram o capô. Quero meu carro limpo e indenização pelo prejuízo. O policial começara a essa altura a avaliar a maneira de se expressar e vestir do negro, além do fenômeno constituído pelo fato de possuir um automóvel. E zangou-se. Se não tirar o carro e der o fora daqui, disse em voz alta, eu o multarei por dirigir fora da rua, embriagado e criar tumulto. Não bebo, declarou Coalhouse. Não dirigi o carro fora da rua, não rasguei o capô nem defequei no interior. Exijo indenização pelo prejuízo e um pedido de desculpas. O policial olhou para o chefe, que ria do seu embaraço, de modo que só lhe restou apelar para sua própria autoridade. Voltando-se para Coalhouse, disse: Está preso. Entre comigo na viatura.

Era noite quando o telefone tocou em Broadview Avenue. Era Coalhouse. Após explicar rapidamente que se encontrava na delegacia e o porquê, pediu a Papai para pagar-lhe a fiança, a fim de que pudesse chegar à cidade a tempo de comparecer ao trabalho daquela noite. Diga-se, para crédito de Papai, que este reagiu imediatamente, esquecendo as perguntas até que houvesse tempo para vê-las respondidas. Chamou um táxi e foi até a delegacia, assinando um cheque para cobrir a fiança de 50 dólares. Mas, ao relatar o incidente para Mamãe, mostrou-se irritado porque Coalhouse Walker fora apenas polido na gratidão e saíra correndo para tomar o trem, dizendo apenas que devolveria a quantia.

Na noite seguinte, a família sofreu a estranheza de uma visita de Coalhouse Walker num dia de semana. Sentado na sala, braços cruzados, contou a história com todos os detalhes. Não havia mágoa no seu tom de voz. Falava com calma e objetividade, como se descrevesse algo que acontecera a outra pessoa. Mamãe disse ao senhor Walker: Envergonho-me ao ver esta comunidade representada por esse bando de valentões. Papai disse: Esta companhia tem má fama. É uma exceção. Os outros bombeiros voluntários são sempre corretos e responsáveis. O Irmão Mais Novo sentou-se no banquinho do piano, pernas cruzadas, inclinado para a frente, totalmente absorto no problema. Onde está o carro agora? perguntou. E os dois garotos? São testemunhas suas. O pianista passara a tarde à procura deles mas descobrira que os pais recusavam-se a vê-los envolvidos na questão. Sou estranho para os negros daqui, falou, sem rodeios. Eles precisam viver no local e não querem complicações. Quanto ao carro, não tornei a olhar para ele. E não olharei até que me seja devolvido como estava quando saí desta casa ontem à tarde.

No corredor, fora da vista no decorrer da visita, encontrava-se Sarah. Com o bebê apoiado no quadril, escutava. Compreendia, como ninguém da família, a enormidade da desgraça. Ouvira Papai dizer a Coalhouse que se ele pretendesse mover uma ação deveria contratar um advogado. Existia algo como a obrigatoriedade de prestar testemunho. Existem advogados negros por aqui? Perguntou Coalhouse. Não conheço nenhum, respondeu Papai, mas qualquer advogado que preze a justiça servirá, creio. Uma pausa. Eu me encarrego da despesa, disse, voz áspera. Coalhouse levantou-se. Obrigado, mas não será necessário. Colocou um envelope na mesinha, contendo cinqüenta dólares em dinheiro. Mamãe soube mais tarde que fazia parte da quantia que estava economizando para o casamento.

No dia seguinte, o Irmão Mais Novo de Mamãe decidiu ir até o local do incidente e ver o carro. Depois do trabalho tomou a sua bicicleta e seguiu até Firehouse Lane. O Modelo T fora completamente destroçado, ou pelos voluntários, ou por outras pessoas, impossível verificar. Encontrava-se com as rodas dianteiras na margem do lago, os pneus mergulhados na lama. Os faróis e o pára-brisa estavam quebrados. Os pneus traseiros furados, a forração perfurada e o capô retalhado em tiras.

24

O Irmão Mais Novo postou-se à margem do lago. Desde a noite em que conversara com Emma Goldman vivia um profundo dilema. No trabalho surpreendiam-se com sua animação. Fixava a atenção em algo e assim se mantinha. Dizia puerilidades que beiravam a histeria. Sentado à mesa de trabalho produzia planos para infinitos aperfeiçoamentos de rifles e granadas. Media os quadrinhos, fazia suas computações e observava a ponta do lápis deixando marcas no papel. Quando não havia outro recurso punha-se a cantar, só para ouvir um som. Assim, graças à contínua concentração e dispêndio de imenso volume de energia, tentava impedir-se de resvalar para a vasta imensidão de sua dor. Esta o rodeava por todos os lados. Era uma sombra tão próxima quanto sua própria testa. Sufocava-o pela proximidade. E o mais aterrador era o seu caráter traiçoeiro. Despertava de manhã, via o sol entrando pela janela, sentava-se na cama e pensava que tudo se fora, só para descobri-la, afinal, por detrás das orelhas ou no âmago do seu coração.

Concluiu que se encontrava à beira de um colapso nervoso e prescreveu a si mesmo um regime de banhos frios e exercício físico. Comprou uma bicicleta Columbia e pedalava até o trabalho. À noite, fazia ginástica até sentir-se exausto.

No andar de baixo, Papai e Mamãe sentiam a casa estremecer e percebiam que ele dava saltos. Já estavam habituados às suas excentricidades. O Irmão Mais Novo nunca confiara neles, nem partilhara suas esperanças ou sentimentos, de modo que não percebiam mudança notável no seu comportamento. Mamãe convidou-o a reunir-se à família na sala, após o jantar, quando não tivesse outros planos para a noite. Tentou. Ouviu os dois dirigirem-se a ele e ouviu a si mesmo respondendo. Viu-os em sua sala sufocante, com o duro sofá, as cabeças de animais, os abajures franjados e teve a impressão de não conseguir respirar. Desprezava-os. Julgava-os complacentes, vulgares e desprovidos de consideração. Uma noite, Papai leu em voz alta o editorial do jornal local. Papai gostava de ler em voz alta quando achava algo de particularmente instrutivo ou bem escrito. O título do editorial era: *Ter Spring Peeper.* O diminuto visitante de nossos lagos e campos tornou a surgir, leu Papai. Na verdade é tão feio quanto seu irmão mais velho, o Sapo. Mas acolhemos o valente animalzinho e louvamos-lhe a beleza, pois não é o arauto do tordo e até do resistente Croco, anunciando a chegada da Primavera? O rapaz precipitou-se para fora da sala, convicto de que o estavam estrangulando.

Não há dúvida de que o Irmão Mais Novo foi bastante afortunado para então conceder lealdade ao negro. À margem do lago ouviu a água batendo contra os pára-choques dianteiros do Modelo T, observou que a capota estava solta e, erguendo-a e dobrando-a para trás, viu que os fios haviam sido arrancados do motor. O sol se escondia, lançando reflexos no céu azul e na água escura do lago. Percorreu-o um estremecimento de raiva, talvez um centésimo do que teria sentido Coalhouse Walker, e aquilo era salutar.

Em vista dos acontecimentos subseqüentes, é importante mencionar o pouco que se sabe de Coalhouse Walker Jr. Era, aparentemente, filho de St. Louis, Missouri. Em rapaz, conhecera e admirara Scott Joplin, e outros músicos de St. Louis, e tomara lições de piano com o dinheiro ganho como estivador. Não existem informações a respeito de seus pais. A certa altura, uma mulher de St. Louis alegou ser sua esposa, já divorciada, mas isso nunca foi provado. Não chegaram a ser localizados seus registros escolares em St. Louis e ainda não se sabe como adquiriu seu vocabulário e maneira de se expressar. Talvez por força de vontade.

Foi amplamente registrado, quando alcançou a notoriedade, que Coalhouse Walker não esgotava os meios pacíficos e legais de obter indenização antes de tomar a lei nas próprias mãos. Não é bem assim. Procurou três diferentes advogados recomendados por Papai. Os três recusaram-se a representá-lo. Foi aconselhado a recuperar o automóvel antes que ficasse totalmente destroçado e esquecer o caso. Aos três insistiu que não queria esquecer o caso e sim processar o Chefe dos Bombeiros e os homens do posto de Emerald Isle.

Papai telefonou pessoalmente para um dos advogados, que representava sua firma em diversas questões. Não há um caso definido? Perguntou. Quando ele for chamado para a audiência, disse o advogado a Papai, o senhor poderá acompanhá-lo. Não precisa de mim para isso. Quando um proprietário desta cidade entra num tribunal com um negro, uma acusação dessas é em geral arquivada. Mas ele não está interessado na acusação, replicou Papai. Ele quer processar. A essa altura Papai percebeu que o advogado se achava envolvido em conversa com alguém no escritório. Será um prazer ajudá-lo, disse o advogado. E desligou.

Sabe-se também que Coalhouse Walker consultou um advogado negro do Harlem. Soubera que o chefe de Emerald Isle, que se chamava Will Conklin, era cunhado do juiz do tribunal da municipalidade e sobrinho de um vereador de White Plains. O advogado do Harlem observou que havia meios de transferir o caso para outras jurisdições, mas era dispendioso e demorado. E o resultado totalmente imprevisível. Tem dinheiro para isso? Perguntou o advogado. Vou me casar em breve, respondeu Coalhouse Walker. Trata-se de uma proposta cara, observou o advogado. Não há dúvida de que sua responsabilidade para com a noiva é mais importante do que a necessidade de compensação por uma descortesia dos brancos. Parece então que Walker fez uma observação indelicada ao advogado negro, que se levantou e mandou-o sair. Atendo gratuitamente casos de que você não tem a menor idéia, gritou. Quero justiça para a nossa gente com tanta intensidade que o sinto na garganta. Mas se pensa que irei até o município de Westchester para defender um homem negro só porque alguém depositou um balde de merda no seu carro, está muito enganado.

É sabido também que Coalhouse fez uma tentativa preliminar de resolver o caso sozinho. Redigiu uma queixa, mas não sabia como conseguir uma vaga na agenda do tribunal, ou que medidas tomar para verificar se a redação estava correta, a fim de ser ouvido. Compareceu à sede da municipalidade para uma entrevista com o funcionário competente. Sugeriram-lhe que voltasse outro dia, quando haveria menos assuntos urgentes a tratar. Mas insistiu e disseram-lhe então que sua queixa não fora registrada e que seriam necessárias várias semanas para localizá-la. Volte mais tarde, disse o funcionário. Em vez disso, ele se dirigiu à delegacia onde a havia entregue e escreveu uma segunda queixa. Os policiais de serviço fixaram-no, abismados. Um deles, mais velho, levou-o à parte e confidenciou que estaria provavelmente fazendo a queixa em vão, já que as companhias de bombeiros voluntários não pertenciam à municipalidade e, portanto, não estavam sob a jurisdição da cidade. O desdém da lógica não escapou a Coalhouse, que preferiu não contestá-la. Assinou a queixa e saiu, ouvindo gargalhadas quando chegou à porta.

Tudo isso aconteceu num período de duas a três semanas. Mais tarde, quando o nome Coalhouse Walker passou a simbolizar assassinato e incêndio, essas três tentativas anteriores de buscar uma compensação não foram levadas em consideração. Mesmo hoje em dia não podemos fechar os olhos ao malbaratamento de sua causa, mas é importante conhecer a verdade na medida do possível. A conversa à mesa do jantar, em casa de Papai, girava obsessiva em torno das tentativas daquele estranho e orgulhoso negro de recuperar sua propriedade. Parecia tamanha tolice. Dava a impressão de que era ele o culpado, de certo modo, por ser negro. E era o tipo de problema que só aconteceria a um negro. Sua monumental negritude sentava-se diante deles no centro de mesa. Enquanto Sarah servia, Papai dizia que o noivo dela teria feito melhor se saísse com o carro enquanto era possível, esquecendo o assunto. O Irmão Mais Novo revoltava-se. Fala como alguém que nunca pôs à prova seus princípios. Replicou. Papai ficou tão ofendido com a observação, que não encontrou palavras para responder. Suave, Mamãe observou que ninguém lucrava com a manifestação de sentimentos destemperados. Uma estranha brisa, quente e desagradável, agitou a cortina da janela na sala de jantar em estilo egípcio. Continha aquele sopro ameaçador que torna tão inquietante o início da primavera. Sarah deixou cair uma travessa com filé de linguado, correu para a cozinha e tomou o bebê nos braços. Soluçando, contou ao Irmão Mais Novo, que a seguira, que no domingo anterior, Coalhouse dissera que só se casaria quando lhe devolvessem o Modelo T exatamente nas condições em que estava no momento em que os cavalos lhe haviam interceptado o caminho.

25

Ninguém sabia qual era o sobrenome de Sarah, nem se lembrou de perguntar. Onde nascera, onde vivera aquela pobre e ignorante moça negra, que possuía convicções tão absolutas sobre a maneira como os seres humanos deveriam conduzir sua vida. Nas poucas semanas de felicidade, entre o momento em que aceitou a proposta de Coalhouse e os primeiros temores de que seu casamento jamais se realizasse, transformou-se a ponto de assumir uma fisionomia nova, diferente. Dor e ira haviam sido uma espécie de patologia física, ocultando-lhe a verdadeira aparência. Mamãe estava abismada com sua beleza. Ela ria e falava com voz melíflua. Trabalhavam juntas no vestido de casamento e seus gestos eram graciosos e ágeis. Tinha uma silhueta excelente e admirava-se com orgulho ao espelho. Ria feliz de sua própria pessoa. A felicidade fluía no leite de seus seios e o bebê crescia rápido. Começava a levantar-se e o carrinho já não era seguro para ele. Ficava no quarto com a mãe. Esta tomava-o ao colo e dançava com ele. Era uma jovem de 18 ou 19 anos, convicta então de que as circunstâncias da vida constituíam uma razão de viver. Mamãe percebeu que era o tipo de ser moral que só compreende a bondade. Não tinha malícia e só poderia agir em total e indefesa reação do que sentia. Quando amava, agia por amor, quando traída, era destruída. Estes eram os cintilantes e perigosos fatos da vida de uma inocente. O menino sentia-se cada vez mais atraído por ela e pelo bebê. Brincava gentilmente com a criança e reinava um solene reconhecimento entre os dois. A mãe cantava, costurava o vestido de casamento, experimentava-o e despia-o. Por baixo, usava uma anágua que lhe subia aos quadris quando tirava o vestido branco pela cabeça. Notou o olhar atento do menino voltado para suas pernas e sorriu. Ao Irmão Mais Novo oferecia a tácita cumplicidade de dois membros da mesma geração. Seu marido seria um homem muito mais velho e o Irmão Mais Novo estava apartado pela idade dos demais membros da família. Por isso seguira-a até a cozinha, e ela lhe confiara o juramento de Coalhouse no sentido de só se casar depois que lhe devolvessem o carro.

O que ele pretende fazer? Perguntou o Irmão Mais Novo. Não sei, respondeu Sarah. Mas talvez houvesse percebido a violência latente em todo princípio.

No domingo seguinte, Coalhouse Walker não apareceu para a visita. Sarah voltou ao seu quarto. Tornou-se claro a Papai que a situação estava se deteriorando. Declarou que era ridículo permitir que um carro dominasse a vida de todos, como estava acontecendo naquele momento. Decidiu ir no dia seguinte falar ao contingente de Emerald Isle e em especial ao Chefe Conklin. Que pretende fazer? Perguntou Mamãe. Eu lhes mostrarei que estão lidando com um proprietário desta cidade, declarou Papai.

Se não der resultado, vou simplesmente suborná-los para

que consertem o carro e o recoloquem à minha porta. Pagarei. Vou comprá-los. O Sr. Walker não gostará, objetou Mamãe. No entanto é o que eu vou fazer. Pensaremos numa desculpa mais tarde. São o refugo da cidade e darão valor ao dinheiro.

Mas antes que o plano fosse posto em ação, Sarah decidiu agir sozinha. Era primavera, num ano de eleição; um candidato do partido republicano, o vice-presidente do Sr. Taft, James Sherman, iria a New Rochelle naquela noite para falar durante um jantar do partido republicano, no Tidewarters Hotel. Sarah lembrou-se de ter ouvido Papai discutir suas razões para não comparecer ao acontecimento. Pouco sabendo de governo e não avaliando o grau de desimportância nacional das provações de seu Coalhouse, Sarah concebeu a idéia de fazer uma petição aos Estados Unidos em benefício dele. Foi o segundo dos gestos de desespero e pavor resultantes de sua inocência. Esperou até a noite, quando o bebê estava adormecido, envolveu a cabeça num xale, saiu de casa sem avisar a qualquer membro da família e desceu correndo a colina até a North Avenue. Estava descalça. Corria rápido como uma criança. Estava disposta a correr até o hotel, mas encontrou um bonde que se aproximava com as luzes piscando. O condutor tocou a campainha, zangado quando ela atravessou os trilhos diante do veículo. Pagou a passagem e seguiu para a cidade.

Soprou o vento da noite e, no firmamento escuro, pesadas nuvens acumularam-se, anunciando tempestade. Sarah postou-se diante do hotel na pequena multidão de pessoas que aguardavam a chegada do grande homem. Carro após carro aproximava-se e deles saíam este ou aquele dignitário. Gotas de chuva trazidas pelo vento pontilharam a calçada. Um tapete fora colocado desde o meio-fio até as portas do hotel. Presente estava não só a polícia local, de luvas brancas, como um pelotão da milícia, mantendo desimpedida a entrada e afastando a multidão que, na rua, antecipava a chegada do carro do vice-presidente. Os milicianos estavam sempre presentes, assim como os policiais do Serviço Secreto designados para proteger presidentes e vice-presidentes, por decreto de Theodore Roosevelt, após o assassinato de McKinley. Roosevelt, aliás, renunciara ao seu afastamento para concorrer contra seu velho amigo Taft. Wilson era o candidato democrata, Debs, o socialista, e as quatro campanhas agitavam o país, alimentando esperanças, como os ventos que sopravam nas grandes planícies. Em Milwakee, Wisconsin, há uma semana apenas, Roosevelt fizera um discurso. Ao sair da estação e dirigir-se ao automóvel fora isolado do povo que acorrera para recebê-lo. Um homem destacara-se da multidão e apontara-lhe uma pistola à queima-roupa. Soaram tiros. Uma bala abriu um orifício nas cinqüenta páginas dobradas do seu discurso, alojando-se numa costela. Roosevelt ficou atordoado. O assassino foi dominado e atirado ao chão. Ouviram-se gritos. Roosevelt examinou o ferimento, verificando que não era sério. E pronunciou o discurso antes de permitir que os médicos o atendessem. Mas a fumaça acre do acontecimento permanecia na lembrança do público. Quem quer que estivesse encarregado de guardar um personagem eminente não deixaria de lembrar-se da tentativa de assassinato de Teddy Roosevelt. O prefeito de Nova York, William J. Gaynor, fora ferido pelas balas de um assassino pouco tempo antes. Armas eram disparadas em toda parte.

Quando o carro do vice-presidente, um Panhard, encostou no meio-fio e ele saltou, ouviram-se aplausos. O

sorridente Jim Sherman era um político de Nova York com

muitos amigos em Westchester. Começara a perder os cabelos e sua saúde era tão precária que não sobreviveria à campanha. Sarah rompeu o cordão de isolamento e correu na sua direção, gritando, confusa: Presidente! Presidente! Braço estendido, sua mão negra tentava alcançá-lo. Ele recuou ao contato. Talvez na noite escura, ameaçando tempestade, os guardas de Sherman tivessem a impressão de que a mão negra de Sarah era uma arma. Um miliciano adiantou-se e, com a mortal intromissão dos homens armados protegendo gente famosa, baixou a coronha de sua Springfield contra o peito de Sarah com toda a força de que dispunha. Ela caiu. Um homem do Serviço Secreto saltou sobre Sarah. O vice-presidente desapareceu no hotel. Na confusão e gritos que se seguiram, a moça foi colocada numa viatura da polícia e transportada dali.

Sarah foi mantida na delegacia durante toda a noite. Ao tossir cuspia sangue e pela manhã ocorreu ao sargento de plantão que talvez fosse bom mandar-se examiná-la por um médico. Ela os deixou intrigados, recusando-se a responder às perguntas, fixando-os com olhar cheio de medo e dor e se um deles não a tivesse ouvido gritar Presidente! Presidente! Seriam capazes de considerá-la surda-muda. Que pretendia fazer? Perguntaram-lhe. Que julgava estar fazendo? Transferiram-na para um hospital pela manhã. Era um dia cinzento, o vice-presidente se fora, as festividades estavam encerradas, os varredores de rua limpavam a entrada do hotel e a acusação contra Sarah foi classificada como tentativa de assassinato a perturbação da paz. Permaneceu no hospital. Tinha o esterno e várias costelas fraturadas. Em casa, na Broadview Avenue, Mamãe ouviu o bebê gritar e finalmente resolveu subir para saber o que estava acontecendo. Passaram-se horas antes que a família fosse avisada, por um policial, sobre a jovem negra que fora internada num hospital. Papai vindo direto do trabalho e Mamãe saindo da casa, encontraram Sarah numa cama da enfermaria geral. Dormia, tinha a testa seca e quente e uma bolha sanguinolenta inflava e desinflava no canto de sua boca, a cada respiração. No dia seguinte estava com pneumonia. Reconstituíram a história graças às poucas frases que pronunciou. Prestou-lhes pouca atenção, chamando repetidamente por Coalhouse. Providenciaram para que fosse colocada num quarto particular. Ignorando onde morava Coalhouse, fizeram uma ligação para o Manhattan Casino e falaram ao gerente do Clef Club Orchestra. Assim Coalhouse foi localizado e horas depois se achava à cabeceira de Sarah.

Mamãe e Papai aguardaram à porta. Quando entraram novamente, deram com Coalhouse ajoelhado junto à cama, cabisbaixo, as mãos de Sarah entre as suas. Retiraram-se. Ouviram em seguida os sons sepulcrais de uma dor de adulto. A família ficou arrasada. Não conseguia manter-se aquecida. Todo mundo andava de suéter. O Irmão Mais Novo alimentou a caldeira que aquecia o ambiente. No final da semana, Sarah morreu.

26

Os funerais se realizaram no Harlem. E foram suntuosos. O caixão era de bronze. O coche, um Pierce Arrow Opera Coach conversível, com compartimento para passageiros ampliado. A tampa do caixão era contornada de metal e coberta de buquês de flores. Fitas negras tremulavam ao vento, presas nos quatro cantos do teto. O carro era tão brilhante, que o menino viu nas portas traseiras um reflexo da rua inteira. Tudo preto, inclusive o céu. A rua descrevia uma curva até o horizonte, mergulhando em precipício. Havia diversos carros para transportar os acompanhantes até o cemitério. Estes eram quase todos músicos, companheiros de Coalhouse no Clef Club Orchestra, negros de cabelos cortados rente, terno escuro bem abotoado, colarinho arredondado e gravata preta. As mulheres que os acompanhavam usavam vestidos que lhes chegavam à ponta dos pés, chapéus de abas largas e curtas peles nos ombros. Depois que todos entraram nos carros e as portas se fecharam, os motoristas instalaram-se aos volantes. Ouviu-se então uma fanfarra, e subiu a rua, para ingressar no cortejo, um ônibus aberto, com uma banda de cinco figuras em trajes de noite. Coalhouse Walker pagou os funerais com o dinheiro que economizara para o casamento. Conseguira uma sepultura para Sarah por ser membro da Associação Beneficente dos Músicos Negros. O cemitério ficava no Brooklyn. A banda tocou endechas pelas ruas tranqüilas do Harlem, e durante todo o percurso até a cidade. O cortejo adiantava-se lento. Crianças corriam atrás dos carros e transeuntes paravam na calçada para olhar. A banda tocou enquanto os carros atravessaram lentamente a ponte do Brooklyn, bem alta sobre o East River. Os passageiros dos bondes que passavam nas pistas externas levantavam-se para ver o grande desfile. O sol brilhava. Gaivotas alçaram vôo da água, planando entre os cabos de suspensão e pousando ao longo das amuradas, quando os últimos carros acabaram de atravessar.

27

Primavera, primavera! Como um mágico eufórico tirando sedas e trapos coloridos de seu baú, a terra produzia os crocos amarelos e brancos, depois a dedaleira, a forsítia florescendo nos caules, os lírios, as flores rosa e brancas das macieiras, os capitosos lilases e os narcisos. Vovô, de pé no quintal, aplaudiu entusiasmado. Uma brisa soprou dos bordos uma chuva de verdes brotos espermatozóicos, que se prenderam nos seus ralos cabelos grisalhos. Meneou a cabeça, encantado, sentindo que lhe haviam imposto uma coroa de louros. Um espasmo de alegria dominou-o e ele ergueu a perna, num passo de dança antiga, perdeu o equilíbrio, escorregou no salto do sapato e caiu sentado. Foi assim que fraturou a bacia e ingressou num período de saúde precária, do qual não se recuperaria. Mas a primavera foi alegre e mesmo entre dores ele sorria. Por toda a parte a seiva circulava e os passarinhos cantavam. No norte do estado, na Fazenda-Prisão Estadual de Matteawan, Harry K. Thaw saltou agilmente sobre um fosso da estrada e pisou o estribo de um Locomobile que estava à sua espera. Passando o braço pelo suporte da capota soltou um grito exultante e o carro partiu. Thaw fugiu para o Canadá, deixando uma trilha de garçonetes ofendidas e hoteleiros atordoados. Seqüestrou e açoitou um adolescente. Começava a resolver seus problemas. Depois, tornou a atravessar a fronteira, foi descoberto num trem nas proximidades de Buffalo e percorreu os vagões dando risadinhas e arquejando, perseguido por detetives da polícia. No vagão-restaurante, voltou-se e atirou pesadas cafeteiras de prata, que recolheu das mesas de passageiros espantados. Subindo entre os vagões, correu sobre o trem com movimentos simiescos, saltou para a plataforma de observação e postou-se de braços estendidos para o sol, quando a polícia, irrompendo pela porta, agarrou-o.

Thaw não quis revelar o nome da pessoa que o ajudou a fugir. Podem me chamar de Houdini, falou. Um repórter empreendedor decidiu procurar o grande mágico e solicitar-lhe um comentário. Era o tipo de repórter especialista nas matérias tolas e inconseqüentes tão apreciadas pelos jornais da época. Houdini foi encontrado num cemitério de Queens, onde observava a primavera de joelhos, junto ao túmulo da mãe. Ergueu o rosto inchado e grotesco da dor. O repórter afastou-se. Ao redor do túmulo, os cornisos estavam em flor e pétalas de magnólias jaziam em círculo em volta das árvores. Houdini vestia terno de lã preta, com a manga do casaco rasgada junto ao ombro. A mãe falecera há alguns meses, mas todas as manhãs ele despertara sentindo a ferida tão recente e penosa como se ela houvesse morrido na véspera. Cancelara diversos compromissos. Barbeava-se somente quando se lembrava, o que não era freqüente, e com seus olhos avermelhados, rosto por escanhoar e terno amarrotado, deixara de parecer o mágico alerta de fama internacional.

É costume judaico deixar pequeninas pedras na sepultura para marcar uma visita. A da Sra. Cecelia Weiss estava coberta de seixos e pedrinhas, umas sobre as outras, formando uma espécie de pirâmide. Ele a imaginava em repouso no caixão, sob a terra. E chorava amargamente. Queria estar junto dela. Lembrava-se de sua tentativa para escapar de um ataúde e do terror ao perceber que não conseguia. O caixão era dotado de uma tampa especial, mas ele não calculara o peso da terra. E gritara no silêncio impenetrável. Sabia o que significava estar isolado no âmago *171* da terra, mas então, achava ser ali o único lugar para ele. De que valia a vida sem sua querida mãe?

Detestou a primavera. O ar invadia-lhe o nariz e a boca como se fossem torrões de barro.

Em sua casa na 113th Street, próximo a Riverside Drive, Houdini distribuiu fotos de sua mãe de maneira a sugerir que ela continuava presente. Uma, com seu rosto em close, foi colocado no travesseiro da cama. Uma foto ampliada onde era vista sentada numa cadeira e sorrindo foi para a própria cadeira fora retratada. Havia uma em que estava de chapéu e casaco, subindo a escada que levava da rua à porta da frente. Esta foi pendurada na folha interior da porta. Um dos seus objetos mais queridos era uma caixa de música de carvalho, com janelinha de vidro na tampa, revelando o disco metálico em rotação. Havia vários discos à escolha, mas o favorito dela fora o *Gaudeamus Igitur* numa face e *Columbia the Gem of the Ocean* na outra. Houdini dava corda à caixa de música e tocava os discos todas as noites. Sonhava ouvir-lhe a voz. Guardara as cartas que ela escrevera no decorrer dos anos e mandou-as traduzir para o inglês e datilografá-las, para poder lê-las com facilidade e revivê-las sem o temor de transformá-las em pó pelo desgaste. À porta de seu armário aspirava a fragrância de suas roupas.

A senhora adoecera quando Houdini estava na Europa. Ele esperava descrever-lhe seu encontro com o Arquiduque Francisco Ferdinando, herdeiro do Império Austro-Húngaro, mas antes que pudesse escrever ela morrera. Conseguira cancelamento de seus contratos e viajara para casa o mais rápido possível. Não recordava coisa alguma da viagem. Estava fora de si de desgosto. O enterro fora adiado até sua chegada. Soube que ela o chamara momentos antes de morrer. Sofrera um derrame que a deixara paralítica. Erich, gemia. Erich, Erich. Ele ficou atormentado de remorsos, obcecado pela idéia de que ela desejava dizer-lhe algo, de que guardara qualquer coisa para revelar-lhe somente no instante da morte.

Houdini sempre se mostrara cético a respeito de ocultistas e das alegações espirituais de clarividentes e médiuns. Nos seus primeiros tempos no Welsh Brothers Circus, na Pensilvânia, ele próprio explorara a credibilidade dos tolos, alegando poderes transcendentais para realizar suas mágicas. Olhos vendados, revelava a um auxiliar cada item erguido para identificação por alguém do público. Que é isto, Sr. Houdini? Perguntava o auxiliar. E ele respondia. Era tudo feito por meio de código. Às vezes alegava falar com os mortos e dava a um pobre homem crédulo, cujo nome e circunstâncias obtivera, uma mensagem do ente querido falecido. Sabia, portanto, o que era fraude espiritista. Percebia-a. E esse tipo de fraude grassava nos Estados Unidos desde 1848, quando duas irmãs, Margaretta e Katte Fox, convidaram os vizinhos a ouvir as misteriosas batidas em sua casa de Hydesville, Nova York. Mas o próprio fato de ser tão conhecedor do assunto persuadira-o a considerar a possibilidade de encontrar alguém com verdadeiro dom mediúnico. Se fosse possível comunicar-se com os mortos, ele o descobriria. Era capaz de perceber e desmascarar qualquer falcatrua do mundo. Se encontrasse algo autêntico saberia logo. Queria ver a miúda silhueta de sua mãe Cecelia, sentir suas mãos acariciar-lhe o rosto, mas já que isto não era possível, decidiu verificar se conseguia falar-lhe.

E a esta altura da nossa história, a comunicação com os mortos não era uma idéia tão absurda como fora no passado. A América se encontrava no limiar do século XX, era uma nação de engrenagens a vapor, locomotivas, naus aéreas, motores a combustão, telefones e prédios de 25 pavimentos. Mas reinava uma interessante suscetibilidade às 173 idéias ocultistas dos mais famosos pragmáticos do país. Claro que era tudo muito sigiloso. Corria um boato em certos círculos de que Pierpont Morgan e Henry Ford haviam fundado uma sociedade secreta. E Houdini sabia que o mago da horticultura, Luther Burbank, que fazia cruzamentos e obtinha espécimes híbridos com uma sucessão de produtos de colheitas, conversava secretamente com as plantas e acreditava que elas o compreendiam. O grande Edison, o homem que inventara o século XX, elaborara a teoria de que partículas irredutíveis de matéria carregadas de fluido vital, que ele chamava de enxames, subsistiam após a morte e eram indestrutíveis. Houdini tentou entrar em contato com Edison, pedindo-lhe uma entrevista, mas o grande homem andava demasiado ocupado. Trabalhava num invento tão secreto que a imprensa especulava com freqüência sobre sua natureza. Foi publicada uma notícia afirmando que o novo invento consistia em algo chamado tubo de vácuo, por meio do qual Edison esperava receber mensagens dos mortos. Houdini enviou telegramas desesperados, suplicando e insistindo por uma entrevista. Foi ignorado. Ofereceu-se para ajudar a financiar o trabalho. Foi repelido. Jurou a si mesmo que inventaria seu próprio instrumento, assim como aprendera a voar no aeroplano. O que quer que Edison tomara como ponto de partida saíra das reservas tecnológicas disponíveis a todos. Houdini comprou livros e começou a estudar física mecânica e os princípios do acumulador. E jurou que por qualquer meio, mecânico ou humano, se existisse vida após a morte, ele a descobriria.

Sua ambição em breve chamou a atenção de várias pessoas que se mantinham a par de tais assuntos. Houdini conheceu um homem de Buffalo, Nova York, que alegava ter trabalhado com Steinmetz, o imigrante anão e genial da General Electric. Físicos de todo o mundo estavam descobrindo ondas, contou-lhe o homem. Havia uma teoria tremendamente importante no exterior, segundo a qual supunha-se que a matéria e a energia não passavam de dois aspectos da mesma força primeva. É o que também penso, disse o homem a Houdini. Ele era físico e diplomara-se na Transilvânia. Bastava inventar um instrumento adequadamente sensível para captar as ondas primevas e decifrá-las, o que todo mundo ignorava até então. Houdini assinou com ele um contrato, entregando-lhe dois mil dólares pelos direitos exclusivos da pesquisa. Outro homem, um químico, Houdini instalou no porão de sua própria casa. Recebeu cartas de pessoas que alegavam possuir dons mediúnicos, pedindo-lhe um objeto que pertencera a sua mãe – um broche, ou mecha de cabelos – empregou uma agência de detetives para investigar os que lhe pareceram mais razoáveis, dizendo aos agentes de que modo reconheceriam uma fraude espiritualista. Falou-lhe das trombetas, dos truques fotográficos, dos megafones ocultos, da levitação de mesas por meio de roldanas. Por que o médium precisaria das trevas na sala? Perguntou aos detetives. Quando ele apaga a luz é porque quer esconder alguma coisa.

Em breve Houdini gerara bastante atividade nesse sentido para voltar a pensar novamente em trabalho. Estou me sentindo melhor, declarou ao agente. Começo a voltar ao que era. Compromissos foram em breve firmados. Os que assistiram aos espetáculos de Houdini nesse período de sua carreira dizem que ultrapassou tudo o que fizera até então. Chamava pedreiros ao palco a fim de construírem uma parede de tijolos de três metros de altura e atravessava-a caminhando. Fez um elefante desaparecer com um bater de mãos. Moedas escorriam-lhe pelos 175 dedos. Pombas saíam voando de suas orelhas. Entrou num caixote previamente examinado pelo público. O caixote foi fechado com pregos e atado com uma grossa corda. Nenhuma cortina foi colocada diante dele. Alguém o abriu. Estava vazio. Uma exclamação coletiva subiu do público, quando Houdini entrou correndo no teatro, vindo do saguão. Saltou no palco. Seus olhos brilhavam como diamantes azuis. Ergueu lentamente os braços. Os pés destacaram-se do chão. Permaneceu a dois metros de altura do palco. Mulheres arquejaram. Súbito, desabou. Houve exclamações de incredulidade, seguidas de aplausos prolongados. Seus assistentes ajudaram-no a sentar numa cadeira. Houdini pediu um copo de vinho para recuperar as forças. Ergueu o vinho contra um foco de luz. A bebida tornou-se incolor. Bebeu-a. O copo desapareceu da sua mão.

Na verdade seus espetáculos continham tal intensidade e exerciam efeito tão estranho e inquietador sobre o público, que em certos casos as crianças eram retiradas antes do fim do espetáculo. Houdini não o notava. Trabalhava para além de sua capacidade física e seria capaz de executar 8 ou 12 de seus truques mais importantes num show que deveria conter apenas três. Anunciara-os sempre como truques que desafiavam a morte e os repórteres dos diários de Nova York, esperando que uma dia ele se excedesse, acompanhavam-no em seus shows de uma só noite, desde o Brooklyn Pantages, ao Fox's Union City, até o Main Street Theatre, de New Rochelle. Executou sua famosa fuga do latão, no qual era introduzido num recipiente normal, usado para entregar leite às mercearias. Encheu-se o latão de água. Ou escapava ou morria. Deitou-se num tanque de vidro do feitio de um caixão, perfeitamente estanque, no qual a chama de uma vela não se mantinha acesa. Ali permaneceu até seis minutos depois que a vela se apagou. Pessoas gritavam no público. Mulheres fechavam os olhos e cobriam os ouvidos com as mãos. Suplicavam aos assistentes que interferissem. Quando as súplicas foram finalmente atendidas, a tampa do caixão de vidro emitiu um leve som explosivo, ao abrir-se. Ajudaram-no a sair, trêmulo e coberto de suor. Cada proeza representava o anseio de Houdini pela mãe falecida. Foi enterrado e ressuscitou, novamente enterrado e ressuscitado. Certa noite, num só espetáculo em New Rochelle, seu desejo de morte foi tão óbvio, que o público começou a gritar e um pastor local levantou-se, gritando: Houdini, você está desafiando a condenação eterna! Talvez fosse verdade que já não conseguia distinguir entre a vida e os truques. De pé, num longo roupão preso por um cinto, coberto de suor, cabelo úmido em espirais, parecia uma criatura de outro universo. Senhoras e senhores, disse, voz exausta. Perdoem-me, por favor. Ele queria explicar que dominava um antigo método oriental de respiração, que lhe permitia ficar com a vida em suspenso. Queria explicar que suas proezas pareciam muito mais perigosas do que eram na realidade. Ergueu as mãos, num apelo. Mas naquele instante ouviu-se uma explosão de tal magnitude, que o teatro estremeceu em suas fundações e partículas do reboco caíram do arco do proscênio. O público aflito, nervos abalados, julgando tratar-se de outro de seus truques satânicos, recuou para os corredores, aterrorizado.

28

Na verdade a explosão ocorrera a três quilômetros de distância, nos limites ocidentais da cidade. O posto de bombeiros de Emerald Isle Engine fora pelos ares, incendiando o terreno baldio do outro lado da rua com madeira em chamas e iluminando o céu de Westchester. Companhias de todos os setores da cidade acorreram, assim como das comunidades vizinhas de Pelham e Mount Vernon. Pouco se podia fazer. Felizmente a estrutura de madeira de Firehouse Lane situava-se a uns 300 metros da residência mais próxima. Dois dos voluntários foram hospitalizados, um deles com queimaduras tão sérias que não se esperava que resistisse um dia. E pelo menos cinco outros encontravam-se de serviço na ocasião. Era quinta-feira, a noite em que o grupo se reunia para o costumeiro jogo de pôquer.

Quando o dia amanheceu, o campo estava calcinado e o prédio era um amontoado de ruínas fumegantes. Todo o local fora isolado e detetives da polícia principiaram a examinar os destroços, recuperando os corpos e deduzindo qual fora a causa do desastre. Breve tornou-se evidente que se tratava de homicídio. Dos quatro corpos recuperados, dois revelavam que a morte fora resultante não do fogo ou da explosão e sim de disparos. A parelha de cavalos estava selada e presa ao carro e jazia onde havia tombado a meio caminho da rua. A máquina de alarme, retirada das ruínas, mostrava que um sinal fora emitido no norte da cidade. No entanto não houvera incêndio em parte alguma, naquela noite. Baseada nestes e noutros indícios, obtidos alguns com a ajuda de um médico legista do Departamento de Polícia da cidade de Nova York, foi feita a seguinte reconstituição: Aproximadamente às 22h30, seis membros do grupo de bombeiros estavam reunidos na sede, jogando cartas, quando o alarme soou. Os jogadores enfiaram botas e capacetes. Os cavalos foram retirados das baias e atrelados ao carro. Os arreios eram de um tipo especial para animais que puxavam veículos de bombeiros, criados pela Companhia P. A. Setzer, de Hickory, Carolina do Norte. Como todos os bombeiros, os de Emerald Isle orgulhavam-se da prontidão com que atendiam aos alarmes. Havia sempre fogo baixo ardendo sob a caldeira, de modo que o vapor pudesse subir à pressão máxima, quando o equipamento chegasse ao local. Se a companhia era em geral eficiente, nessa noite nem um minuto deve ter transcorrido antes que as portas se abrissem e o cocheiro, incentivando os cavalos, os lançasse à rua entre estalidos de chicote. Havia alguém na rua, bem no caminho do veículo. Ele ou eles estavam armados com espingardas, que foram disparadas à cabeça dos cavalos. Dois deles tombaram imediatamente, o terceiro empinou, ferido no pescoço, espalhando sangue pela rua como chuva fina. O cocheiro, mortalmente ferido, caiu ao chão. Dos três que se encontravam no veículo, dois sofreram ferimentos mortais e um terceiro foi esmagado pelo carro que, puxado pelos animais em pânico, tombou de lado. Quando a caldeira caiu houve um estrondo que assustou os moradores das vizinhanças, já espantados com o disparo de armas. A fornalha abriu-se, espalhando carvões em brasa que atearam fogo à construção de madeira. O fogo espalhou-se rapidamente e o calor do prédio em chamas fez explodir a caldeira e atirou madeira ardente no terreno baldio dianteiro. Foi nesse momento que Houdini perdeu o afeto do público.

Naquela noite a família se recolhera cedo. Todos andavam dormindo mal. O bebê negro chorava pela mãe e não aceitava o leite da ama. Papai ouviu a explosão distante e, olhando pela janela do quarto, viu o céu iluminado. Sua primeira idéia foi de que a fábrica, com foguetes armazenados, fora pelos ares. Mas o clarão era mais forte noutra direção. Só na manhã seguinte souberam onde ocorrera o incêndio, que passou a ser o único tópico de conversação em toda a cidade. Na hora do almoço, Papai foi até o local. Havia uma multidão junto à barreira erguida pela polícia. Rodeando as cordas, chegou ao lago no extremo do campo que se estendia diante do posto de bombeiros destruído: no lago, o esqueleto do Modelo T emergia e mergulhava na água encrespada pela brisa, apagando e reconstituindo seus trêmulos contornos. Papai voltou para casa naquele dia, antes que o apito das 12 houvesse soado. Mamãe não conseguia encará-lo. Sentada com o bebê no colo, estava cabisbaixa, numa atitude inconscientemente meditativa, que lembrava a falecida Sarah. Papai perguntou-se naquele momento se haviam perdido o controle de suas vidas.

Às quatro da tarde, o jornaleiro passou correndo e atirou na varanda o vespertino dobrado. O assassino e incendiário, segundo se julgava, era um negro não identificado. Em sua cama de hospital, o único sobrevivente do ataque conseguira descrevê-lo à polícia. Aparentemente o negro extinguira as chamas que queimavam as roupas do ferido e para que isso não fosse interpretado como um gesto de misericórdia, erguera-lhe a cabeça pelos cabelos e exigira que dissesse onde se escondera o Chefe dos Bombeiros. Mas, por sorte, o Chefe Conklin não se encontrava no posto naquela noite. Ignorava-se como o negro o conhecia, ou o que teria contra ele.

Foi consenso geral entre os profissionais que houvera cúmplices – o que se deduzia do alarme falso para tirar os voluntários do posto. Contudo, um editorial descrevia o desastre como obra de um assassino louco e solitário.

Pedia-se aos cidadãos que trancassem suas portas e se mantivessem alertas, mas tranqüilos.

A família sentou-se à mesa do jantar. Mamãe segurava nos braços o bebê. Sem o perceber, compreendera que jamais renunciaria a ele. Sentiu o contato dos dedos miúdos no rosto. Lá em cima, no seu quarto, Vovô gemeu. Não houve jantar naquela noite, ninguém sentia fome. Uma garrafa de cristal contendo brandy foi colocada diante de Papai, que chegou ao terceiro copo. Tinha a impressão de que algo como um fragmento de osso, ou um grão de pó, alojara-se na sua garganta e achava que o brandy era a única coisa que poderia resolver isso. Tirara da gaveta da escrivaninha sua velha pistola do exército, usada na campanha das Filipinas. A arma jazia sobre a mesa. Estamos sofrendo as conseqüências de uma tragédia que não deveria ser nossa, disse a Mamãe. Por que, em nome de Deus, você tomou tal atitude naquele dia? A municipalidade socorre os indigentes. Você a acolheu sem raciocinar. Prejudicou-nos a todos com seu tolo sentimentalismo feminino. Mamãe fixou-o. Não se lembrava de ocasião alguma em que a tivesse censurado em todo o seu longo relacionamento. Sabia que ele pediria desculpas, mas seus olhos marejaram-se e as lágrimas escorreram-lhe pelo rosto. Madeixas desprenderam-se dos cabelos e cobriram-lhe o pescoço e os ouvidos. Papai fixou-a e achou-a linda como na juventude. Passou-lhe despercebido o prazer que sentiu por tê-la feito chorar.

O Irmão Mais Novo estava sentado com o cotovelo apoiado no braço da poltrona e a cabeça apoiada na mão. O indicador estendido apontava para a testa. Observava o cunhado. Vai sair para procurá-lo e atirar nele? Perguntou. Vou proteger minha casa, replicou Papai. Este é o filho dele. Se cometer o erro de bater à minha porta, eu o liquidarei. Por que viria até aqui, perguntou o Irmão Mais Novo, com um 181 tom de voz irritado. Nós não conspurcamos o carro dele. Papai fixou Mamãe. Amanhã irei à polícia. Preciso dizer que esse louco assassino esteve em minha casa. Tenho que dizer-lhes que estamos com seu filho ilegítimo. O Irmão Mais Novo falou: Creio que Coalhouse Walker Jr. gostaria que contasse à polícia tudo o que sabe. Pode dizer-lhes que é o mesmo negro doido, cujo automóvel se encontra no fundo do lago do posto de bombeiros. Diga-lhes que é o sujeito que esteve na delegacia para apresentar queixa contra Will Conklin e seus valentões. Pode dizer que é o mesmo assassino negro e louco que ficou à cabeceira de alguém falecido no hospital em conseqüência de ferimentos. Papai disse: Espero não ter entendido bem. Estaria defendendo aquele selvagem? Tem alguém a quem culpar, senão a ele próprio, pela morte de Sarah? Algo além de seu maldito orgulho de negro? Nada neste mundo pode perdoar o assassinato de homens e a destruição da propriedade! O Irmão ergueu-se tão bruscamente que a cadeira tombou para trás. O bebê assustou-se e começou a chorar. O Irmão estava pálido e trêmulo. Eu não ouvi tal elegia nos funerais de Sarah, observou. Não o ouvi dizer então que morte e destruição da propriedade eram algo de inescusável.

Mas o fato é que Coalhouse Walker já tomara diversas medidas para identificar-se com o crime. Uma hora após a explosão, ele e outro negro deixaram cartas idênticas nas redações de dois jornais locais. Os editores, após conferenciarem com a polícia, resolveram não publicá-las. As cartas foram escritas em caligrafia nítida e firme, relatando os acontecimentos que haviam conduzido ao ataque ao posto de bombeiros. Quero que o infame Chefe de Bombeiros Voluntários me seja entregue, dizia a carta. Quero que meu automóvel me seja devolvido como se encontrava. Se tais condições não forem cumpridas, continuarei a matar bombeiros e incendiar postos até que se cumpram. Destruirei a cidade inteira, se necessário. Os editores e a polícia julgaram mais conveniente, para o bem do público, não publicar a carta. Um assassino doido e isolado não era problema. Uma insurreição era outra coisa. Pelotões da polícia percorriam discretamente os bairros negros, fazendo perguntas a respeito de Coalhouse Walker Jr. Ao mesmo tempo, a polícia de cidades vizinhas com populações negras faziam o mesmo. À chefatura voltava a notícia: Não é nenhum dos nossos. Não é nenhum dos nossos.

Pela manhã, Papai tomou o bonde que conduzia à North Avenue, e entrou na Prefeitura, transpondo a porta como um negociante respeitado da comunidade. Sua carreira de explorador fora divulgada pelos jornais. A bandeira que tremulava na cúpula do prédio fora presente dele à cidade.

Parte III

29

Papai nasceu e foi educado em White Plains, Nova York. Era filho único. Recordava momentos de luz e calor nos dias de verão, em Saratoga Springs, onde havia jardins com alamedas de cascalho lavado. Passeava com a sua mãe pelas amplas varandas pintadas dos grandes hotéis. Todos os anos voltavam para casa no mesmo dia. Ela era uma mulher frágil, que morreu quando ele tinha 14 anos. Papai freqüentara Groton e, em seguida, Harvard. Estudara filosofia alemã. No inverno do segundo ano de universidade seus estudos foram interrompidos. O pai ganhara uma fortuna com a Guerra Civil e desde então passara o tempo em especulações imprudentes. A fortuna desapareceu por completo. O velho era do tipo que se sentia bem na adversidade. Sua confiança aumentava a cada perda. Arruinado, vivia triunfante e sorridente. Morreu subitamente, com todas as expectativas intactas. Seu entusiasmo imprimira no filho solitário uma personalidade cautelosa, sóbria, industriosa e cronicamente infeliz. Chegando à maioridade, o órfão tomou os poucos dólares herdados e investiu-os numa pequena firma de fogos de artifício, propriedade de um italiano. Finalmente passou a dirigi-la, expandiu as vendas, adquiriu uma firma de manufatura de bandeiras e encontrou-se em posição financeira bastante confortável. Encontrara ainda tempo para conseguir uma comissão do exército nas campanhas das Filipinas. Orgulhava-se de sua vida, mas não esquecia que antes de ingressar nos negócios freqüentara Harvard. Ouvira William James discorrer sobre os princípios da Psicologia Moderna. Explorações tornaram-se sua paixão. Queria evitar o que o grande Dr. James chamara de hábito da inferioridade ao eu pleno.

Todas as manhãs, Papai levantava-se e provava seu ser mortal. E perguntava a si mesmo se sua antipatia por Coalhouse Walker, que fora instantânea, baseava-se não na cor, mas no fato de estar empenhado numa corte, empreendimento cheio de suspense, sugerindo que o melhor da vida estava por vir. Papai notava a epiderme pontilhando nas costas da mão e surpreendia-se ocasionalmente pedindo às pessoas que repetissem o que haviam dito. A bexiga estava sempre exigindo ser esvaziada. O corpo de Mamãe não despertava concupiscência, apenas tranqüila apreciação. Admirava-lhe as formas e a suavidade, mas já não se sentia inflamado. Observava que ela acumulara gordura na parte superior dos braços. Depois de se habituarem à vida conjugal, quando voltou do Ártico, deslizaram para um companheirismo sem exigências, no qual ele se sentia ultrapassado pela vida, espectador de um evento. Achava desagradável a atenção que ela dera ao casamento da jovem negra e, depois que Sarah morrera, sentia-se totalmente invisível, pois a dor de Mamãe concentrou-lhe a atenção exclusiva no bebê.

Reconheceu que se sentia satisfeito ao procurar a polícia. Não era um sentimento muito correto. Talvez para compensar apresentou Coalhouse Walker como um homem tranqüilo, enlouquecido por circunstâncias alheias à sua vontade. Era exatamente o argumento que o Irmão Mais Novo apresentara em casa. Papai confirmou a narrativa dos acontecimentos feita na carta de Coalhouse. Ele era pianista, disse Papai, usando o tempo de verbo histórico. Sempre cortês e correto nas atitudes. O policial meneou gravemente a cabeça. Desejava saber se achava provável que o negro atacasse novamente. Foi o que disse o Chefe de Polícia: atacar novamente. Papai respondeu que quando Coalhouse tomava uma decisão mostrava-se perseverante. Baseando-se em seus conselhos, organizou-se a defesa. Policiais foram designados para todos os corpos de bombeiros da cidade. As ruas principais ficaram sob vigilância. Na chefatura, um mapa de parede foi instalado, indicando a distribuição de forças. Com base na informação de Papai, o Departamento de Polícia da cidade de Nova York foi persuadido a designar detetives para procurar Coalhouse no Harlem.

Papai esperava críticas da polícia. Não foram feitas. Consideraram-no um especialista no caráter do criminoso e incentivaram-no a passar na chefatura todo o tempo que pudesse. Queriam que estivesse presente às suas deliberações. As paredes das salas eram pintadas de verde-claro até um metro de altura e verde-escuro abaixo dessa linha. Havia escarradeiras por todos os cantos. Papai concordou em ficar o mais disponível que pudesse. Era a época mais movimentada do ano. Todos os pedidos de foguetes, chuveiros, velas romanas, bombinhas, fachos luminosos e bombas precisavam ser remetidos a tempo para o 4 de Julho. Ele ia e vinha entre o escritório e a polícia. Para seu aborrecimento, encontrou-se na delegacia com o Chefe dos Bombeiros de Emerald Isle, Will Conklin. Conklin cheirava a uísque e a experiência de ser um homem perseguido tornara violáceo o rosto rubicundo. Mostrava-se alternadamente bombástico e abatido. Oferecia conselhos ao nível da inteligência, que havia desencadeado a crise na sua origem. Queria ir até o bairro negro e acabar com todos eles de uma vez por todas. Os policiais escutavam-no com desinteresse, provocando-o a respeito de seu destino.

Talvez tenhamos que entregá-lo ao músico, Willie, diziam. Só para ter um pouco de tranqüilidade por aqui. Conklin não recebia bem as brincadeiras. Não estamos do mesmo lado? Perguntava. Deus me livre, mas vocês eram meninos cruéis em St. Catherine e continuam do mesmo jeito. Willie, o próprio negro disse que um dos seus palhaços foi quem começou a história, falou o Chefe de Polícia. E você, idiota, ainda vem dizer que estamos do mesmo lado.

Mas o caráter e a mentalidade do Chefe de Bombeiros pareciam apropriados ao local. Passavam constantemente pelas portas de vidro ladrões, advogados, fiadores, policiais e parentes infelizes. Bêbados eram arrastados pelo colarinho, e os ladrões com as mãos algemadas. Falava-se em voz alterada e linguagem grosseira. Conklin possuía uma firma que vendia carvão e gelo e vivia com a mulher e vários filhos no apartamento, em cima do escritório. Ocorreu a Papai que o homem passava tempo excessivo na delegacia porque ali se sentia em segurança. Claro que não o confessaria. Gabava-se das precauções que tomara no seu depósito. Não confiando nos dois policiais ali postados, convocara todos os sobreviventes do grupo de Emerald Isle para instalarem-se em sua casa. Estavam armados. Era mais fácil o negro atacar West Point, afirmava.

Papai sentia-se rebaixado diante do homem. Conklin dirigia-se a ele de maneira diversa da que usava com os policiais. Melhorava a dicção. A sugestão de igualdade social era exasperante. É trágico, Capitão, dizia. Trágico mesmo. Certa vez chegou a apoiar a mão no ombro de Papai, gesto de tão alarmante fraternidade que teve o efeito de um choque elétrico.

Contudo, Papai surpreendia-se passando cada vez mais tempo da delegacia. Achava difícil voltar para casa. No dia do funeral das vítimas do incêndio de Emerald Isle compareceu para ouvir os panegíricos. Metade da cidade compareceu. Uma grande cruz de metal ondulava sobre as cabeças da multidão. Will Conklin não saiu da delegacia. Serei um alvo perfeito para um tiro de espingarda, declarou. Dúvidas relativas ao seu comportamento começaram a circular pela cidade.

A notícia de que a matança da Noite de Emerald Isle era resultado de uma desavença foi publicada nos diários de Nova York, onde os repórteres não eram cerceados pelos interesses da câmara de comércio local. O *World* e o *Sun* publicaram o texto da carta de Coalhouse. Will Conklin tornou-se um homem desprezado em toda parte. Odiado como o estúpido perpetrador de acontecimentos que haviam resultado na morte dos homens a quem ostensivamente comandava. Por outro lado, entre certos elementos, era desprezado como alguém que sabia fazer um negro cair numa armadilha, mas não intimidá-lo.

Um homem de chapéu-coco passou a sentar-se diariamente num carro, em frente à casa da Broadview Avenue. Papai não fora oficialmente notificado, mas disse à Mamãe que pedira proteção à polícia; contudo, achou que não seria sensato partilhar com ela suas dúvidas no sentido de que, apesar de toda a gratidão manifestada, por se ter apresentado para informá-los, a polícia não era tão capacitada para mantê-lo sob vigilância. E perguntou a si mesmo que suspeitas teriam.

Exatamente uma semana após o ataque de Coalhouse a Emerald Isle, às seis da manhã, um carro White passou lentamente por Railroad Place, rua estreita, calçada de pedras, no West End. No meio do quarteirão ficava a 2ª Companhia do Corpo de Bombeiros. Ao passar pelo prédio, o carro parou e os dois policiais sonolentos postados à entrada, espantaram-se ao ver diversos negros saltarem empunhando espingardas e rifles. Um dos policiais teve impulso de atirar-se ao chão. O outro ficou boquiaberto, enquanto os assaltantes formaram, eficientes, uma fileira, como se fossem um pelotão de fuzilamento, e a um sinal dispararam as armas ao mesmo tempo. O tiroteio matou o policial que estava de pé e estraçalhou os vidros das portas do Corpo de Bombeiros. Um dos negros adiantou-se correndo e atirou diversos pequenos volumes através das vidraças quebradas.

O homem que dera a ordem de atirar aproximou-se do aterrorizado sobrevivente estirado na calçada, colocou-lhe uma carta na mão e disse calmamente: Isto é para ser publicado nos jornais. Em seguida reuniu-se aos outros negros, que haviam entrado no carro. Quando o veículo se afastava, duas ou talvez três explosões lançaram pelos ares as portas do Corpo de Bombeiros e o transformaram imediatamente num inferno. As chamas devoraram logo um bar adjacente e o estabelecimento de um distribuidor de café, que também torrava grãos preparando *blends* com misturas especiais para os fregueses. As sacas de grãos produziram uma fumaça amarelada e uma fragrância de café torrado que pairou no bairro por várias semanas. Mais tarde foram descobertos quatro corpos, todos de bombeiros da municipalidade. Uma senhora idosa, provavelmente morta de susto, foi encontrada no seu apartamento, do outro lado da rua. Uma caldeira Reo e uma ambulância foram destruídas.

E então a cidade entrou realmente em pânico. Crianças deixaram de freqüentar a escola. Clamores de ultraje ergueram-se contra a administração da cidade e contra Willie Conklin. Uma delegação de bombeiros dirigiu-se à Prefeitura exigindo sua admissão como auxiliares de polícia e armas para se defenderem. O confuso prefeito enviou um telegrama ao governador de Nova York pedindo ajuda. A história do segundo ataque de Coalhouse chegou às primeiras páginas de todos os jornais do país. Repórteres aos bandos acorreram de Nova York. O Chefe de Polícia foi censurado por ter permitido que o assassino negro voltasse a agir. Reunindo os repórteres no seu gabinete para uma entrevista, o policial declarou: O homem se utiliza de automóveis para se movimentar. Ataca e desaparece, Deus sabe para onde. Há anos a Associação dos Chefes de Polícia do Estado de Nova York aprovara moção no sentido de se exigir uma licença de automóveis e automobilistas. Se a lei estivesse hoje em vigor poderíamos encontrar o animal. Enquanto falava, o chefe esvaziava as gavetas de sua escrivaninha, tirando baforadas do charuto. Saiu com os repórteres. No dia seguinte, uma lei tornando obrigatória a licença de automóveis foi introduzida na legislatura do Estado.

Papai empregava dois negros na fábrica, um como faxineiro e o outro como montador de tubos de foguetes. Nenhum dos dois apareceu para trabalhar no dia do segundo desastre. Na verdade não se via negro em parte alguma da cidade. Permaneciam em casa, por detrás de portas trancadas. Naquela noite, a polícia prendeu na rua vários cidadãos brancos portando pistolas e rifles. O governador reagiu ao apelo do prefeito, enviando duas companhias de milicianos de Nova York. Chegaram na manhã seguinte e imediatamente armaram suas barracas no campo de beisebol por detrás do ginásio. Crianças aglomeraram-se para observá-los. Edições especiais dos diários locais foram lançadas e todas destacavam o texto da segunda carta de Coalhouse. Eis o que dizia: Um, que a excrescência branca conhecida como Willie Conklin me seja entregue para que eu faça justiça. Dois, que o Ford Modelo

T, com sua capota dobrável, seja devolvido nas condições em que se encontrava. Até que estas exigências sejam atendidas prevalecerão as leis de guerra. Coalhouse Walker Jr., Presidente do Governo Americano Provisório.

A essa altura, todo mundo ansiava por saber que aparência teria Coalhouse Walker. Os jornais competiam ferozmente. Jornalistas invadiram as instalações do Clef Club Orchestra, no Harlem. Não existiam fotos que incluíssem o rosto do infame pianista. O *American*, de Hearst, publicou triunfalmente o retrato do compositor Scott Joplin. Amigos de Joplin ameaçaram processar o jornal, uma vez que o compositor se achava nos últimos estágios de uma doença mortal e incapaz de zelar por seus interesses. Pedidos de desculpa foram apresentados. Finalmente, um jornal de St. Louis descobriu uma foto que foi infinitamente reproduzida. Papai reconheceu-a como autêntica. Mostrava um Coalhouse mais moço, sentado ao piano, gravata branca e fraque. Tinha as mãos pousadas no teclado e sorria para a câmera. Agrupados em volta do piano estavam um tocador de banjo, um cornetista, um trombonista, um violinista e um baterista inclinado sobre um tambor de cordas. Estavam todos de gravata branca. Faziam pose como se tocassem, mas era evidente que não estavam tocando. Um círculo fora traçado ao redor da cabeça de Coalhouse. Aquela se tornou a foto clássica. A ironia de um sorridente negro, com seu correto bigode, fisionomia alegre e franca, era demasiadamente oportuna para que os redatores de legendas resistissem. Sorriso de assassino, diziam. Ou o Presidente do Governo Provisório Americano em tempos mais amenos.

Sob a intensa e ampla investigação feita pela imprensa, o papel da família no caso não pôde ficar oculto. Repórteres, primeiro sozinhos ou em duplas, e mais tarde em grupos numerosos, começaram a bater à porta e, como lhes recusassem entrada, resolveram acampar sob os bordos noruegueses. Queriam ver a criança negra, queriam declarações de qualquer espécie a respeito de Coalhouse e suas visitas a Sarah. Espreitavam pelas janelas da sala e rodeavam a casa até a porta da cozinha para tentar abri-la. Usavam chapéu de palha e carregavam pranchetas nos bolsos. Mascavam tabaco, cuspiam no chão, amassavam cigarros com o calcanhar na relva. Fotos da casa foram publicadas nos jornais de Nova York, ao lado de narrativas inverídicas das explorações de Papai. As venezianas foram baixadas e o menino proibido de sair. A casa tornara-se sufocante e à noite, Vovô gemia dormindo.

Mamãe teria suportado tudo isso se não surgisse um debate referente ao caso de a família abrigar um filho de Coalhouse Walker. Uma caravana de automóveis subia a colina à noite e curiosos esticavam o pescoço para captar um perfil à janela. Um funcionário do Conselho do Bem-Estar Infantil de Nova York emitiu a opinião de que o filho ilegítimo e ainda não batizado deveria ser entregue a um dos excelentes asilos existentes para o cuidado dos órfãos, desamparados e crianças ilegítimas. Mamãe mantinha o bebê no seu quarto. Já não o levava para baixo, e pedia ao filho que o vigiasse sempre que precisava atender a alguma coisa. Não perdia tempo penteando os cabelos para cima, deixava-os soltos sobre os ombros o dia inteiro. Mostrava-se diferente, agredindo Papai. Por que não abre a sua arca de tesouros e me arranja uma empregada? Perguntava. Era uma referência às idéias conservadoras do marido no setor financeiro, que ela jamais questionara anteriormente. Haviam sempre vivido pior do que ele poderia prover. Papai sentiu-se ferido pela observação, mas saiu para descobrir uma mulher que viesse cozinhar e outra para lavar e 195 copeirar, ambas morando em casa. Contratou o homem que fora jardineiro em meio expediente e instalou-o no quarto de cima da garagem-estrebaria. Vovô já tinha uma enfermeira diplomada para cuidar dele durante o dia. A casa, sitiada, fervilhava como um acampamento militar. O menino ouvia a recomendação constante: Saia do caminho. Observava a mãe caminhando no quarto de um lado para outro, mãos cruzadas ao peito, cabelos soltos, emoldurando-lhe o rosto. Parecia abatida, e o queixo, que sempre fora arredondado, parecia avaro, até mesmo pontudo.

Era evidente que a crise estava minando a energia de suas existências. Papai sempre achara que, como família, eram aureolados por uma luz especial. Achava que no momento ela se esvaía. Sentia-se tolo e pesadão, válido apenas por ter feito a Coalhouse o que fariam as circunstâncias. Coalhouse dominava. No entanto, ele estivera no Ártico, na África, nas Filipinas. Viajara para o Oriente. Aquilo significaria que uma parcela cada vez mais ampla do mundo resistia à sua inteligência? Permanecia encerrado em seu estúdio. Todas as pessoas sobre quem pensava, até Vovô, eram vistas em termos do fracasso de suas atenções. Tratava Vovô com a arrogante cortesia que se concede aos senis, mesmo antes que tal condição se estabelecesse. Do Irmão Mais Novo estava completamente apartado. Quanto à sua mulher, sentia que decaíra drasticamente na sua estima, explorador apenas de corpo, o espírito preso aos seus próprios preconceitos de pai. Começava a parecer-se com ele também, seco e sem vida em tudo, com um reflexo de loucura nas pupilas. Por que tinha que ser assim?

Censurava-se acima de tudo por ter negligenciado o filho. Nunca conversava com ele, nem lhe oferecia sua companhia. Confiara sempre em sua presença na vida do menino como um modelo para emulação. Como era presunçosa, como era tola, a tática de um homem que agira sempre de modo a distinguir-se de seu pai. Procurou o filho e encontrou-o no chão do quarto, lendo no jornal vespertino uma narrativa do jogo vitorioso do time de beisebol de Nova York sob a hábil orientação de John J. McGraw. Gostaria de assistir a um jogo? Perguntou. O menino levantou a cabeça, espantado. Estava pensando nisso, justamente, respondeu. Papai dirigiu-se ao quarto de Mamãe. Amanhã vou levar o menino para assistir a uma partida de beisebol, anunciou. Falou com tanta decisão que ela refreou a resposta, que era condená-lo como um idiota. Quando o marido saiu do quarto, ela se perguntou por que tivera tal pensamento, tão alienado de qualquer sentimento amoroso.

30

Na tarde seguinte, quando pai e filho saíram de casa, dois repórteres acompanharam-nos em parte do caminho percorrido, a passo rápido, até a estação da estrada de ferro, em Quaker Ridge Road. Vamos ao jogo dos Giants, disse Papai. E não direi mais nada. Quem é o lançador? Perguntou um dos repórteres. Rube Marquard, respondeu o menino. Ele ganhou suas últimas três chances.

No momento em que chegavam a Quaker Ridge, surgiu um trem da linha Nova York Westchest-Boston, que não chegava sequer às proximidades de Boston, nem às de Nova York. Mas proporcionava um bom percurso até o Bronx e deixava-os numa conexão de bondes da 155th Street, que passava por sobre o rio Harlem, seguindo até os campos de pólo de Cogan's Bluff.

Era uma tarde bonita. Grandes nuvens brancas moviam-se no céu azul. Quando o bonde atravessou a ponte, avistaram sobre a colina que dominava as arquibancadas de madeira várias árvores imensas que, sem folhas mesmo naquela estação, serviam de apoio a homens de chapéu-coco, que preferiam não pagar para entrar no estádio, observando o jogo pendurados nos galhos, como flores negras modulando ao vento. Papai deixou-se contagiar em parte pelo entusiasmo do menino. Sentia-se imensamente satisfeito por estar fora de New Rochelle. Quando chegaram ao parque, multidões despejavam-se pelas escadas do Elevado, táxis paravam e descarregavam passageiros, jornaleiros distribuíam programas do jogo e toda a rua pulsava de áspera energia. Buzinas soavam. Os trilhos do Elevado pincelavam a rua de sol. Papai pagou uma entrada cara, 55 centavos, e depois uma extra por um camarote. Entrando no campo, sentaram-se por detrás da primeira base, no mais baixo dos níveis, onde o sol, pelo espaço de um ou dois ciclos, os obrigaria a proteger os olhos.

Os Giants vestiam seus largos uniformes brancos de listras pretas. O treinador, McGraw, vestia um pesado casaco negro sobre o tórax reforçado, com as letras NY gravadas na manga esquerda. Era baixinho e agressivo. Como o time, usava meias de largas listras horizontais e bonezinho pontudo, com um botão na copa. Os adversários da tarde eram os Boston Braves, cujas flanelas azul-escuras estavam abotoadas até o pescoço, com a gola voltada para cima. Um vento áspero soprou a poeira do campo. O jogo começou e quase de imediato Papai lamentou ter escolhido aqueles lugares. Cada praga vibrante emitida pelos jogadores era nitidamente ouvida pelo filho. O time a rebater gritava provocações obscenas contra o lançador adversário. O próprio McGraw, figura paternal e comandante do time, de pé na terceira base, soltava a mais constante e criativa torrente de epítetos. Seu estridente crocitar era ouvido em todo o campo. A multidão emparelhava com ele em fúria. Era um jogo cerrado, primeiro um dos times e depois o outro assumindo a liderança. Um corredor, deslizando na segunda base, aprumou o segundo jogador de base dos Giants, que se levantou uivando, coxeando em círculos e sangrando profusamente através das meias. Ambos os times acorreram de seus abrigos e o jogo foi suspenso por alguns minutos, enquanto todo mundo brigava, rolava no chão e a multidão soltava gritos de incentivo. Um ou dois ciclos após a briga, o lançador dos Giants, Marquard, aparentemente perdeu o controle e atirou a bola de modo a atingir o rebatedor do Boston. O sujeito levantou-se e correu para Marquard brandindo o bastão. De novo os abrigos esvaziaram-se e os jogadores lutaram, trocando socos e levantando nuvens de poeira. Desta vez o público participou atirando garrafas ao campo. Papai consultou o programa. No time dos Giants estavam Merkle, Doyle, Meyers, Snodgrass e Herzog, entre outros. O de Boston orgulhava-se de um jogador chamado Rabbit Maraville, um jogador que, segundo observou, andava de um lado para outro todo recurvado, com as mãos no extremo dos braços compridos, roçando o gramado, com um jeito que se poderia chamar de simiesco. Havia um jogador da primeira base chamado Butch Schmidt e outros de nome Cocrehan, Moran, Hess, Rudolph, o que levava à conclusão inevitável de que o futebol profissional era jogado por imigrantes. Quando o jogo recomeçou, Schmidt estudou cada rebatedor. De fato pareciam ter saído das fábricas e fazendas, com suas feições rudes, orelhas de abano, bronzeados de sol, mãos enormes, bochechas volumosas de tabaco, inteligência completamente absorvida pelo esforço do jogo. Os jogadores usavam no campo imensas luvas de couro, que lhes davam a aparência de palhaços vestidos pela metade. A poeira seca do campo era aplacada com expectoração. Ai das campanhas da Liga Antiexpectorante diante do exemplo daqueles homens. Entre os de Boston, o menino que recolhia os bastões e os substituía no vestiário era, quando se observava melhor, um anão em uniforme do time, igual aos demais, porém proporcionalmente diminuto. Seus gritos e provocações eram emitidos em voz de soprano. A maioria dos jogadores que se aproximava para fazer o lance tocava-lhe a cabeça, gesto que ele parecia incentivar, de modo que Papai concluiu tratar-se de uma espécie de ritual de boa sorte. No time dos Giants não havia nenhum anão e sim um homem estranho e magricela, de uniforme mal ajustado, vista fraca, que não alinhava corretamente e parecia lançar uma sombra sobre o jogo, numa letárgica pantomima de sua própria solidão, atirando bolas imaginárias mais ou menos simultaneamente com as verdadeiras jogadas. Parecia um devorador de poeira. Descrevia com os braços círculos completos como as voltas de um moinho. Papai começou a observar menos o jogo do que aquela infeliz criatura, obviamente o mascote do time, como o anão do Boston. Nos instantes monótonos do jogo, a multidão gritava para ele e aplaudia suas palhaçadas. E estava mesmo relacionado no programa como mascote. Chamava-se Charles Victor Faust. Era um idiota, evidentemente, que se imaginando um dos jogadores, era conservado no time para divertimento de todos.

Papai recordou o beisebol de Harvard há vinte anos, quando os jogadores chamavam-se uns aos outros de senhor e jogavam com entusiasmo, mas como desportistas, em uniformes sensatos, diante do público de universitários, que raramente ultrapassava uma centena. A nostalgia perturbou-o. Considerava-se um progressista, sempre. Acreditava na perfectibilidade da república. Achava, por exemplo, que não havia razão para que um negro, com a correta orientação, não conseguisse carregar todos os fardos de realização humana. Não acreditava na aristocracia, exceto no que dizia respeito ao esforço e à visão pessoais. Achava que a perda da fortuna do pai trouxera a vantagem de salvá-lo da adoção indiscriminada dos preconceitos de sua classe. Mas a atmosfera daquele campo esportivo ao ar livre cheirava como a sala dos fundos de um bar. Fumaça de charuto enchia o estádio e, iluminado pelos raios oblíquos do sol da tarde, indicava a vasta caverna de ar na qual ele se encontrava premido como por um fedorento universo, com os arquejos de um coro de dez mil gargantas gritando-lhe aos ouvidos elogios e censuras.

No centro do campo, atrás das cadeiras sem teto, ou gerais, um grande placar indicava o número de bolas para fora, o ciclos e os pontos marcados. Um homem percorria um andaime pendurando os algarismos que resumiam a ação. Papai deixou-se cair na cadeira. Com o transcorrer da tarde, manteve a ilusão de que aquilo a que assistia não era beisebol, e sim uma complicada representação de seus próprios problemas, expostos, para sua compreensão secreta, com a clareza de números que podiam ser vistos a distância.

Voltou-se para o filho. De que é que você gosta no jogo? Perguntou. O menino não tirava a vista do campo. A mesma coisa se repetindo uma porção de vezes, respondeu. O lançador atira a bola de modo a enganar o batedor e fazê-lo pensar que poderia atingi-la. Mas às vezes o batedor atinge mesmo, disse o pai. Então o lançador é o enganado, disse o menino. Nesse momento, o atirador do Boston, Hug Perdue, atirou uma bola que o batedor de

Nova York, Red Jack Murray, rebateu. A bola subiu no ar descrevendo um arco alto e estreito e pareceu então imobilizar-se na trajetória. Com um sobressalto, Papai percebeu que vinha diretamente sobre eles. O menino saltou de pé, estendeu a mão e houve um aplauso à retaguarda quando se levantou com a pelota recoberta de couro descansando nas palmas. Por um instante o campo inteiro olhou naquela direção. E então o idiota de vista fraca, que se imaginava jogador do time, aproximou-se da cerca diante deles e fixou o menino, agitando braços e mãos, na folgada camisa de flanela. Seu chapéu era absurdamente pequeno para a enorme cabeça. O menino estendeu-lhe a bola e gentilmente, com um sorriso quase normal, ele a aceitou.

É interessante observar que esse pobre sujeito, Charles Victor Faust, foi realmente chamado para fazer um lance num jogo do final dessa mesma temporada, quando os Giants já haviam conquistado o título e estavam despreocupados. Por um instante a ilusão de ser um grande jogador fundiu-se com a realidade. Em breve os outros jogadores aborreceram-se dele, que deixou de ser considerado mascote pelo treinador McGraw. Seu uniforme foi confiscado e sem cerimônias despediram-no. Internado num asilo de loucos, morreu meses depois.

31

No final do jogo Papai sentiu-se dominado por grande ansiedade. Achou que fora uma estupidez deixar a mulher sozinha. Mas ao saírem do estádio, arrastados pela multidão, percebeu que o filho tomara-lhe a mão e se sentiu mais animado. No bonde aberto, passou o braço pelos ombros do menino. Chegando a New Rochelle, saíram a passo rápido da estação e, ao entrarem porta adentro, disseram um Olá! bem alto. Pela primeira vez Papai sentiu-se bem nos últimos dias. Mamãe surgiu dos fundos da casa. Estava de cabelos presos, bem arrumada, sorridente, requintada. Beijando-o, disse: Vejam! Tenho uma coisa para mostrar a vocês. Estava radiante. Afastou-se e, caminhando pelo corredor, segurando a mão da criada, surgiu o bebê de Sarah na sua camisola de dormir. Andou nas pontas dos pés, pendeu contra a saia, endireitou-se e fitou Papai com ar triunfal. Todos riram. Não podemos mais detê-lo, disse Mamãe. Ele quer andar para toda parte.

O menino ajoelhou-se, estendeu os braços e a criança, libertando-se da mão da criada, inclinou-se para ele, ganhando velocidade pelo caminho, ultrapassando a sua instabilidade e caindo, feliz, contra seu peito.

Uma espécie de resoluta serenidade sustentou-os durante a noite. Na tranqüilidade do quarto de Mamãe, lá pela meia-noite, ela e Papai discutiram tudo que os preocupava. O mais provável é que Coalhouse continuasse fugindo à captura por algum tempo. Nesse caso previam uma comunidade da qual estariam cada vez mais alienados. Já algumas conhecidas de Mamãe, da Liga Beneficente, haviam reagido à publicidade concedida à família. Ela temia gestos de despeito e rancor, pelos quais o bebê de Sarah lhe seria arrebatado e colocado sob a proteção de uma autoridade vingativa. Papai não podia negar que isso talvez acontecesse, mas encontravam-se naquele momento tão calmamente na posse de si mesmos, que não eram necessárias falsas afirmativas de segurança, ou a manifestação de um otimismo que não sentiam. Papai disse achar bem possível que as autoridades decidissem utilizar a criança como meio de persuadir Coalhouse a render-se. O que precisamos é sair daqui, disse. Mas como? Perguntou Mamãe. Meu pai está inválido, as aulas ainda não terminaram, acabamos de assumir as responsabilidades de toda uma criadagem. Enumerava cada um dos problemas, separando com o indicador da mão direita os dedos da esquerda. Então, ela pensava a mesma coisa. E Papai percebeu que aguardava de boa-fé suas soluções. Deixe comigo, falou. Ao vê-lo assumir a responsabilidade, ela se sentiu imbuída de gratidão. A conversa lembrava-lhes que eram, afinal, amigos de longa data, iam para a cama e passavam a noite juntos. Ela deixou-se amar, reagindo com abraços, movimentos de quadris tão colaboradores e tantas carícias para manifestar-lhe os votos de que fosse bem-sucedido nos seus esforços, que ele sentiu, pela primeira vez em muitos meses, que ela percebia ter nos braços um verdadeiro homem.

A solução para tudo parecia ser Atlantic City. Papai localizou ali um bom hotel, o Breakers, com uma suíte dando para o mar e por pouco menos do que era de se esperar, já que a estação mal começara. A costa de South Jersey era de fácil acesso, poucas horas de trem, nem perto demais, nem demasiado longe para impedi-lo de voltar no domingo à noite, quando os negócios o exigissem. A mudança de ares faria bem a todos. O médico de Vovô, que o submetera ao mais recente processo ortopédico para bacia quebrada, um pino metálico implantado à maneira de uma tala interna, foi de opinião que ele deveria caminhar o mais possível de muletas, ou ficar na cadeira, pois o repouso na cama era um dos mais sérios perigos para alguém de sua idade. O menino teria que se afastar da escola com algumas semanas de antecedência, mas era tão estudioso que isso não foi considerado um sério prejuízo. A casa não ficaria fechada, com os móveis cobertos e algumas peças trancadas, e sim mantida pelos criados para os períodos em que Papai precisasse ir a New Rochelle. A governanta ficaria com Mamãe na praia. Era uma negra impassível, conscienciosa, que além disso proporcionaria a óbvia e errônea explicação para a presença de uma criança negra no seio da família.

Assim armada com um plano de ação, a família preparou-se para viajar, mantendo uma alegria que se tornou quase histérica à medida que a situação se agravava. O novo Chefe de Polícia, inspetor aposentado do Departamento de Homicídios da Polícia de Nova York, propôs ameaçadoras linhas de investigação. No seu primeiro dia de trabalho, declarou aos repórteres que o explosivo usado na 2ª Companhia do Corpo de Bombeiros fora muito sofisticado, uma combinação de algodão-pólvora e fulminato de mercúrio, que só poderia ter sido preparado por alguém que conhecesse o ofício, o que Coalhouse Walker, um pianista, não conhecia. Perguntou onde o negro conseguira o dinheiro para o carro que usara, ou para obter o auxílio da gangue de homens negros, todos armados e presumivelmente motivados por altas quantias. Ele tem que pagar aos seus sequazes. Faz despesas. De onde sai o dinheiro? Onde se esconde entre cada ataque louco, nesta cidade mansa? Conheço meia dúzia de vermelhos que gostaria muito de ver presos aqui. Aposto que conseguiria algumas de minhas respostas.

Tais observações, amplamente divulgadas, sugeriam uma conspiração de radicais e exerceram o pior efeito possível sobre os já agitados moradores. Milicianos patrulhavam as ruas. Houve vários casos de maus-tratos a negros encontrados fora de seus bairros. Seguiu-se um enxame de alarmes falsos aos corpos de bombeiros de toda a cidade, cada um deles levando às ruas viaturas da polícia e um comboio de repórteres em automóveis. Havia repórteres em toda parte e, junto aos soldados e aos policiais ostensivos em suas viaturas, produziam na comunidade uma exagerada e dolorosa consciência de si mesma. As igrejas, nas manhãs de domingo, jamais haviam abrigado tamanha multidão. A sala de emergência do hospital acusava um número mais elevado que o habitual de acidentes domésticos. Gente se queimando, se cortando, tropeçando em tapetes e rolando lances de escada. Vários homens foram atendidos com ferimentos de bala infligidos quando limpavam e manejavam velhas armas.

Entretanto, a imprensa parecia estar à frente das autoridades no que se referia às minúcias das cartas de Coalhouse. Por efeito das fotos, provavelmente, debateram em várias edições a questão de retirar o Modelo T de Firehouse Pond, o que foi finalmente realizado. Um guindaste deslocou-se para o local e o automóvel foi erguido, como um monstruoso artefato, lama pingando das rodas, água e limo escorrendo da capota. Ficou suspenso, oscilante, sobre a margem e foi depositado no solo, onde todo mundo poderia vê-lo.

Mas a essa altura as autoridades ficaram constrangidas. O Ford era prova tangível da queixa do negro. Empapado de água e destruído, ofendia a sensibilidade e quem quer que respeitasse máquinas e desse valor ao que elas podem realizar. Depois que a foto foi publicada, pessoas começaram a acorrer em tal número para vê-lo, que a polícia foi obrigada a isolar a área. Percebendo que haviam se prejudicado, o prefeito e o conselho municipal emitiram uma nova série de condenações ao negro louco, declarando que fazer com ele qualquer acordo, confrontá-lo com algo inferior a uma exigência implacável para entregar-se, seria convidar todo renegado, radical e negro do país a desdenhar

da lei e cuspir na bandeira americana.

Ainda que a essa altura houvesse exigência pública de uma estratégia de negociação, o que não existia – nem mesmo a imprensa o sugeriu –, ninguém tinha a menor idéia de como entrar em contato com o assassino. Coalhouse não anunciara quanto tempo deixaria passar até o próximo ataque. Na verdade, um alienista contratado pelo *World,* de Nova York, manifestou a opinião de que a segunda carta, assinada *Coalhouse Walker, Presidente do Governo Provisório Americano,* fora um grande avanço em relação à primeira no que respeitava a indícios de deterioração mental, e negociar com alguém nas malhas de loucura progressiva, como se a pessoa fosse capaz de raciocinar, seria um erro trágico.

Contudo, coube aos simples cidadãos de New Rochelle sugerir a idéia mais prática para resolver o problema. De todos os bairros e de todas as classes ergueu-se um grito exigindo que Willie Conklin saísse da cidade. Irados, alguns chegaram a comunicar-se diretamente com o próprio Conklin, que levou à chefatura de polícia várias cartas anônimas colocadas na sua caixa de correio, sugerindo que se ele não fizesse as malas e saísse de New Rochelle, eles, os autores das cartas, assumiriam a tarefa de Coalhouse Walker. Como todas as atitudes de Conklin, mostrar sua correspondência às autoridades foi um erro. Não provocou simpatias, conforme esperava, e sim levou-as a apoiar a idéia. Desde o início Conklin não compreendera como um branco poderia deixar de sentir por ele senão a mais profunda admiração. Quanto mais impopular se tornava, mais lamentosa a sua confusão. O infeliz nada compreendia, vendo o clamor público a exigir seu exílio não em sua estratégia mais ampla, mas como um meio de esvaziar a situação, e nem mesmo em termos restritos, mas como um meio talvez de salvar-lhe a vida. Sentia-se martirizado pelas pessoas a quem chamava de amantes dos negros, embora no momento constituíssem, ao que parecia, toda a população da cidade. Bebeu até embriagar-se e aquiesceu mudamente, quando sua mulher e companheiros tomaram providências para o afastamento de todos.

Assim, sem ninguém para dominar completamente a situação, com autoridades municipais, polícia, milícia estadual e cidadãos nervosos e inquietos em sua contínua vulnerabilidade à guerrilha negra, dois fatos foram mais ou menos provocados por consenso público, ambos quase equivalentes a um reconhecimento das exigências de Coalhouse: o Ford Modelo T foi retirado do lago, prenunciando talvez algum tipo de negociação, e ele poderia ler, caso se encontrasse ao alcance dos jornais de New Rochelle, que concederam as maiores manchetes de sua história à notícia, que a família Coklin escondera-se na cidade de Nova York. Nenhuma concessão foi feita e as ruas fervilhavam de destacamentos militares e paramilitares. Mas a situação modificara-se. Ele que incendeie toda a metrópole de Nova York, dizia um editorial. Ou aceite o princípio de que quem quer que tome nas mãos a lei, se coloca contra um povo civilizado e resoluto e difama a justiça que procura exercer.

Em contraste com toda essa agitação, a partida da família foi discreta e sem alarde. Papai contratou Railway Express para transportar as bagagens – um par de baús de vime que adquirira para a ocasião, cada qual com várias gavetas, compartimentos e cômodo espaço para pendurar as roupas, um cofre tacheado de metal e várias malas e chapeleiras – e saíram de New Rochelle num trem que passava ao amanhecer. Mais tarde, durante a manhã, em Nova York, fizeram conexão com o trem de Atlantic City, na Pensilvânia Station, estação planejada pela firma de Stanford White e Charles McKin. Suas fachadas ornadas de colunas de pedra, inspiradas nos banhos romanos de Ca-racalla, estendiam-se da 31st Street a 33rd Street e da Sétima à Oitava Avenidas. Carregadores ajudaram a transportar a cadeira de rodas de Vovô. Mamãe vestia um conjunto branco. A lavadeira segurava o bebê de Sarah. O interior da estação era tão vasto que, embora estivesse cheia de gente, as vozes não passavam de um murmúrio. O menino observou o teto, uma exposição de abóbadas de vidro verde corrugado, arcos sustentados por vigas de aço e colunas que pareciam finas como agulhas. A clari-dade o atravessava, como uma espécie de suave poeira de cristal. Descendo à plataforma dos trens, voltou-se para a esquerda e para a direita, e avistou a perder de vista, em ambas as direções, locomotivas engatilhadas, aguardando, numa impaciência de jatos de vapor, gritos e sinetas, o momento de partir.

32

E que fim levara Irmão Mais Novo? Sua ausência de casa desde a apaixonada defesa de Coalhouse não causara preo-cupações. Estavam habituados ao seu temperamento ma-cambúzio. Aparecia a intervalos na fábrica de bandeiras e fogos de artifício. Retirava o seu salário. Não estava presen-te no dia da partida, de modo que Mamãe lacrou um bi-lhete e deixou-o na mesinha do hall de entrada. O bilhete nunca foi aberto.

Dias após o ataque ao Corpo de Bombeiros, Irmão Mais Novo voltou à funerária do Harlem que providencia-ra o enterro de Sarah e foi recebido à porta pelo proprietário.

Gostaria muito de falar ao Sr. Coalhouse Walker, disse Irmão Mais Novo. Esperarei todas as noites sob a arcada do Manhattan Casino até que ele se certifique de que é seguro me receber. O agente funerário ouviu impassível, sem dar sinais de ter entendido. Contudo, daí em diante, todas as noites o rapaz postava-se no cassino, suportando os olhares dos clientes negros e calculando os intervalos entre os trens do Elevado da Oitava Avenida, que passavam roncando periodicamente diante do prédio. As noites eram quentes e através das rebuscadas portas de vidro do teatro, que se abriam pouco depois de iniciado o concerto, ele ouvia acordes da música sincopada de Jim Europe e os aplausos do público. Coalhouse afastara-se, naturalmente, de seu emprego na orquestra e mudara-se do apartamento semanas antes do ataque ao Corpo de Bombeiros. Para a polícia que tentava localizá-lo era como se nunca houvesse existido.

Na quarta noite de vigília do Irmão Mais Novo, um rapaz negro bem-vestido aproximou-se e pediu-lhe uma moeda. Espantado ao ver alguém tão elegante pedindo esmola, enfiou a mão no bolso e tirou a moeda. O rapaz sorriu, dizendo que aparentemente ele possuía mais trocados. Poderia dar-lhe outra moeda? O Irmão Mais Novo fitou-o nos olhos e deu com avaliação inteligente de alguém capaz de tomar uma decisão.

Na noite seguinte, procurou o rapaz, mas não o viu. Em vez disso, percebeu alguém de pé sob a arcada depois que o público havia entrado. Era também um rapaz de terno e gravata, chapéu-coco na cabeça. Súbito começou a afastar-se e, impulsivamente, o Irmão Mais Novo seguiu-o. Ele enveredou por ruas de feias casas geminadas, atravessou cruzamentos calçados de tijolos, percorreu becos e dobrou esquinas. Percebeu que passava mais de uma vez pela mesma rua. Finalmente, numa tranqüila transversal, acompanhando o rapaz, desceu as escadas que conduziam ao porão de uma casa de pedra. A porta estava aberta. Entrou, percorreu um pequeno corredor e, transpondo outra porta, encontrou-se diante de Coalhouse, sentado a uma mesa, braços cruzados. A sala não continha nenhuma outra peça de mobília. De pé, junto a Coalhouse, como se fosse uma guarda, havia vários rapazes negros, todos vestidos à sua maneira muito limpa e requintada – terno bem passado, colarinho alvo, gravata presa por alfinete. O Irmão Mais Novo reconheceu tanto o que ele havia seguido, como o que lhe pedira uma moeda na noite anterior. A porta foi fechada às suas costas. Que deseja? Perguntou Coalhouse. O Irmão Mais Novo vinha preparado para a pergunta. Compusera uma apaixonada declaração a respeito de justiça, civilização e o direito de todo ser humano a uma vida digna. Esqueceu tudo. Sei fabricar bombas, declarou. Sei provocar explosões.

Assim teve início a carreira do Irmão Mais Novo como proscrito e revolucionário. A família foi poupada durante algum tempo de tal conhecimento. Uma coisa apenas o ligaria circunstancialmente ao negro: o desaparecimento, dos depósitos da fábrica de Papai, de vários barris de pólvora e pacotes de produtos químicos de diversos tipos. O roubo foi devidamente notificado à polícia e devidamente esquecido por ela. Estavam muito ocupados com o caso Coalhouse. Num período de vários dias, o Irmão Mais Novo transportou o material para o apartamento do porão do Harlem. Pôs-se em seguida a trabalhar, fabricando três poderosas bombas. Raspou o bigode louro e a cabeça. Cobriu o rosto e as mãos com rolha queimada, traçou um contorno exagerado nos lábios, pôs na cabeça um chapéu-coco e esticou os olhos. Tendo assim testemunhado sua boa-fé aos outros jovens sequazes de Coalhouse com um apelo ao seu senso irônico, saiu com eles e atirou as bombas na 2ª Companhia do Corpo de Bombeiros, afirmando-se diante de todos, inclusive de si próprio.

O conhecimento desta história clandestina chegou-nos através da pena do Irmão Mais Novo, que redigiu um diário desde o dia de sua chegada ao Harlem até sua morte no México, pouco mais de um ano depois. Coalhouse Walker militarizara seu luto. A dor por Sarah e pela vida que poderiam ter vivido concretizara-se num cerimonial de vingança à maneira dos antigos guerreiros. O Irmão Mais Novo tinha a impressão de que as pupilas de Coalhouse, com seu olhar peculiar denotando inabalável intenção, pareciam enxergar para além do visível, penetrando o próprio túmulo. Seu domínio da lealdade aos rapazes era absoluto, provavelmente por não ter sido solicitada. Nenhum deles era mercenário. Havia cinco – além do Irmão Mais Novo, o mais velho com seus 20 anos, o mais jovem não tendo completado ainda 18. Seu respeito por Coalhouse chegava às raias da adoração. Viviam juntos no porão na casa de pedra, reunindo seus salários como escriturários e rapazes de entrega. O Irmão Mais Novo acrescentava diversos envelopes de pagamento relativamente munificentes da fábrica de bandeiras e fogos de artifício, antes de abandonar completamente New Rochelle. A contabilidade do tesouro comunitário era escrupulosa. Cada centavo era especificado. Imitavam a maneira de vestir de Coalhouse, de modo que o terno e o chapéu-coco cuidadosamente escovado eram uma espécie de uniforme. Entravam e saíam dos quartos como soldados em patrulha.

À noite, discutiam durante horas sua situação e aonde ela poderia chegar. Estudavam as reações da imprensa ao que haviam feito. Coalhouse Walker não era jamais áspero ou autocrático. Tratava os companheiros com cortesia e perguntava apenas se achavam que alguma coisa devia ser feita. Dirigia-se a eles do fundo de uma dor constante. Sua ira controlada afetava-os com a força de um magneto. Não queria saber de música no apartamento do porão. Instrumento de espécie alguma. Eles aceitavam todas as exigências. Haviam levado para o local diversas camas de armar e estabelecido um dormitório. Partilhavam as tarefas da cozinha e limpeza da casa. Acreditavam que morreriam de modo espetacular e esta convicção produzia neles uma dramática e exaltada autopercepção. O Irmão Mais Novo integrou-se totalmente na comunidade. Era um deles. E despertava todos os dias em estado de solene alegria.

Em ambos os ataques, Coalhouse usara automóveis que os rapazes haviam roubado para ele em Manhattan. Os autos foram devolvidos sem danos às suas garagens e se o fenômeno de seu desaparecimento e devolução foi denunciado à polícia de Nova York, esta nunca o ligou aos acontecimentos de Westchester. Depois da explosão da 2ª Companhia do Corpo de Bombeiros, quando a foto de Coalhouse foi publicada em todas as primeiras páginas do país, ele sentou-se com um lençol sobre os ombros e permitiu que um dos rapazes lhe raspasse a cabeça e o bigode. O Irmão Mais Novo compreendeu que, fosse qual fosse a justificativa prática, aquilo não deixava de ser um preparativo para a batalha final. Um ou dois dias depois, um dos rapazes trouxe os jornais com a foto do Modelo T, retirado do lago. Aquela prova tangível da força de vontade de Coalhouse fez com que se sentissem santificados. Quando receberam a notícia da fuga de Willie e se reuniram para discutir a reação adequada, estavam tão transformados que se referiam coletivamente a si mesmos como Coalhouse. Se Coalhouse fosse àquele depósito de carvão e gelo, falou um deles, Willie seria um homem morto. Perdemos a oportunidade. Agora, Irmão, é melhor pegá-lo vivo, disse outro. Ele mantém Coalhouse na lembrança de todos. É uma peste. Vamos fazer coisas tão terríveis nesta cidade, que ninguém mais se intrometerá com um negro, temendo que ele pertença a Coalhouse.

33

Ah, que verão! Todas as manhãs Mamãe abria as portas de vidro encortinadas de branco e ficava a contemplar o sol rompendo no oceano. Gaivotas roçavam as ondas e pavoneavam-se na praia. O sol nascente apagava as sombras da areia como se o próprio solo, multiplicado em partículas, se movesse e aplainasse. Quando ouvia Papai movimentar-se no quarto ao lado, o céu já se tornava benfazejo e azul, a praia branca, e os primeiros banhistas surgiam na beira do mar para testar a água com a ponta dos pés.

Tomavam o café-da-manhã no hotel, em mesinhas cobertas de toalhas brancas engomadas. O serviço era todo em prata pesada. Comiam meia toranja, ovos mexidos e pães quentes, peixe cozido, fatias de presunto, salsichas, uma variedade de conservas servidas com minúsculas colheres, café e chá. Entretanto, as brisas do oceano erguiam as pontas das cortinas e introduziam sua vibração salgada no teto alto e abobadado. O menino estava sempre ansioso por levantar e sair. Após os primeiros dias, resolveram deixá-lo ir brincar e observavam-no da mesa quando surgia, instantes depois, descendo a correr os amplos degraus da varanda, sapatos na mão. Cumprimentavam de cabeça vários hóspedes, o que conduzia eventualmente a uma troca de frases e a conversas leves sobre a aparência deste senhor ou sobre o vestido daquela senhora. Não tinham pressa. Sabiam que sua aparência era solene e próspera. Mamãe comprara lindos conjuntos de verão nas lojas da passarela. Vestia-se de branco e amarelo e na informalidade das tardes abandonava-se à cabeça descoberta, carregando apenas o pára-sol, o rosto banhado de suave claridade dourada.

Nadavam à tarde, quando a atmosfera estava parada e o calor era opressivo. A roupa de banho de Mamãe era discreta, mas ainda assim ela precisara de vários dias para sentir-se à vontade. Era preta, naturalmente, com saia e calças que desciam até abaixo dos joelhos, além dos sapatos de entrada baixa. Mas as barrigas das pernas ficavam expostas, assim como o pescoço até quase o decote. Insistia em que se afastassem vários metros dos banhistas mais próximos e acampavam sob um guarda-sol do hotel com o nome impresso em laranja na franja ondulada. A negra ficava sentada numa cadeira de vime a poucos metros. O menino e o bebê negro observavam os minúsculos caranguejos que se enterravam deixando uma trilha de borbulhas na areia molhada. Papai vestia roupa de banho de uma só peça, sem mangas, listrada de azul e branco, que lhe transformava as coxas em cilindros. Mamãe achava desagradável ver os contornos de sua masculinidade quando ele emergia da água. Papai gostava de nadar até bem longe. Deitado de costas, para além das ondas, esguichava água como uma baleia. Voltava aos tropeços, atravessando as ondas, rindo, cabelos grudados à cabeça, barba gotejante e roupa indiscretamente aderente ao corpo; e Mamãe sentia momentâneas pontadas de desagrado, tão rápidas que nem ela própria as identificava. Depois da praia, todos se recolhiam para descansar. Mamãe tirava 215 com alívio a roupa de banho, depois de umedecê-la apenas por alguns momentos na espuma das ondas, e passava uma esponja no corpo para livrar a pele do sal. Era tão clara que a praia era perigosa para ela. Contudo, refrescada por suas abluções, empoada e de roupas soltas, sentia que o sol se armazenava nela, espalhava-se no seu sangue, iluminando-o como ao meio-dia iluminava o mar, com milhões de centelhas de luz. Depois do banho ficou estabelecido por Papai que seria a hora de amar. Faria os seus vigorosos avanços diariamente, se ela o permitisse. Intimamente Mamãe se ressentia da intrusão, não como nos velhos tempos, mas com certa percepção pessoal, uma espécie de expectativa na epiderme, que lhe parecia um arrebatamento. Pensava muito em Papai. Os acontecimentos subseqüentes à sua volta do Ártico e a reação dele haviam rompido a confiança que lhe depositava. A discussão que tivera com seu irmão ecoava-lhe ainda na mente. Contudo, havia momentos, dias inteiros às vezes, em que o amava como antes, com senso da adequação de seu casamento, de seu caráter fixo e inalterável, como algo de celestial. Intuíra sempre um futuro diferente para eles, como se a vida que levavam fosse uma espécie de preparação para quando o fabricante de bandeiras e fogos de artifício e sua mulher emergiriam de sua existência respeitável para descobrir uma vida genial. Ignorava de que consistiria, jamais soubera. Mas já não esperava por isso. Durante a ausência do marido, quando tomara certas decisões, toda a misteriosa potência dos negócios dissipara-se, e ela verificara que não passavam de coisas áridas e sem imaginação. Já não esperando permanecer bela e rodeada de graça até o final de seus dias, compreendera que, embora durante o namoro Papai personificasse as infinitas possibilidades do amor, envelhecera e se tornara enfadonho, atoleimado talvez pelas viagens e pelo trabalho, de modo que passara a demonstrar cada vez mais suas limitações. Alcançara os limites e jamais os ultrapassaria.

Contudo, Mamãe sentia-se feliz por estar em Atlantic City. Ali o filho de Sarah estava protegido. Pela primeira vez depois da morte da jovem, conseguia pensar nela sem chorar. Gostava de ser vista em público, no salão de jantar do hotel, na varanda à noite, ou passeando na passarela que descia até os pavilhões, o cais e as lojas. Sentavam-se lado a lado em uma cadeira com rodas e eram lentamente empurrados por um empregado. Examinavam, indolentes, os ocupantes das cadeiras seguindo na direção oposta, ou olhavam discretamente para aqueles por quem passavam. Papai levava a mão ao chapéu de palha. As cadeiras eram de vime, com toldos franjados que lembravam a Mamãe as berlindas de sua infância. As duas rodas laterais eram grandes, como as de uma bicicleta de segurança; a rodinha da frente ondulava e chiava às vezes. O menino adorava as cadeiras. Podiam ser alugadas sem o empregado e era o que ele preferia, pois empurrava a dos pais, dirigindo-a à vontade, na velocidade que quisesse, sem que eles se sentissem obrigados a orientá-lo. Os grandes hotéis ficavam junto ao calçadão, um ao lado do outro, toldos ondulando à brisa marinha, as varandas imaculadamente pintadas e contornadas de cadeiras de balanço e sofás de vime branco. Flâmulas náuticas tremulavam nas cúpulas e à noite eram iluminadas por fileiras de lâmpadas presas ao longo dos telhados.

Uma noite, a família deteve-se num pavilhão onde uma banda de negros tocava vigorosamente um *rag*, Mamãe não sabia qual, mas lembrou-se de tê-lo ouvido no piano de sua casa, pelas mãos sensíveis do Sr. Coalhouse Walker. Há dias vivia não no esquecimento da tragédia, mas do alívio de seu afastamento, como se, naquela cidade de veraneio junto ao mar, as lembranças penosas fossem sopradas pelas brisas tão logo surgissem. Sentiu-se naquele momento quase comovida pela música, associada na sua mente ao Irmão Mais Novo. E imediatamente o amor fraterno, numa onda de apaixonada admiração, desabou sobre ela. Achou que o havia abandonado. A imagem de sua pessoa esguia, pensativa, impetuosa, passou-lhe pela mente, revestida de uma certa censura, de uma certa repulsa. Fora a maneira como olhara para ela à mesa de jantar, enquanto Papai limpava a pistola. Sentiu uma ligeira vertigem e, fixando as luzes do pavilhão, onde os incansáveis músicos, em seus uniformes vermelhos e azuis, empunhavam rebrilhantes pistões e cornetas, tubas e saxofones, julgou ver sob cada boné militar o rosto solene de Coalhouse.

Depois daquela noite, a alegria de Mamãe à beira-mar atenuou-se. Precisava concentrar-se em cada dia, à medida que este se apresentava. Tentava, à custa de pura força de vontade, torná-lo sereno. Mostrava-se afetuosa para com o filho, o marido, o pai inválido; era afetuosa com a empregada negra e, acima de tudo, com o filho de Sarah, lindo e ainda não batizado, que desabrochava e parecia crescer a olhos vistos. Começou a ponderar as atenções que lhe prestavam vários hóspedes. Adejavam nos limites do seu consciente, à espera de algum sinal de aceitação. Simplesmente para se ocupar, sentiu-se disposta a conceder-lhes o sinal. Havia diversos europeus notáveis no hotel. Um deles era um adido militar alemão, que usava monóculo e sempre a cumprimentava com discreta galanteria. Era alto, usava o cabelo cortado rente e apresentava-se para jantar em seu branco uniforme de gala e gravata borboleta preta. Com grande ostentação pedia vinhos, para em seguida rejeitá-los. Não havia mulheres no seu grupo, constituído por três ou quatro homens de aparência um tanto grosseira, cujo nível era visivelmente inferior ao dele. Papai disse que se tratava do Capitão Von Papen e que ele era engenheiro. Viam-no todos os dias caminhando pela praia, desenrolando mapas e falando aos seus auxiliares. Em geral havia na ocasião uma pequena embarcação passando lentamente no horizonte. Deve ser algum tipo de levantamento de engenharia, comentava Papai, deitado na areia, rosto voltado para o sol. Não entendo por que a costa de South Jersey interessaria aos alemães. Papai não percebia a atenção especulativa que o alemão prestava a sua mulher e Mamãe se divertia com isso. Sabia, a partir do primeiro olhar descuidado que lançara ao oficial, que ele só apresentava a ela as mais lascivas intenções, focalizadas, por assim dizer, no olhar imperioso lançado por detrás do monóculo. Decidiu ignorá-lo.

Havia um casal idoso de franceses com quem ela passou a trocar amabilidades; ria ao recordar seu francês escolar e, generosos, eles a cumprimentavam pela pronúncia. Nunca se expunham ao sol, exceto protegidos por infindáveis invólucros de linho e gaze, encimados por chapéus panamá. Por precaução levavam ainda guarda-sóis. O homem, que era mais baixo que a mulher e bastante volumoso, tinha o rosto coberto de manchas escuras. Usava óculos de lentes grossas e tinha imensos lóbulos nas orelhas. Levava sempre uma rede de borboletas e um vidro com tampa de cortiça e ela, uma cesta de piquenique tão pesada que não conseguia caminhar ereta ao carregá-la. Todas as manhãs subia as dunas no encalço do marido e os dois desapareciam ao longe, na névoa distante, onde não havia hotéis, nem passarela, apenas as gaivotas, as lavadeiras e o capim das dunas, onde pousavam as trêmulas asas que ele ambicionava. Era um professor de história aposentado, de Lyon.

Mamãe tentou que Vovô se interessasse pelo casal francês, com base no seu background acadêmico, mas o velho não quis saber de nada. Estava totalmente absorto na sua condição e demasiado irritadiço para manter um relacionamento civilizado. Recusava todas as diversões que a filha imaginava para ele, exceto uma: o passeio diário numa cadeira do calçadão, onde podia ficar sentado e ser empurrado sem que o considerassem um enfermo. Mas carregava uma bengala no colo e sempre que os pedestres não se moviam com a rapidez desejada, ele a erguia e empurrava mulheres e homens, que se voltavam para fitá-lo, ofendidos, enquanto ele passava.

Havia, naturalmente, outros hóspedes que não eram europeus; um gigantesco corretor de Nova York, com sua imensa mulher e filhos enormes, que não pronunciavam palavra durante as refeições; várias famílias de Filadélfia, fáceis de situar devido a suas inflexões nasais. Contudo, Mamãe notou que as pessoas que a interessavam eram invariavelmente estrangeiras. Não eram substanciais em número, mas pareciam irradiar mais vitalidade que seus conterrâneos. O mais fascinante de todos era um homenzinho que usava calças de montar, camisa de seda branca aberta no pescoço e boné de linho branco, com botão. Era uma pessoa exuberante, excitada, com olhos que saltavam daqui para ali, como os de uma criança, temendo perder alguma coisa. Ostentava numa corrente pendurada ao pescoço um vidro retangular com moldura metálica, que ele levava ao rosto com freqüência, como se quisesse compor numa foto mental o que quer que lhe tivesse interessado. Certa manhã nevoenta, na varanda do hotel, seu objeto de atenção foi Mamãe. Surpreendido no ato, aproximou-se e com forte sotaque estrangeiro pediu profusas desculpas. Era o Barão Ashkenazy. Estava envolvido em negócios cinematográficos e o retângulo de vidro era um instrumento

do ofício a que não podia renunciar, nem mesmo nas

férias. Riu, tímido, e Mamãe ficou encantada. O Barão tinha brilhantes cabelos negros e mãos pequenas e delica-
das. Viu-o mais tarde na praia, dando saltos a distância,
como uma criança na orla do mar, recolhendo objetos, correndo para aqui e para lá e erguendo seu estranho óculos
retangular. Com o sol às costas não passava de uma silhueta, mas Mamãe reconheceu-lhe imediatamente o perfil
enérgico, mesmo a distância, e sorriu.

O Barão Ashkenasy foi o primeiro convidado a reunir-
se a Mamãe e Papai na sua mesa. Chegou com uma linda
menina, que ele apresentou como sua filha. Era espantosamente bela e tinha mais ou menos a idade do menino.
Mamãe fez votos imediatos de que se tornassem amigos.
Claro que os dois ficaram sentados sem pronunciar palavra, ou sequer olhar um para o outro. Mas a menina era
uma criatura extraordinária, olhos escuros, espessos cabelos negros como os do pai e a compleição amorenada dos
povos mediterrâneos. Vestia um belo modelo de renda
branca, o corpinho de cetim contornando uma sugestão de
busto. Papai não podia tirar os olhos da menina. Durante
todo o jantar ela nada disse e nem sequer sorriu. Mas a
explicação veio breve, após o *hors d'oeuvres*, quando o Barão, baixando a voz e estendendo a mão para tocar a da
filha, explicou que a mãe morrera há alguns anos, embora
não explicasse como. Ele não tornara a se casar. Um momento depois voltava à sua exuberância. Falava sem cessar
com seu sotaque europeu, cometendo impropriedades que
ele próprio reconhecia e das quais achava graça. A vida ex-
citava-o. Saboreava suas próprias sensações e gostava de falar a respeito: o gosto do vinho, ou a maneira como as
chamas da vela multiplicavam-se nos lustres de cristal. Seu
franco encantamento com todas as coisas era tão con-
tagiante que em breve Mamãe e Papai sorriam constante-

mente, esquecidos de si mesmos. Era um imenso prazer ver o mundo como o via o Barão, alerta para cada instante. Erguendo seu vidro retangular enquadrava Mamãe e Papai, as duas crianças, o garçom caminhando para a mesa e, no extremo do salão de jantar, um pianista e um violinista que tocavam para os hóspedes numa pequena plataforma decorada com palmeiras anãs. Nos filmes, dizia ele, olhamos apenas o que já existe. A vida cintila na tela como que emergindo das sombras de nossa mente. É um grande negócio. As pessoas querem saber o que acontece com elas. Em troca de algumas moedas sentam-se para se ver em movimento, correndo, disparando em automóveis, lutando e, perdoem-me, beijando-se. Isto tem muita importância hoje, neste país, onde todos são tão novos. Existe muita necessidade de compreender. O Barão ergueu o copo de vinho, olhou para o líquido, provou-o. Devem ter visto *His First Mistake*. Não? *A Daughter's Innocence*. Não? Riu. Não fiquem envergonhados! São os meus dois primeiros filmes. Um só rolo. Eu os fiz por menos de 500 dólares e cada um rendeu 10 mil dólares. Sim, afirmou rindo, é isso! Papai tossiu e enrubesceu à menção de somas específicas. Não percebendo, o Barão insistiu em explicar que o lucro era bom, mas não excepcional. A indústria de filmes expandia-se naquela época e qualquer um poderia ganhar dinheiro. Fundei uma companhia de sociedade com o Pathé para um filme com 15 rolos de duração! disse o Barão. Cada rolo será exibido semanalmente, durante 15 semanas, e os espectadores voltarão sempre para saber o que acontece em seguida.

Olhar malicioso, tirou uma moeda do bolso e jogou-a para o alto. A moeda chegou quase ao teto. Todo mundo olhou. O Barão apanhou-a e bateu ruidosamente com a palma da mão na mesa. A moeda saltou. A água estremeceu nos copos. Erguendo a mão revelou uma das novas moedas de cinco centavos, um búfalo. Papai não compreendeu por que ele agia daquela maneira. Arranjei um nome para mim, declarou o Barão, encantado. Sou Buffalo Nickel Photoplay, Inc.!

Enquanto o Barão falava, Mamãe olhava as crianças sentadas lado a lado no outro extremo da mesa. A idéia de examinar através de uma moldura o que era visto em geral a olho nu intrigou-a. Ela os compôs, olhando-os com atenção, como se estivesse segurando a absurda moldura. O cabelo do filho estava escovado para trás para a ocasião e ele usava um grande colarinho branco no terno de homenzinho, gravata de laço cheio. Seus olhos azuis pontilhados de amarelo e verde fixaram-na. À linda menina ao seu lado, no vestido de renda e cetim branco, bastava um véu. Erguendo os olhos naquele instante, ela fixou Mamãe de modo tão direto que chegava às raias do desafio. Mamãe viu-os como um casal de noivos num exercício de curso primário característico da época: o casamento de Tom Thumb.

34

E assim as duas famílias se encontraram. O sol espraiava-se sobre o mar todas as manhãs e as crianças procuravam-se uma a outra nos amplos corredores do hotel. Ao correrem para fora, o ar do mar invadia-lhes os pulmões e sentiam os pés gelados na areia da praia. Toldos e flâmulas ondulavam ao vento.

Todas as manhãs, Tateh trabalhava no argumento do seriado de 15 capítulos, ditando suas idéias à estenógrafa do hotel e lendo as páginas datilografadas da véspera. Quando se via sozinho refletia sobre a própria audácia. Sofria às vezes crises de tremores, e se isolava em seu quarto, fumando cigarros sem piteira, ombros caídos, curvado como o antigo Tateh. Mas a nova existência enfeitiçava-o. Toda a sua personalidade extrovertera-se e ele se tornara fluente e enérgico, voltado para o futuro. Julgava merecer a felicidade. Construíra-a sem ajuda. Produzira dezenas de livros animados para a companhia Franklin Novelty. Em seguida desenhara uma lanterna mágica, sobre a qual tiras de papel impresso com suas silhuetas giravam num carretel. Uma lançadeira passava de um lado para outro, diante da lâmpada incandescente como se fosse um tear. O aparelho foi aceito para distribuição postal pela Sears, Roebuck and Company e os proprietários da Franklin Novelty convidaram Tateh para sócio. Entretanto, havia descoberto que estavam fazendo desenhos animados como os dele, só que não os projetavam sobre celulóide. Daí passou a interessar-se pelo próprio filme. As imagens não precisavam ser desenhadas. Vendeu suas ações e ingressou no negócio cinematográfico. Quem quer que tivesse bastante autoconfiança seria capaz de conseguir financiamento. As distribuidoras de filmes de Nova York estavam desesperadas em busca de material. Companhias cinematográficas surgiam da noite para o dia, reformando, fundindo-se, acionando, tentando monopolizar a distribuição, tirando patentes de processos técnicos e em todos os sentidos exemplificando o brilho anárquico e o frenesi de uma nova indústria.

Havia na América, nessa época, imigrantes europeus nobres, na maioria empobrecidos, que haviam viajado para o país anos antes, esperando unir seus títulos às trilhas dos *nouveaux riches*. Assim, Tateh inventara para si mesmo um baronato. Isso o ajudou a circular num mundo cristão. Em lugar de destruir seu forte sotaque iídiche passou a usá-lo com um floreio. Tingiu o cabelo e a barba na sua cor original, o preto. Era um homem novo. Manejava uma câmera. Sua filha vestia-se como uma princesa. Queria afastar-lhe da memória todos os maus cheiros e a sujeira das ruas dos imigrantes. Compraria para ela a luz, o sol e o vento limpo do oceano pelo restante da vida. Ela brincava na praia com um menino bonito e bem-educado. Dormia entre macios lençóis brancos, num quarto que se abria para um firmamento infinito.

Os dois amigos saíam todas as manhãs para os trechos desertos da praia, onde as dunas e o capim bloqueavam o hotel. Cavavam túneis e canais para a água do mar, muralhas, bastiões e moradias com degraus. Construíam cidades, rios e canais. O sol erguia-se, incidindo sobre suas costas, enquanto cavavam a areia molhada. Ao meio-dia, refrescavam-se nas ondas e corriam de volta ao hotel. À tarde brincavam à vista dos guarda-sóis de praia, recolhiam gravetos e conchinhas, caminhando devagar com o bebê negro espalhando água atrás deles, na orla das ondas. Mais tarde os adultos retiravam-se para o hotel, deixando-os sozinhos. Lentamente, quando as primeiras sombras azuladas reapareciam na areia, seguiam a linha do mar até as dunas e deitavam-se para a sua brincadeira mais séria, o jogo do enterro. Primeiro, ele fazia com o braço uma depressão para o corpo dela na areia úmida. A menina deitava-se de costas. Colocando-se junto dela, cobria lentamente de areia os pés, as pernas, o ventre, os pequenos seios, os ombros e os braços. Empregava areia úmida, amoldando-a numa projeção exagerada de sua silhueta.

Aumentava-lhe os pés. Os joelhos tornavam-se redondos, as coxas eram dunas e sobre o peito ele construía grandes seios com mamilos. Enquanto trabalhava, os olhos escuros da menina não lhe abandonavam o rosto. Ele erguia com cuidado a cabeça, contraindo sob ela um travesseiro de areia. E abaixava-a. A partir da testa construía ondulações de areia, que desciam até os ombros da menina.

Tão logo a elaborada escultura se completava, ela começava a destruí-la, movendo lentamente os dedos das mãos, flexionando os dedos dos pés. O alto-relevo ruía devagar. Ela erguia um joelho, depois o outro e de repente emergia toda, correndo para o oceano, a fim de lavar a camada de areia das costas e da barriga das pernas. Ele a seguia. Tomavam banho de mar. Mãos dadas, agachavam-se e deixavam que as ondas se quebrassem sobre eles. Voltavam à praia e então era a vez de ele ser enterrado. Ela construía o mesmo elaborado revestimento para o corpo, ampliando-lhe os pés, as pernas. A pequena proeminência na roupa de banho era construída com as mãos em concha, repletas de areia. Desenhava-lhe o peito estreito e ampliava-lhe os ombros, dando-lhe também o toucado em ondulações que ele planejara para ela. Terminado o trabalho, ele o destruía lentamente, quebrando-o com cuidado como se fosse uma concha, e desembaraçando-se para a corrida até a água.

À noite, os pais levavam-nos às vezes aos divertimentos do calçadão. Escutavam o concerto da banda, ou viam o espetáculo de variedades. Assistiram a *A volta ao mundo em 80 dias*. Nuvens flutuavam pelo teatro. Viram *O médico e o monstro*. Mas a verdadeira emoção residia em atrativos que os adultos não sonhariam em assistir: os shows de monstros, os espetáculos baratos, os *tableaux vivants*. Eles eram demasiado espertos para manifestar seus desejos.

Após algumas visitas à cidade, quando o trajeto já não lhes parecia tão assustador, persuadiram os adultos de que eram capazes de ir sozinhos. Munidos de 50 centavos disparavam pela passarela ao crepúsculo e contemplavam as luzes da caixa mecânica da pitonisa. Introduziam um centavo. A figura de turbante, abrindo a boca e revelando dentes brilhantes, voltava a cabeça para a direita e a esquerda e erguia a mão de maneira brusca; um bilhete era extraído e todo o aparelho imobilizava-se no meio de um sorriso. Sou o grande Ele-Ela, dizia o bilhete. Colocavam dinheiro na máquina com a garra mecânica, guiando-a até o tesouro que desejavam, que era agarrado e liberado na rampa de saída. Ganharam assim um colar de conchas, um espelhinho de metal polido, um minúsculo gato de vidro. Observavam os monstros, caminhavam silenciosos entre as barracas que exibiam a Mulher Barbada, os Gêmeos Siameses, o Louco de Bornéu, o Gigante de Cardiff, o Homem-Jacaré, a Mulher de Trezentos Quilos. Foi essa enorme mulher que se agitou no banquinho e estremeceu quando as crianças surgiram diante dela. Tomada de irresistível emoção ergueu-se nos pés minúsculos e aproximou-se portentosamente. Os grandes jardins de sua carne fechavam-se e abriam-se, entrando e saindo, entrando e saindo, enquanto ela estendia os braços em oscilações sentimentais. Passaram adiante. Por detrás de cada cerca, os olhos normais e alertas daqueles seres trançavam sua odisséia. Ao Gigante compraram um anel, que para eles servia como pulseira. Das irmãs siamesas, uma foto autografada. Saíram correndo.

Seu desejo de mútua companhia permanecia inalterável, o que foi observado com divertimento pelos adultos. Eram inseparáveis até a hora de dormir, mas não se queixavam quando esta era anunciada. Corriam para seus 227 quartos sem um olhar para trás. E dormiam um sono absoluto. Procuravam-se pela manhã. Ele não a considerava bonita. Ela não o considerava atraente. Eram extremamente sensíveis um ao outro, contornados por uma difusa excitação, como a eletricidade ou um halo de luz, mas tocavam-se casualmente, de modo prosaico. O que os unia era um pleno reconhecimento, dentro do qual viviam e pensavam, de modo que sua mútua percepção não podia ser tão distinta e separada a ponto de incluir admiração pela beleza do outro. No entanto eram belos, ele à sua maneira solene, pensativa e loura, ela menor, mais morena, mais esguia, com um cintilar nos olhos escuros e uma postura quase militar. Quando corriam, seus cabelos voavam para trás, descobrindo a testa ampla. Ela tinha pés pequenos, suas mãos morenas eram miúdas. Deixava marcas na areia de uma corredora de ruas, escaladora de sombrias escadas; sua pegada era uma fuga aos terrores dos becos e ao terrível estrondo das latas de lixo. Ela fizera as necessidades em privadas de madeira, por detrás dos cortiços. A cauda de roedores se enroscara em seus tornozelos. Sabia costurar à máquina e observara cães copulando, prostitutas recebendo fregueses nos corredores, bêbados urinando entre as traves de madeira dos carrinhos de mão. Ele nunca passara sem uma refeição. Nunca sentira frio à noite. Corria com a mente. Corria em direção a alguma coisa. Era livre de medo e ignorava que houvesse no mundo seres menos curiosos que ele a respeito do universo. Via através dos objetos, observava as cores que as pessoas produziam e nunca se surpreendia com uma coincidência. Um planeta azul e verde movimentava-se nas suas pupilas.

Um dia, quando brincavam, o sol enevoou-se e o vento começou a soprar do oceano. Sentiram nas costas seu sopro gelado. Levantando-se, viram pesadas nuvens negras aproximarem-se e resolveram voltar ao hotel. A chuva começou a cair. Gotas abriam crateras na areia. A água escorria-lhes pelos ombros salgados, deixando longas marcas. Inundava-lhes os cabelos. Abrigaram-se sob a passarela a uns 500 metros do hotel. Agachados na areia fria escutaram a chuva tombando com estardalhaço na madeira e observaram-na reunida em goteiras entre as tábuas. Havia lixo sob a passarela; cacos de vidro, cabeças de peixe putrefatas, pedaços de caranguejos, pregos enferrujados, tábuas quebradas, madeira atirada pelo mar, estrelas-domar duras como pedras, manchas de óleo, trapos sujos de sangue seco. De sua caverna olhavam o mar. Uma tempestade desencadeara-se e o firmamento brilhava com uma claridade esverdeada. Relâmpagos rompiam o céu como se ele fosse uma casca quebrada. A tempestade castigava o oceano, aplainava-o, intimidava-o. Não havia ondas, apenas relevos sem direção, que não se quebravam nem rolavam na areia. A estranha luz aumentou de intensidade; o céu tornou-se amarelado. O trovão explodiu como se a rebentação fosse no firmamento e o vento empurrou a chuva ao longo da praia, açoitando a areia, fazendo-a rolar na passarela. Enfrentando o vento, a água e a claridade dourada, aproximavam-se duas silhuetas de cabeça inclinada, braços protegendo os olhos. Voltavam-se e, de costas para o vento, olhavam a praia acima e abaixo, levando à boca as mãos em concha. Mas não eram ouvidos. As crianças observavam-nos sem se mover. Eram Mamãe e Tateh. Aproximavam-se. Tropeçavam na areia molhada. Voltaram-se e o vento soprava-lhes as roupas contra o peito e as pernas. Afastaram-se da água, caminhando para a passarela. Os cabelos negros de Tateh, alisados contra a testa, brilhavam de chuva. Os cabelos de Mamãe estavam despenteados e caíam em mechas molhadas pelo rosto e os ombros. Chamavam. Chamavam. Corriam, caminhavam, procuravam as crianças. Estavam aflitos. As crianças correram sob a chuva. Ao vê-los, Mamãe caiu de joelhos. Daí a instantes estavam os quatro reunidos, abraçando-se, admoestando e rindo; Mamãe ria e chorava ao mesmo tempo, a chuva escorrendo pelo rosto. Onde estavam, onde estavam? Perguntou. Não nos ouviram chamar? Tateh ergueu a filha para acalentá-la nos braços. *Gottzudanken*, disse o Barão. *Gottzudanken*. Percorreram de volta o caminho da praia sob a chuva e a claridade, felizes, aconchegados uns aos outros, roupas encharcadas. Tateh não poderia deixar de notar que o vestido branco e as roupas de baixo de Mamãe aderiam-lhe ao corpo, formando elipses de carne comprimida. Parecia tão jovem com os cabelos caídos nos ombros e colados à cabeça. As saias prendiam-se às pernas e a intervalos ela se inclinava para afastá-las do corpo, mas o vento soprava-as de volta. Ao darem por falta das crianças correram à praia e ela tirara os sapatos no extremo da escada da passarela, segurando-lhe o braço para apoiar-se. Caminhava com os braços envolvendo as crianças e ele reconheceu em sua silhueta molhada a ampla mulher da tela de Winslow Homer, salva do mar por um cabo. Quem não arriscaria a vida por tal mulher? Mas apontava o horizonte: um traço de céu azul rompera sobre o oceano. Súbito, Tateh correu à frente e virou uma cambalhota. Em seguida plantou bananeira. Apoiado nas mãos, caminhou pela areia de cabeça para baixo. As crianças riram.

Papai dormiu durante todo o incidente. Não vinha conseguindo dormir à noite ultimamente e dera para cochilar de tarde. Andava inquieto. Lera nos jornais sobre o crescente movimento no congresso a favor de um imposto nacional sobre a renda. Foi o seu primeiro pressentimento de que o verão estava encerrado. Passou a dar telefonemas ao gerente da fábrica de New Rochelle. Em casa, as coisas estavam tranqüilas. Não se ouviram mais notícias do homicida negro. Os negócios prosperavam, conforme ele podia verificar pelas cópias dos pedidos das encomendas que lhe eram remetidas todos os dias. Nada disso o tranqüilizava. Começava a aborrecer-se na praia e já não se interessava pelos banhos de mar. À noite, antes de se recolher, dirigia-se ao salão de jogos e praticava bilhar.

Como poderiam retomar sua vida se permanecessem em Atlantic City? Certas manhãs, acordava com a sensação de que o tempo e os acontecimentos haviam prosseguido o caminho, deixando-o mais vulnerável que nunca. Encontrava no novo amigo, o Barão, uma temporária distração. Mamãe achava-o encantador, mas ele não sentia nenhuma simpatia especial pelo homem e o sentimento era recíproco. Gostaria de fazer as malas e partir, mas sentia-se constrangido pela segurança que Mamãe parecia sentir. Acreditava ela que seria possível aguardar ali que a tragédia Coalhouse se extinguisse e que eles sobrevivessem. Papai sabia que era uma ilusão. Para consternação do *hôtelier*, Mamãe habituara-se a levar a criança negra para a sua mesa no salão de refeições. Papai fitava o meninozinho com sombria correção. À hora do desjejum, no dia seguinte à tempestade, abriu o jornal e encontrou na primeira página uma foto do pai da criança. A gangue de Coalhouse invadira um dos mais célebres receptáculos de arte, a biblioteca Pierpont Morgan, na 36th Street. Armando barricadas no interior, exigiam que as autoridades negociassem com eles, sob o risco de verem destruídos os tesouros de Morgan. E haviam atirado uma granada à rua como demonstração do poderio de seu armamento. Papai amarrotou o jornal. Uma hora depois era chamado ao telefone pelo gabinete do Promotor Público de Manhattan. Naquela tarde, acompanhado dos votos ansiosos de Mamãe, tomou o trem para Nova York.

35

Mesmo para alguém que acompanhara o caso desde o início, a estratégia de vingança escolhida por Coalhouse deveria parecer a prova cabal de sua loucura. Por que outros padrões poderia o covarde e miserável Willie Conklin, fanático tão comum que se parecia com qualquer pessoa, tornar-se Pierpont Morgan, o indivíduo mais importante de sua época? Com oito mortos, cavalos destruídos, prédios demolidos e uma casa de subúrbio reverberando ainda de terror, a arrogância de Coalhouse não conhecia limites. Ou será a injustiça sofrida um universo visto ao espelho, com as leis da lógica e os princípios da razão opostos aos da civilização?

Sabemos pelo diário do Irmão que o verdadeiro plano fora aprisionar Morgan em sua própria casa. A idéia da gangue era a seguinte: Conklin, escondido num bairro de irlandeses, seria tão invisível quanto Coalhouse no Harlem. Precisavam, portanto, forçá-lo a sair. Para tal era necessário um refém. Duas noites de discussão haviam resultado na candidatura de Pierpont Morgan. Mais que qualquer prefeito ou governador, ele representava na mente de Coalhouse o poder do mundo branco. Há anos era retratado em *cartoons* e caricaturas, de charuto e cartola, como a encarnação do poder. O grande feudo de Nova York seria forçado a pagar um exército de bombeiros e uma armada de 232 modelos T para resgatar seu Morgan.

Mas Coalhouse confiara o reconhecimento da casa de Morgan a dois jovens que mal conheciam a cidade para além da 100th Street e menos sabiam ainda a respeito da maneira de agir dos ricos. Quando fizeram o reconhecimento das residências Morgan, a casa de pedra e o palácio de mármore branco escolheram o mármore branco para a moradia. O Irmão Mais Novo teria notado o erro, mas era o encarregado da artilharia; permaneceu nos fundos de um caminhão coberto e carregado de explosivos e mantimentos. Ouvia o ataque sendo desfechado. O caminhão recuou até os portões da biblioteca e ele recebeu o sinal para descarregar. Quando levantou a lona e espiou para fora, gritou que estavam no prédio errado, mas a essa altura não era possível voltar atrás. Havia um guarda morto, ouviam-se apitos dos policiais. O tiroteio despertara toda a vizinhança. Os conspiradores descarregaram o veículo, fecharam as grandes portas metálicas e assumiram suas posições. Nada se perdeu, assegurou-lhes. Queríamos o homem e o temos, uma vez que estamos de posse de sua propriedade.

Aconteceu que Pierpont Morgan não se encontrava sequer em Nova York. Estava a dois dias de viagem, no *S. S. Carmania*, a caminho de Roma. Iniciara uma lenta peregrinação ao Egito. Coalhouse também não sabia disso. Assim, toda a ação, mal orientada e mal situada, parecia ter uma graça especial.

Os auxiliares de J. P. Morgan foram quase de imediato informados da situação e passaram um cabograma ao *Carmania*, pedindo instruções ao velho. Por qualquer motivo, talvez um defeito no equipamento telegráfico do navio, não conseguiram saber se a mensagem fora ou não recebida. Já que Morgan não tinha meios de dizer-lhes o que fazer, a polícia limitou-se a isolar o quarteirão, da 36th

Street a 37th Street, da Madison à Park Avenue. O tráfego foi desviado e policiais montados galopavam de um lado para outro, mantendo a multidão para além dos cordões de isolamento. Os ruídos da cidade, seu tráfego, sua vida pareciam murados pelo silêncio da cena. Os milhares de pessoas que ali se acumulavam mantinham-se quietos como todos os que se encontram profundamente absortos. Quando a noite caiu, refletores acionados por geradores portáteis foram voltados para o edifício. O vibrar dos motores era percebido sob os pés dos espectadores como o rugir de um terremoto. Havia policiais por toda parte, em viaturas, a pé, montados, mas pareciam tão espectadores como a multidão que mantinham a distância.

A granada atirada depois do grito de aviso do Irmão Mais Novo destroçara a calçada, deixando uma enorme cratera na rua, em frente aos portões da Biblioteca. No fundo, uma tubulação de água rompida borbulhava como uma fonte. Vidraças se haviam partido por todo o quarteirão. Havia uma casa de pedra do outro lado da rua, uma residência particular, especialmente atingida pela explosão. Os proprietários fugiram, concedendo ao Departamento de Polícia permissão para estabelecer o centro de operações no pavimento térreo. A polícia descobriu que podia subir e descer impunemente as escadas da residência e movimentar-se com liberdade daquele lado da 36th Street. A casa se encheu de funcionários do Departamento de Polícia e de outras autoridades municipais e, à medida que se tornava evidente a natureza do confronto, uma autoridade após outra transferia a responsabilidade para o escalão superior. Finalmente, com tenentes, capitães, inspetores e o Comissário de Polícia, Rhinelander Waldo, todos presentes, o controle da operação caiu nas mãos do Promotor Público de Nova York, Charles S. Whitman. Whitman conquistara considerável fama processando um tenente da polícia corrupto, chamado Becker, e garantindo para ele sentença de morte por ter ordenado a quatro rufiões – Gyp, o Sangue, Dago Frank, Whitey Lewis e Lefty Louie – liquidarem um conhecido jogador de nome Herman Rosenthal. Este caso importante tornara Whitman candidato natural ao governo de Nova York. Falou-se até na sua eventual indicação para a presidência. Preparava-se para sair de Nova York com a mulher, para férias em Newport, na casa de veraneio de quarenta cômodos da Sra. Stuyvesant Fish. Fora recentemente apresentado à sociedade pela Sra. O. H. P. Belmont. Emprestava valor a tais conexões, mas não pôde resistir a passar pela 36th Street quando a notícia chegou-lhe aos ouvidos, achando que era seu dever como futuro presidente. Gostava de ser fotografado no local da ação. Mal chegou, todos se curvaram ao seu juízo, inclusive um inimigo pessoal, o colérico Prefeito William J. Gaynor. Achou que isto era um significativo reconhecimento das realidades políticas e, consultando o relógio, decidiu que dispunha de alguns minutos para resolver a questão do negro louco.

Whitman pediu a planta da Biblioteca à firma de arquitetura Charles McKim e Stanford White. Após estudá-la, autorizou um reconhecimento feito por um patrulheiro atlético, que deveria introduzir-se pelo telhado da Biblioteca, espreitar através da clarabóia que se erguia em cúpula sobre o hall central e a Sala Leste, para verificar quantos negros havia no interior. O patrulheiro foi despachado pelo jardim que separava a Biblioteca da residência de Morgan. Whitman e as demais autoridades aguardaram no quartel-general improvisado. Tão logo o patrulheiro entrou no jardim, o céu se iluminou e ouviu-se um estrondo seguido de um grito de agonia. Whitman empalideceu. Minaram o maldito recinto, falou. Um oficial entrou. Pelo que se sabia, o patrulheiro estava morto **235** no jardim, o que seria uma sorte, pois ninguém poderia penetrar ali para tirá-lo. Os policiais, sombrios, fixaram Whitman. Este compreendeu que a força numérica do bando de Coalhouse não era de importância crucial. Mas convocou a imprensa e anunciou que os negros eram em número de 12, chegando talvez a vinte homens.

36

Nas horas subseqüentes, o Promotor Público Whitman conferenciou com diversos conselheiros. O coronel que comandava a milícia de Manhattan insistia numa ação militar em ampla escala. Isso alarmou de tal modo um dos curadores do Sr. Morgan, homem alto e nervoso, usando *pince-nez* e que mantinha as mãos cruzadas ao peito como se fosse uma diva do Metropolitan, que o homem se pôs a tremer. Conhece o valor das aquisições do Sr. Morgan? Possuímos quatro fólios de Shakespeare! Temos uma Bíblia de Gutenberg impressa em pergaminho! Setecentos incunábulos e uma carta de cinco páginas de George Washington! O coronel agitou o dedo no ar. Se não liquidarmos aquele filho-da-mãe, se não entrarmos na Biblioteca para cortar-lhe os testículos, todos os negros do país nos cairão em cima! E então onde ficará o senhor com suas Bíblias? Whitman caminhava de um lado para outro. Um engenheiro municipal afirmou que se conseguissem consertar a tubulação de água poderiam abrir um túnel através dos alicerces da Biblioteca. Quanto tempo levaria isso? Perguntou Whitman. Dois dias, respondeu o engenheiro. Alguém sugeriu gás venenoso. Isso o liquidaria, concordou

Whitman. É claro que todo mundo que estivesse no East Side morreria também. Começava a enervar-se. A Biblioteca fora construída com blocos de mármore ajustados um ao outro. Era impossível introduzir uma lâmina entre as pedras. O local estava dinamitado e um par de olhos negros e alertas espreitavam de cada janela.

Whitman teve o bom senso de apelar aos policiais que se encontravam na sala. Um velho sargento, com muitos anos de serviço de rua, veterano de Hell's Kitchen e Tenderloin, falou: O ponto crucial é entrar em contato com esse Coalhouse Walker. Com um louco armado, conversa acalma. Faça-o falar, mantenha-o falando e então é possível tomar pé da situação. Whitman, que não deixava de ser corajoso, tomou um megafone, saiu à rua e gritou que queria falar a Coalhouse Walker, acenando com o chapéu de palha. Se houver algum problema, gritou, nós o resolveremos juntos. E repetiu-o por vários minutos. Então, uma janelinha adjacente à porta de entrada abriu-se e um objeto cilíndrico foi atirado à rua. Whitman encolheu-se e os homens que se encontravam na casa à retaguarda atiraram-se ao chão. Para surpresa geral não houve explosão. Whitman recuou para a residência e somente após vários minutos alguém de binóculo anunciou que o objeto era um canecão de prata com tampa. Um policial correu à rua, pegou-o e disparou de volta à escada da residência. O objeto, já amassado, era uma caneca medieval de prata, com uma cena de caça em relevo. O curador pediu para examiná-la e disse que era do século XVII e pertencera a Frederico, o Eleitor, da Saxônia. É um prazer ouvir isso, disse Whitman. O curador ergueu a tampa e encontrou no interior um pedaço de papel com um número de telefone que ele reconheceu como o dele próprio.

O Promotor Público tomou o telefone. Sentado na borda da mesa pegou o fone com a esquerda e o receptor ligado pelo fio com a direita. Alô, Sr. Walker, falou, cordial. Sou o Promotor Público Whitman. E ficou abismado com o tom de voz tranqüilo e objetivo do negro. Minhas exigências continuam as mesmas, disse a voz ao telefone. Quero que me devolvam o carro nas condições em que se encontrava quando bloquearam o meu caminho. Não me podem devolver a minha Sarah, mas em troca de sua vida quero a do Chefe de Bombeiros Conklin. Coalhouse, respondeu Whitman, você sabe que eu, como funcionário da justiça, jamais poderia permitir a condenação de quem não foi submetido ao devido processo. Isto me coloca numa posição insustentável. Mas prometo investigar o caso e verificar que estatutos se aplicam. Mas nada posso fazer por você até que saia daí. Coalhouse Walker parecia não ter ouvido: Dou-lhe 24 horas e então mandarei este lugar pelos ares, com tudo o que contém. E desligou. Alô! Fez Whitman. Alô? Pediu à telefonista para ligar novamente para o número. Não houve resposta.

Whitman enviou em seguida um telegrama à Sra. Stuyvesant Fish, em Newport, esperando que ela lesse os jornais. Seus olhos, que tendiam à protuberância quando estava excitado, pareciam no momento bastante salientes. Rosto afogueado, despiu o casaco, desabotoou o colete, e pediu a um dos patrulheiros para conseguir uísque. Sabia que Emma Goldman, a anarquista, se encontrava em Nova York. Mandou prendê-la. Olhou pela janela da casa de pedra. Era um dia nublado e extraordinariamente escuro. A atmosfera estava abafada e uma chuva fina tornava brilhantes as ruas. As luzes da cidade estavam acesas. O compacto palácio grego que se erguia do outro lado da rua cintilava sob a chuva. Parecia muito tranqüilo. Naquele instante, Whitman percebeu que a deferência demonstrada pelo Comissário Rhinelander Waldo e todo o Departamento de Polícia levara-o a identificar-se com uma situação politicamente perigosa. Precisava, de um lado, resguardar os interesses de Morgan, cujos comitês reformadores de abastados republicanos protestantes haviam custeado suas investigações de corrupção no Departamento de Polícia católico e democrata. Por outro lado tinha que defender sua reputação como decidido promotor público que sabia lidar com criminosos. Para isso nada serviria senão a rápida liquidação do negro. Trouxeram-lhe um copo de uísque. Só um para acalmar os nervos, disse consigo mesmo.

Entretanto, a polícia batia à porta de Emma Goldman, na West 13th Street. Goldman não se surpreendeu. Mantinha sempre pronta a maleta com muda de roupa e um livro para ler. Desde o assassinato do Presidente McKinley fora rotineiramente acusada de fomentar, por palavras ou gestos, a maioria dos atos de violência, greves ou agitações que ocorriam na América. Havia, entre os funcionários encarregados de zelar pela obediência às leis, a obsessão de ligá-la a todos os casos por uma questão de princípio, acreditassem ou não ser ela culpada. Colocando o chapéu na cabeça, pegou a maleta e saiu porta afora. Viajou no carro da polícia com um jovem patrulheiro. Você é capaz de não acreditar, mas estou ansiosa por passar algum tempo na cadeia, falou. É o único lugar onde posso descansar um pouco.

Goldman ignorava, naturalmente, que um dos membros do bando de Coalhouse era o rapaz de quem se compadecera, o amante burguês de uma notória prostituta. Diante da mesa do sargento, na chefatura de polícia de Centre Street, declarou aos repórteres que fora detida por conspiração. Lamento os bombeiros de Westchester. Gostaria que não tivessem morrido. Mas o negro foi atormentado e assim impelido a agir, segundo soube, pela morte cruel de sua noiva, uma jovem inocente. Como anarquista, apóio a apropriação dos bens de Morgan. O Sr. Morgan fez também algumas apropriações. A esta altura os repórteres gritaram uma porção de perguntas. Ele é um dos seus seguidores, Emma? Você o conhece? Teve algo a ver com isto? Goldman sorriu, meneando a cabeça. O opressor é a riqueza, meus amigos. A riqueza é o opressor. Coalhouse Walker não precisava de Emma para descobrir isto. Bastava sofrer.

Uma hora depois, as edições dos jornais estavam nas ruas, noticiando a prisão. Goldman foi liberalmente citada. Whitman pensou se teria sido sensato dar-lhe um fórum. Mas lucrou com a medida um nítido benefício. O presidente do Instituto Normal e Industrial Tuskegee, Booker T. Washington, encontrava-se na cidade arrecadando fundos para a instituição. Pronunciando um discurso no grande salão do Sindicato Cooper, no Astor Place, afastou-se do seu texto preparado a fim de deplorar as observações de Goldman e condenar os atos de Coalhouse Walker. Um repórter telefonou a Whitman para avisá-lo. O Promotor Público entrou imediatamente em contato com o grande educador, perguntando-lhe se gostaria de ir ao local e usar de sua autoridade moral para resolver a crise. Irei, respondeu Booker T. Washington. Uma escolta da polícia foi enviada ao centro da cidade e Washington, escusando-se diante dos anfitriões do almoço organizado em sua honra, partiu debaixo de calorosos aplausos.

37

Booker T. Washington foi, em sua época, o mais famoso negro do país. Desde a fundação do Instituto Turkegee, no Alabama, tornara-se o expoente máximo da instrução vocacional dos negros. Era contrário a toda agitação em questões políticas ou de igualdade social. Escrevera uma autobiografia que se tornara best seller, sua luta da escravatura à auto-realização, além de suas idéias, que defendiam a evolução do negro com a ajuda de seu vizinho branco. Aconselhava a amizade entre todos e falava de um futuro promissor. Seus pontos de vista haviam sido endossados por quatro presidentes e pela maioria dos governadores dos Estados sulinos. Andrew Carnegie doara-lhe dinheiro para a sua escola e Harvard concedera-lhe um diploma honorário. Usava terno preto e chapéu-coco. Postado em meio à 36th Street, homem vigoroso e belo, com o orgulho de suas realizações e da maneira de se conduzir, gritou a Coalhouse Walker que o deixasse entrar na Biblioteca. Desdenhou o uso do megafone. Era orador e tinha a voz forte. Nada em suas maneiras indicava que o bando tivesse outra possibilidade senão a de satisfazer-lhe a exigência. Vou entrar agora, gritou. E rodeou a cratera da rua, transpondo os portões de ferro. Subindo os degraus entre as leoas de pedra, postou-se à sombra do pórtico, entre as duplas colunas iônicas, e esperou que abrissem as portas. Reinava tal silêncio e imobilidade no local, que a buzina de um automóvel foi ouvida com nitidez a vários quarteirões de distância. Daí a instantes as portas abriram-se e Booker T. Washington desapareceu no interior. As portas fecharam-se. Do outro lado da rua, o Promotor Público Whitman enxugou a testa e deixou-se cair numa cadeira.

O que Booker Washington encontrou foi a intimidante coleção de telas e prateleiras de livros raros, estatuária e pisos de mármore, paredes revestidas de damasco e mobiliário florentino sem preço, tudo minado para demolição. Cargas de dinamite estavam ligadas às pilastras de mármore do hall de entrada. Fios partiam das salas Leste e Oeste, percorrendo o assoalho até os fundos, onde havia uma pequena alcova. Ali se encontrava um homem montado num banco de mármore. No banco estava uma caixa com êmbolo em forma de T, que ele segurava com ambas as mãos. Dava as costas às portas metálicas e estava inclinado para a frente, de modo que se uma bala o matasse instantaneamente, o peso de seu corpo, ao cair, comprimiria o êmbolo. O sujeito voltou-se para olhar por cima do ombro, e Washington, o grande educador, abafou uma exclamação ao perceber que não se tratava de um negro e sim de um branco de rosto pintado, como se participasse de um espetáculo de variedades. Washington ingressara com severa disposição de espírito, embora com intenção de usar de diplomacia. Renunciou logo à persuasão. Espreitou para o interior da Sala Oeste e em seguida atravessou o hall em direção à porta da Sala Leste. Esperava encontrar dezenas de negros, mas viu apenas três ou quatro rapazinhos, cada qual junto a uma janela, empunhando um rifle. Coalhouse estava de pé à sua espera, vestindo um terno bem passado, gravata e colarinho, embora levasse uma pistola no cinto. Washington olhou-o de cima a baixo, a bela testa franzida, olhos cintilando. Usando toda sua oratória, falou da seguinte maneira: Tenho trabalhado a vida inteira com paciência e esperança numa fraternidade cristã. Tenho procurado persuadir o branco de que não precisa nos temer, ou nos assassinar porque desejamos apenas progredir e nos reunirmos tranqüilamente a ele, gozando os frutos da democracia americana. Cada negro na prisão, cada negro vadio, desonesto, jogador e fornicador tem sido meu inimigo, e todo incidente onde houve uma falha de caráter num negro custou-me uma parcela de vida. O que não me custará sua imprudência criminosa e desorientada! Que não custará aos meus alunos, lutando para aprender uma profissão com a qual possam ganhar a vida e calar as críticas dos brancos! Um milhar de negros honestos e trabalhadores não conseguirão desfazer o prejuízo causado por uma pessoa como você. E, o que é pior ainda: segundo soube é um músico instruído, que ingressou neste infame empreendimento tendo saído do liceu musical, onde a harmonia é reverenciada e o acorde das harpas e as trombetas dos céus são os modelos das canções. Monstro! Caso ignorasse a trágica luta do nosso povo, eu poderia lamentar esta aventura. Mas é um músico! Olho ao redor e sinto o cheiro do suor irado, a pobre rebeldia de jovens violentos e insensatos. Que lhes ensinou? Que injustiça, que perda sofreu para justificar o destino a que os conduziu, a esses jovens imprudentes? E, maldição, acrescenta a esta profana companhia um branco que se tinge de negro, acrescentando a zombaria ao seu arsenal.

Cada palavra do discurso foi ouvida por todos os membros do grupo. Não estavam tão imersos na revolução a ponto de ficarem indiferentes aos sentimentos de Booker T. Washington, de quem tinham ouvido falar desde crianças. A resposta de Coalhouse deve ter sido para eles crucial. Coalhouse falou em voz baixa. É uma grande honra para mim conhecê-lo, senhor, falou. Sempre o admirei. Fixou o piso de mármore. É verdade que sou músico e homem maduro, mas esperaria que isto pudesse lhe indicar o solene raciocínio da minha mente. E que talvez pudéssemos ser assim, ambos, servos da nossa cor, insistindo na verdade da nossa masculinidade e no respeito a ela devido. Washington ficou tão atordoado com a sugestão, que quase perdeu os sentidos. Coalhouse conduziu-o à Sala Oeste e sentou-o numa das poltronas de veludo vermelho. Recuperando-se, Washington enxugou a testa com lenço. Olhou para a lareira de mármore, da altura de um homem. Examinou o teto trabalhado em policromia, que viera do palácio do cardeal Gigli, em Lucca. Nas paredes revestidas de seda vermelha, viam-se retratos de Martinho Lutero por Lucas Cranach, o Velho, e várias adorações dos Magos. O educador fechou os olhos e cruzou as mãos no colo. Oh, Senhor, conduzi meu povo à Terra Prometida. Afastai do açoite do Faraó. Abri os grilhões da mente e desatai os elos do pecado que os prendem ao inferno, rezou. Sobre a lareira via-se um retrato do próprio Pierpont Morgan no seu apogeu. Washington estudou o rosto feroz. Entretanto, Coalhouse Walker sentara-se na cadeira ao lado e juntos os dois negros bem vestidos eram a própria imagem da probidade e da grave autocrítica.

Saia agora comigo, pediu Booker Washington em voz baixa, e eu intercederei para que seu julgamento seja rápido e a execução indolor. Desarme essa aparelhagem do inferno, disse com um gesto para as cargas de dinamite presas aos cantos do teto trabalhado e junto às paredes. Segure a minha mão e venha comigo. Por seu filho e por todas as crianças de nossa cor, para quem o caminho é difícil e longa a jornada.

Coalhouse permanecia imerso em pensamentos. Senhor Washington, disse finalmente, nada me agradaria mais do que concluir esta história. Ergueu a vista e o educador notou que tinha os olhos marejados de emoção. Que o Chefe de Bombeiros restitua meu automóvel e o traga para a frente deste prédio. O senhor me verá sair com as mãos erguidas e não haverá prejuízos para este local, ou para qualquer homem de Coalhouse Walker.

Esta declaração constituiu a primeira modificação das exigências de Coalhouse desde a noite de Emerald Isle, porém Washington não o percebeu. Ouviu apenas a rejeição a sua súplica. Sem uma palavra, levantou-se e saiu. Atravessou a rua acreditando que sua intervenção fora inútil. Mais tarde, Coalhouse pôs-se a caminhar de um lado para outro nos salões. Os rapazes permaneceram em seus postos, acompanhando-o com o olhar. Um deles estava deitado no teto, sobre a clarabóia abobadada do pórtico. De guarda sob a chuva, sentia, embora não pudesse ver, a presença de milhares de nova-iorquinos, observando-os em silêncio. Durante a noite, teve a impressão de que emitiram um som, um imperceptível lamento, não mais que um suspiro, tão silencioso como a névoa do chuvisco.

38

Depois de conferenciar com o Promotor Público, Booker T. Washington falou aos repórteres reunidos na sala do centro de operações provisório. A Biblioteca do Sr. Morgan é uma bomba de dinamite pronta a explodir a qualquer momento, disse. Estamos diante de um homem desesperadamente doente. Só posso rezar para que o Senhor, em Sua sabedoria, nos conduza em segurança neste triste caso. Washington deu então diversos telefonemas para amigos e colegas do Harlem – pastores e líderes comunitários – convidando-os a virem ao centro da cidade para demonstrar sua oposição de negros responsáveis à causa de Coalhouse

Walker. A manifestação assumiu a forma de uma vigília na rua. O Promotor Público Whitman concedeu permissão, embora a notícia trazida da Biblioteca fosse bastante sombria para levá-lo a evacuar todas as casas e apartamentos num raio de dois quarteirões. Tal era o estado de coisas quando Papai chegou. Passou sob escolta pelos cordões policiais e marchou pelos negros silenciosos, cabeças descobertas, rezando de pé. Olhou para a Biblioteca e, em seguida, subiu a escada da casa de pedra. No interior, viu-se entregue à própria sorte. Ninguém lhe dirigiu a palavra, nem queria coisa alguma com ele. Olhou em redor, voltou-se para cá e para lá, à espera de uma palavra ou atenção das autoridades. Inútil.

A casa estava cheia de policiais uniformizados e homens de responsabilidade indeterminada. Todos circulavam. Papai foi parar na cozinha. Ali estavam os repórteres, que haviam comido tudo o que encontraram na geladeira. Sentados com os pés na mesa apoiavam-se nos armários. Chapéu na cabeça, usavam a pia como escarradeira. Papai, escutando a conversa, tomou conhecimento dos detalhes da entrevista de Booker T. Washington e Coalhouse. Espantou-se com a fama do homem que tocara piano na sua sala. Mas teve a impressão de que Coalhouse modificara suas exigências. Seria exato? Aparentemente ninguém o percebera. No entanto, se a vida de Willie Conklin, o Chefe de Bombeiros, fosse concedida, ou pelo menos negociável, ele precisaria informar a alguém. Procurando um oficial encontrou o próprio Promotor Público, a quem reconheceu pelas fotos publicadas nos jornais. Whitman encontrava-se no janelão da sala, empunhando um binóculo. Perdão, disse Papai, apresentando-se. E declarou a Whitman o que pensava. O promotor fixou-o, espantado. Papai notou-lhe pequeninas veias rompidas no rosto. Whitman voltou à janela e, erguendo o binóculo, olhou para fora como um almirante em alto-mar. Sem saber o que fazer, Papai continuou a seu lado.

Whitman estava à espera de uma resposta do Sr. Morgan. Consultava repetidamente o relógio. Alguém passou correndo na rua. Houve agitação no hall de entrada. Um menino irrompeu na sala, acompanhado dos curadores e de vários policiais. Trazia um cabograma do *Carmania*. O Promotor Público rasgou o envelope, leu a mensagem e meneou a cabeça, incrédulo. Maldição, murmurou. Maldição. Súbito desandou a gritar com todos os que se encontravam na sala. Fora! Dêem o fora! Empurrou todo mundo porta afora. Mas segurou o braço de Papai, conservando-o no interior. As portas fecharam-se. Whitman atirou o cabograma às mãos de Papai. *Dêem-lhe o automóvel e enforquem-no*, dizia o texto.

Erguendo a vista, Papai deu com o Promotor Público a fixá-lo. É a única saída que eu jamais consideraria, disse Whitman. Não posso ceder ao negro. Nem mesmo para enforcá-lo. Não posso me dar a esse luxo. Estaria liquidado. Diabo, acabei com aquele filho-da-mãe, Becker. O crime do século, foi o nome que os jornais lhe deram. E agora o Promotor Público capitula diante de um negro? Não, senhor! Não é possível!

Whitman caminhava de um lado para outro. Papai sentiu uma onda de audácia. Tinha nas mãos uma mensagem particular de J. Pierpont Morgan, que lhe permitiria aceitar imediatamente e sem questionar sua investidura como confidente do promotor público de Nova York.

Papai viu claramente que a situação estava a ponto de ser negociada. Mesmo do outro lado do mundo, Morgan o percebera. Coalhouse amenizara uma das exigências, de que Conklin lhe fosse entregue. Papai era de opinião, além disso, que desde a morte de Sarah, o mais ardente desejo de Coalhouse Walker era morrer. E informou isso ao Promotor Público. Todo o caso poderia ser resolvido rapidamente, falou. O carro não tinha real valor. Além disso, a idéia era do Sr. Morgan. Sem dúvida, falou Whitman. Só Pierpont Morgan pensaria numa coisa dessas. Quem senão ele teria coragem? Não, replicou Papai. Quero dizer que a idéia é dele. Claro que não entendo de política, mas isso não o absolveria da responsabilidade? Whitman imobilizou-se e fixou Papai. Neste momento eu deveria estar em Newport com os Stuyvesant Fish, falou.

E foi assim que, pouco depois da meia-noite, uma parelha de cavalos de tiro foi encostada ao Modelo T destroçado de Coalhouse Walker, às margens do lago Firehouse, em New Rochelle. A chuva cessara e as estrelas brilhavam. Os cavalos foram atrelados ao pára-choque e arrastaram o carro até a rua. Em seguida iniciaram a longa viagem até a cidade, *clip-clop*, o cocheiro de pé no banco da frente, segurando as rédeas com uma das mãos e o volante com a outra. Os pneus estavam vazios, o carro ondulava de um lado para outro e cada rotação das rodas agredia os ouvidos.

Enquanto o Ford se adiantava para Manhattan, Whitman conseguiu atrair Coalhouse ao telefone dizendo que queria conversar a respeito de suas exigências. E propôs Papai como intermediário das conversações. Seria mais discreto do que por telefone. Você e eu podemos confiar nele, disse Whitman a Papai. Afinal, é seu ex-patrão. Não, disse Papai ao ouvido de Whitman. Nunca fui patrão dele. E sentiu sérias dúvidas. Dentro de poucos minutos encontrou-se na rua, ao frio da madrugada, atravessando a avenida inundada de luz, rodeando a cratera e subindo os degraus guardados pelos leões de pedra. Lembrou-se de que era oficial reformado do exército dos Estados Unidos e que explorara o Pólo Norte. As portas metálicas abriram-se com parcimônia e ele entrou. Ouviu seus próprios passos ressoando no piso de mármore polido. Sua vista levou algum tempo para adaptar-se à claridade reduzida. Procurou o negro e, em lugar dele, viu seu cunhado despido até a cintura, o rosto pintado de negro e um coldre de pistola sob o braço. Você! Exclamou Papai. O Irmão Mais Novo sacou da pistola e levou o cano à têmpora, numa espécie de continência. Os joelhos de Papai cederam. Ajudaram-no a sentar numa cadeira e Coalhouse apresentou-lhe um cantil com água.

O primeiro acordo entre os dois lados foi uma prorrogação do prazo de 24 horas. O segundo dizia respeito à colocação de tábuas sobre o buraco da rua. Papai caminhou de um lado para outro, cumprindo sua tarefa com competência, mas em estado de estranho torpor, como um sonâmbulo. Não olhava para o cunhado. Sentia estranhas pulsações de amarga alegria percorrerem-lhe a espinha.

Enquanto estes pontos eram estabelecidos, Whitman, ao telefone, usava de todos os meios à sua disposição para encontrar Willie Conklin. Mandou a polícia procurá-lo em todos os bairros. Em seguida, lembrou-se de chamar Big Tim Sullivan, líder do Quarto Distrito e o velho de maior prestígio na máquina Tammany. Acordou-o, dizendo: Tim, há um visitante na cidade, um certo Willie Conklin, de Westchester County. Não conheço o sujeito, respondeu Big Tim, mas verei o que posso fazer. Claro que sim, disse Whitman. Em menos de uma hora Conklin subiu as escadas da casa de pedra agarrado pelo colarinho. Estava molhado, despenteado e apavorado. Perdera os botões inferiores da camisa de trabalho e seu ventre projetava-se por sobre o cinto. Foi atirado a uma cadeira do hall, com a recomendação de não abrir a boca. Um policial ficou de guarda. Seus dentes castanholavam e as mãos tremiam. Enfiou uma delas no bolso traseiro, onde costumava carregar um frasco envolto em papel pardo. O guarda segurou-lhe o braço antes que pudesse completar o gesto e brandiu-lhe contra a cabeça um par de algemas, como se fossem um chicote.

Ao amanhecer, a multidão, que se reduzira em parte durante a noite, formou novamente fileiras espessas por detrás das barricadas. O enferrujado Modelo T se achava encostado na 36th Street, junto ao meio-fio, diante da Biblioteca. No momento designado, a porta da casa de pedra abriu-se e no patamar surgiram dois policiais, ladeando a desamparada figura de William Conklin, que ali ficou em exibição. Em seguida foi levado novamente para dentro e Whitman, tendo de boa-fé cumprido os dois itens do debate, o carro e o Chefe de Bombeiros, estabeleceu suas condições. Insistiria junto ao Promotor Público de Westchester para processar Willie Conklin por prejuízo premeditado, vandalismo e detenção ilegal de um cidadão. Além disso, o Chefe de Bombeiros, ali mesmo na rua, diante de todos, ajudaria a consertar o Modelo T, humilhação com que teria de conviver pelo resto da vida. E o carro seria reconstituído, naturalmente. Em troca, Whitman queria a rendição de Coalhouse e seus homens. E então, garanto que terá plenos privilégios e direitos segundo a lei, afirmou.

Quando Papai levou estas condições à Biblioteca, os rapazes riram e apuparam. Conseguimos, gritaram uns para os outros. Ele está cedendo. Vamos conseguir a torta inteira. Haviam ficado esfuziantes à vista do automóvel e de Conklin. Mas Coalhouse permaneceu em silêncio, sentado sozinho na Sala Oeste. Papai aguardou. Gradualmente, a expressão sombria de Coalhouse dominou a excitação dos

rapazes, que se tornaram apreensivos. O negro disse finalmente a Papai: Eu me entregarei, mas não os meus rapazes.
Para eles quero salvo-conduto ao saírem e plena e total
anistia. Mas fique aqui, por favor, até que eu tenha oportunidade de falar com eles.

Levantando-se, saiu para falar aos rapazes no hall.
Reuniram-se ao redor da caixa de detonação, aturdidos.
Não precisa ceder coisa alguma, disseram. Temos a riqueza de Morgan! Não precisa negociar coisa alguma. Entre-
guem-nos Conklin e o carro e saímos daqui, devolvendo
a Biblioteca! Isto é que é negociação, homem! É assim que
se negocia!

Coalhouse, tranqüilo, falou em voz baixa: Nenhum de
vocês é conhecido das autoridades pelo nome. Podem desaparecer na cidade e recomeçar suas vidas. Você também,
foi a resposta. Não, replicou Coalhouse. Jamais me deixa-
riam sair daqui, vocês sabem. E se deixassem não poupa-
riam esforços para me perseguir. Todos os que estivessem
comigo seriam caçados. E morreriam. Para quê? Com que
finalidade?

Antes, sempre conversamos, falou um deles. Agora
você faz uma coisa dessas. Não é possível, homem! Somos
todos Coalhouse! Não podemos sair daqui, mandaremos
tudo pelos ares, acrescentou outro. O Irmão Mais Novo
disse: Você está nos traindo. Ou saímos todos em liberdade
ou devemos todos morrer. Assinou a carta como Presidente Provisório do Governo Americano. Coalhouse anuiu, dizendo: Parecia a retórica necessária ao nosso moral. Mas
falávamos a sério! Exclamou o Irmão Mais Novo. Falávamos a sério! Há gente bastante nas ruas para organizarmos
um exército!

Nenhum teórico revolucionário poderia negar a verdade de que com um inimigo tão vasto como toda a nação

de cor branca, a recuperação do Modelo T seria um ponto de partida tão aceitável como qualquer outro. O Irmão Mais Novo pôs-se a gritar: Não pode modificar as suas exigências! Não nos pode trair por causa de um automóvel! Não modifiquei minhas exigências, replicou Coalhouse. O maldito Ford é a sua idéia de justiça? Rebateu o Irmão Mais Novo. A sua execução é sua idéia de justiça? Coalhouse fixou-o. Quanto à minha execução, foi determinada no momento em que Sarah morreu, disse. Quanto ao maldito Ford, terá que ser restaurado até ficar como no dia em que passei pelo Corpo de Bombeiros. Não fui eu que reduzi minhas exigências, mas eles que as ampliaram, recusando-se a atendê-las. Negociarei as preciosas vidas pela de William Conklin e graças a Deus para ele.

Minutos depois, Papai atravessava a rua. Para obter justiça, Coalhouse Walker estava disposto a sacrificar-se. Mas não às pessoas que o cercavam. Eram de outra geração. Não eram humanos. Papai estremeceu. Eram monstros! A causa recondicionara-lhes a mente. Queriam pôr abaixo os alicerces do mundo. Organizar um exército! Não passavam de nojentos revolucionários.

A famosa obstinação de Coalhouse tornara-se uma fortaleza contra os argumentos de seus homens. Era ele quem se erguia entre o Sr. Morgan e o desastre. Papai não confiou nada disso ao Promotor Público, percebendo que Whitman já teria bastantes problemas a enfrentar com as condições oficiais. Exatamente o que ocorreu. O promotor consumiu várias doses de uísque, o rosto eriçado de barba. Seus olhos protuberantes estavam vermelhos, o colarinho amassado. Caminhou de um lado para outro. Postou-se à janela. Contraindo o punho direito socou por diversas vezes a palma da mão esquerda. Olhou novamente para o telegrama de Morgan. Papai pigarreou. Ele não diz que é preciso enforcar os cúmplices, observou. O quê? Muito bem, muito bem. Procurou uma cadeira para sentar-se. Quantos disse que são? Cinco, respondeu Papai, inconscientemente excluindo o Irmão Mais Novo. Whitman suspirou. Papai prosseguiu: Creio que é o melhor que se pode fazer. Claro, fez o promotor. E que digo aos jornais? Ora, pode dizer-lhes – 1: Coalhouse Walker foi capturado; 2: os tesouros de Sr. Morgan estão a salvo; 3: a cidade está em segurança; 4: todos os recursos do seu gabinete e da polícia serão mobilizados para localizar os sequazes, até que o último esteja por detrás das grades, lugar que lhes compete. Whitman pensou no assunto. Nós os descobriremos, murmurou. Irão direto para a fogueira. Bem, isso talvez não seja possível, ponderou Papai. Levarão um refém e só o soltarão quando souberem que estão em segurança. Quem é o refém? perguntou Whitman. Eu, respondeu Papai. Compreendo, fez o promotor. E por que o negro pensa que é capaz de defender sozinho o prédio? Bem, estará fora do campo de visão de quem olhe pela clarabóia e pelas janelas, com as mãos na caixa de dinamite. Isto resolve o caso, na minha opinião.

Naquele momento, Papai talvez nutrisse a esperança de, após sua liberação, conduzir as autoridades até o refúgio dos criminosos. E pensou que sem Coalhouse lhes faltaria o ânimo e a inteligência para continuar a desafiar a lei. Eram anarquistas, assassinos e incendiários, mas não os temia. Conhecia-lhes o tipo e era melhor que qualquer deles. Do Irmão Mais Novo sentia-se tão alienado, que naquele instante experimentou apenas alegria à idéia de ser responsável pela sua captura.

Whitman fixava o espaço. Está bem, falou. Está bem. Se esperarmos até escurecer, talvez ninguém perceba o que estamos fazendo. Pelo Sr. Morgan, sua maldita Bíblia de

Gutenberg e a maldita carta de cinco páginas, assinada por George Washington.

E assim foram encerradas as negociações.

39

Vários telefonemas para o pessoal da Ford resultaram, às oito da manhã, no aparecimento de um caminhão trazendo todas as partes sobressalentes de um Modelo T. A Pantasote Company entregou uma capota. Auxiliares de Morgan concordaram em que as contas fossem todas pagas por ele. Enquanto a multidão observava da esquina, o Chefe de Bombeiros Conklin, sob a orientação de dois mecânicos, desmantelou peça por peça o Ford e construiu um novo a partir do chassi. Uma talha foi utilizada para içar o motor. Suando, resmungando e às vezes chorando, Conklin executou o trabalho. Novos pneus substituíram os velhos, novos pára-choques, novo radiador, magneto, portas, estribos, pára-brisas, faróis e bancos acolchoados. Às cinco da tarde, com o sol ainda brilhando no céu de Nova York, um reluzente Ford Modelo T preto, com capota pantográfica, encontrava-se encostado ao meio-fio.

No decorrer do dia, os companheiros de Coalhouse fizeram apelos para que ele mudasse de idéia. Seus argumentos tornaram-se cada vez mais absurdos. Eles eram uma nação, afirmavam. Coalhouse mostrou-se paciente. Era óbvio que não saberiam o que fazer sem ele. Encaravam sua decisão como suicida e sentiam-se melancólicos diante do abandono. No final da tarde, a Biblioteca estava mergulhada em penumbra. Os rapazes observavam pelas janelas, agitados, o automóvel no qual Coalhouse fizera a corte a Sarah, reaparecer junto à calçada.

O próprio Coalhouse nem uma só vez chegou à janela para olhar. Sentado à escrivaninha de Pierpont Morgan, na Sala Oeste, compunha seu testamento.

O Irmão Mais Novo se afastara, silencioso e amargo. Papai, fechado na Biblioteca como refém oficial, queria conversar com ele. Pensava no que diria a Mamãe. Só quando escureceu e a hora da partida se aproximava conseguiu confrontá-lo. Talvez fosse a última conversa particular entre os dois.

O rapaz estava no lavatório para além do hall de entrada, tirando do rosto a rolha queimada. Olhou para Papai através do espelho. Nada exijo para mim, disse Papai. Mas não acha que sua irmã merece uma explicação? Se ela pensar a meu respeito terá a explicação, disse o Irmão Mais Novo. Não poderia transmiti-la por seu intermédio. Você é um homem cheio de complacência, sem qualquer noção da história. Paga mal aos seus empregados e é insensível às necessidades deles. Compreendo, disse Papai. O fato de se considerar um cavalheiro em todas as suas atitudes é uma auto-ilusão de todos aqueles que oprimem a humanidade. Você viveu sob o meu teto e trabalhou na minha firma, disse Papai. Sua generosidade era aquilo de que podia dispor, replicou o Irmão Mais Novo. Além disso, acrescentou, paguei a dívida, conforme descobrirá. O Irmão Mais Novo lavou o rosto com sabão e água quente, usando gestos vigorosos, cabeça inclinada sobre a pia. Enxugou-se com uma toalha onde se viam bordadas as iniciais JPM. Atirando a toalha ao chão, vestiu a camisa, procurou nos bolsos as abotoaduras, os botões, ajustou o colarinho, deu nó à gravata e levantou os suspensórios. Viajou por toda parte e nada aprendeu, disse. Acha que é um crime entrar neste 255 prédio que pertence a outro homem e ameaçar-lhe a propriedade. Na verdade isto é o ninho de um abutre. O covil do chacal. Vestiu o casaco, passou as palmas das mãos sobre a cabeça raspada, ajustou o chapéu e mirou-se no espelho. Adeus, falou. Nunca mais me verá. Pode dizer à minha irmã que estará sempre nos meus pensamentos. Fixou o chão por um instante, pigarreando. Pode dizer a ela que sempre a amei e admirei.

O grupo reuniu-se no hall de entrada. Vestiam o uniforme Coalhouse – terno, gravata e chapéu-coco. Coalhouse recomendou que baixassem a aba do chapéu e voltassem para cima a gola do casaco, a fim de não serem identificados. Seu salvo-conduto era o Modelo T. Explicou-lhes como ligar o motor, acelerar e acionar a manivela. Telefonarão quando estiverem livres, falou. E eu não vou? Perguntou Papai. Ele é o refém, disse Coalhouse, indicando o Irmão Mais Moço. Todos os brancos se parecem. Riram, Coalhouse abraçou um por um diante das grandes portas de bronze. Ao Irmão Mais Novo abraçou com o mesmo fervor que aos outros. Consultou o relógio de algibeira. Naquele momento, os holofotes se apagaram na rua. Assumiu seu posto na alcova ao fundo do hall, montado no banco de mármore branco, as mãos sobre o detonador. Há folga na manivela até meia altura, gritou-lhe o Irmão Mais Novo. Está bem, respondeu Coalhouse. Agora, vão. Um dos rapazes abriu as portas e, sem mais cerimônias, saíram. As portas tornaram a fechar-se. Tranque-as, por favor, ordenou Coalhouse. Papai obedeceu, aplicando o ouvido à porta. Tudo o que escutou foi sua própria respiração alterada pelo medo. E, depois do que lhe pareceu um intervalo insuportavelmente longo, no qual quase todas as suas esperanças de permanecer com vida se desfizeram, escutou a

tosse e explosão sibilante do motor do Modelo T. Instantes

depois, ele ouviu o carro se afastar, fazendo um ruído oco ao ultrapassar as tábuas colocadas sobre a cratera. Correu para os fundos do hall. Eles se foram, disse a Coalhouse Walker Jr. O negro mantinha as mãos pousadas na alavanca da caixa. Papai sentou-se no chão, costas apoiadas na parede de mármore. Erguendo os joelhos, pousou neles a cabeça. Assim permaneceram sem se mover, nem um, nem outro. Após algum tempo, Coalhouse pediu a Papai que falasse a respeito de seu filho. Queria saber se já caminhava, se tinha bom apetite, se já pronunciava alguma palavra, todos os detalhes que lhe ocorressem.

Parte IV

40

Cerca de duas horas mais tarde, Coalhouse Walker Jr. desceu as escadas da Biblioteca de braços erguidos, rumando em direção à casa de pedra, do outro lado da 36th Street, de acordo com o estabelecido nas negociações. A rua fora desimpedida de curiosos. Voltado para ele, na calçada oposta, encontrava-se um pelotão de policiais de Nova York, armados com carabinas. Em linha, de uma calçada à outra, estavam os soldados da polícia montada, voltados uns para os outros a uma distância de 15 metros, cavalos lado a lado, formando uma espécie de corredor. Coalhouse não era visível a quem quer que olhasse das esquinas da Madison Avenue ou, mais distante, da Park Avenue. Os geradores faziam um barulho de assustar. Na rua muito iluminada, o negro, segundo a polícia, fez uma tentativa de evadir-se. O mais provável é que soubesse que lhe bastava voltar a cabeça bruscamente, baixar os braços ou sorrir para acabar com a vida. No interior da Biblioteca, Papai ouviu os disparos coordenados de um pelotão de fuzilamento. Gritou. Correu à janela. O corpo era atirado pela rua numa seqüência de posições, como se tentasse enxugar o próprio sangue. Os policiais atiravam à vontade. Os cavalos relincharam e empinaram.

No esconderijo do Harlem, o grupo de Coalhouse percebia quais seriam as conseqüências. Estavam todos presentes, exceto o homem a quem haviam seguido. Mal conseguiam falar. Todos, exceto o Irmão Mais Novo, permaneceriam em Nova York. O Modelo T foi escondido num beco próximo. Supunham que estivesse marcado. Já que o Irmão Mais Novo queria sair da cidade ofereceram-lhe o carro. Dirigiu-o naquela noite até o cais da 125th Street e tomou a barca para Nova Jersey, rumando depois para o sul. Aparentemente possuía algum dinheiro, embora não se soubesse como ou onde o conseguira. Seguiu para Filadélfia. Dali para Baltimore. Enveredou pelo campo, onde os negros retesavam o corpo nas plantações para vê-lo passar. Seu carro deixava uma trilha de poeira no céu. Atravessou cidadezinhas da Georgia, onde à pouca sombra das árvores das praças os moradores falavam em enforcar o judeu Leo Frank pelo que fizera a uma cristã de 14 anos, Mary Phagan. E cuspiam no chão. O Irmão Mais Novo apostou corrida com trens de carga e dirigiu o carro na penumbra fresca de pontes cobertas. Não consultava mapas. Dormia nos campos. Dirigia de posto de gasolina a posto de gasolina. Recolheu no assento traseiro do carro uma diversidade de ferramentas, câmaras de ar, latas de gasolina, latas de óleo, torqueses, arame e peças de motor. Continuou em frente. As árvores tornaram-se mais escassas e eventualmente desapareceram. Surgiram rochedos e artemísias. Belos ocasos atraíram-no para vales de solo endurecido e rachado pelo sol. Quando o Ford enguiçou e ele não conseguiu consertá-lo, foi empurrado por crianças sentadas em carroças puxadas por mulas.

Em Taos, Novo México, chegou a uma comunidade de boêmios que pintavam paisagens do deserto e usavam serapes.* Eram de Greenwich Village, Nova York. Sentiram-se atraídos por seu estado de exaustão. Mostrou-se

---

*Espécie de pala usada pelos mexicanos. (N. do E.)

profundamente macambúzio, mesmo quando bebia. No local abasteceu-se para vários dias e teve um rápido caso com uma mulher mais velha.

A essa altura, seus ralos cabelos já tinham comprimento suficiente para cair lisos na cabeça. Deixou crescer a barba loura. Sua pele clara descascava constantemente e ele franzia as pálpebras devido ao sol. Entrou no Texas. Tinha as roupas desgastadas. Vestiu macacão, mocassins e manta indiana. Na cidade fronteiriça a Presídio, vendeu o Ford ao dono de uma mercearia e, levando apenas a bolsa de água que pendurara na tampa do radiador para o deserto, vadeou o Rio Grande até Ojinaga, México. A cidade fora sucessivamente ocupada por tropas federais e rebeldes. As casas de tijolo cru não tinham teto. Havia buracos nas paredes da igreja feitos pelos tiros de canhão. Os moradores viviam encerrados nas paredes de seus pátios. As ruas eram de terra branca. Ali estava alojada parte das forças da Divisão Norte de Francisco Villa. Aderiu a elas e foi aceito como *compañero*.

Quando Villa marchou para o sul, em direção a Torreón, percorrendo 300 quilômetros destruídos da ferrovia central, o Irmão Mais Novo se encontrava na multidão. Atravessaram o grande deserto mexicano coberto de cactos e iúcas. Acamparam em ranchos e no frescor das abadias acasteladas fumaram *macuche* envolto em palha de milho. A comida era pouca. Mulheres envoltas em xales escuros carregavam jarros de água na cabeça.

Após a vitória de Torreón, o Irmão Mais Novo passou a usar cartucheiras em cruz sobre o peito. Era um *villista*, mas sonhava seguir adiante em busca de Zapata. O exército viajava no teto dos vagões de carga. Com os soldados seguiam as famílias. Viviam no teto dos trens, com armas, colchões e cestas com alimento. Havia prostitutas e bebês de colo. Viajavam pelo deserto com as cinzas e a fumaça da locomotiva irritando-lhes os olhos e fazendo arder a garganta. Abriam guarda-chuvas para se proteger do sol.

Houve uma reunião dos chefes rebeldes das várias regiões na Cidade do México. Era mais um daqueles momentos em que a revolução precisava ser definida. Quando o desprezado tirano Díaz foi deposto, um reformador, Madero, assumiu o poder. Madero foi vencido por um certo general Huerta, um asteca. Huerta desapareceu, e um moderado, Carranza, tentou assumir o poder. A capital fervilhava de facções que se multiplicavam, burocratas ladrões, homens de negócios estrangeiros e espiões. Nesse caos penetrou o exército camponês de Zapata, vindo do sul. A cidade emudeceu com sua chegada. Tinham fama de tão ferozes, que os mexicanos das cidades temiam-nos. O Irmão Mais Novo permaneceu tranqüilo com os *villistas*, vendo-os passar a cavalo. Então os mexicanos puseram-se a rir. Os temíveis guerreiros do sul não sabiam falar corretamente. Muitos não passavam de crianças, arregalando os olhos ao verem o palácio de Chapultepec. Vestiam-se de andrajos. Não caminhavam pelas calçadas do Paseo de la Reforma, avenida de mansões, árvores e restaurantes ao ar livre, e sim pela rua, entre o esterco dos cavalos. Os bondes elétricos da cidade assustavam-nos. Disparavam contra carros de bombeiros. E o grande Zapata, ele próprio, posando para fotos no palácio, deixou que Villa se sentasse na cadeira do Presidente.

Os *campesinos* do sul não gostaram nem da Cidade do México, nem da revolução dos moderados. Quando partiram, o Irmão Mais Novo seguiu com eles. Nunca revelara aos oficiais de Villa seus conhecimentos especializados, mas a Emiliano Zapata disse: Sei fazer bombas e consertar revólveres e rifles. Sei explodir coisas. No deserto, foi realizada uma demonstração. O Irmão Mais Novo encheu quatro cabaças com a areia que pisava. Acrescentou pitadas de um pó negro. Enrolou casca de milho, transformando-a em rastilhos. Ateou fogo e metodicamente lançou as cabaças aos quatro pontos cardeais. As explosões abriram no deserto crateras com três metros de diâmetro. No decorrer do ano seguinte, o Irmão Mais Novo conduziu grupos de guerrilheiros a campos de petróleo, metalúrgicas e guarnições federais. Era respeitado pelos zapatistas, mas também considerado um temerário. Numa de suas incursões explosivas comprometeu a audição. Eventualmente ensurdeceu. Via suas explosões, mas não as ouvia. Esguias estradas de ferro das montanhas desabavam silenciosas em profundas gargantas. Fábricas de telhado de zinco desmoronavam na poeira branca. Não conhecemos exatamente as circunstâncias de sua morte, mas parece que ocorreu numa escaramuça com as tropas do governo, próximo à fazenda de Chinameca, em Morelos, o mesmo lugar onde, anos mais tarde, o próprio Zapata morreu baleado numa emboscada.

A essa altura o presidente dos Estados Unidos era Woodrow Wilson, naturalmente. Fora eleito pelo povo por suas qualidades de combatente. Teddy Roosevelt não possuía o instinto do povo. Acusou Wilson de achar a guerra abominável. Atribuía-lhe a boca contraída e abdicante de quem comeu peixe com espinhas. Mas o novo presidente treinava os fuzileiros navais, mandando-os desembarcar em Vera Cruz. Treinava o exército enviando-o além-fronteira, à caça de Pancho Villa. Usava óculos sem aros e defendia pontos de vista morais. Quando a Grande Guerra eclodiu, brandiu-a com a fúria dos afrontados. Nem o filho de Theodore Roosevelt, Quentin, que morreria numa batalha aérea sobre a França, nem o velho Bull Moose, que morreria de desgosto pouco depois, sobreviveriam ao horror que Wilson tinha da guerra.

Sinais da iminente conflagração eram visíveis por toda parte. Na Europa, o Palácio da Paz foi aberto em Haia e 42 nações enviaram representantes às cerimônias. Um congresso de socialistas decidiu em Viena que a classe operária internacional nunca mais combateria nas lutas dos poderes imperialistas. Os pintores, em Paris, pintavam retratos com dois olhos do mesmo lado da cabeça. Um professor judeu de Zurique publicou um estudo provando que o universo é curvo. Nada disso escapou a Pierpont Morgan. Desembarcando em Cherburgo, o incidente do negro louco da Biblioteca totalmente esquecido, percorreu como de hábito o continente, passando de país a país no seu trem particular, jantando com banqueiros, *premiers* e soberanos. Nesse último grupo observou uma marcante deterioração mental. Quando as famílias reais não eram melancólicas, eram histéricas. Deixavam cair copos de vinho, gaguejavam, ou gritavam com os criados. Ele observava. Convenceu-se de que eram obsoletos. Eram todos parentes consangüíneos. Vinham-se casando há tantos séculos, que geravam em si mesmos apenas as qualidades, ignorância e idiotices que menos se poderiam permitir. Nos funerais de Eduardo VII, em Londres, empurraram-se e acotovelaram-se como crianças para obter lugar no cortejo.

Morgan seguiu para Roma, ocupando o pavimento costumeiro no Grand Hotel. Rapidamente a bandeja de prata do mordomo encheu-se de cartões. Durante semanas Morgan recebeu condes, duques e outros aristocratas. Chegavam trazendo peças que estavam na família há gerações. Alguns haviam empobrecido, outros queriam apenas converter em dinheiro os seus bens. Mas todos pareciam desejosos de abandonar a Europa o mais rápido possível.

Morgan, sentado numa cadeira de espaldar reto, mãos cruzadas sobre a bengala entre os joelhos, examinava telas, majólica, porcelana, faiança, bronzes, baixos-relevos e missais, acenando afirmativa ou negativamente. Aos poucos, as salas foram-se enchendo de objetos. Ofereceram-lhe um belo crucifixo de ouro que, desmontado, transformava-se num estilete. Fez que sim. Pelo saguão do hotel e portas afora estendia-se uma fileira de aristocratas, vestindo casacos leves, cartolas, polainas e bengalas. Carregavam embrulhos de papel pardo. Alguns dos mais arrebatados ofereciam a esposa ou as filhas, belas mulheres de epiderme pálida e olhos melancólicos. Rapazes delicados. Um indivíduo conduzia gêmeos, um menino e uma menina, vestindo veludo cinza e renda. Despiu-os, fazendo-os girar em todas as direções.

Morgan permaneceu na Europa até receber de seus agentes o aviso de que o vapor destinado a subir o Nilo aguardava em Alexandria, abastecido e pronto para navegar. Antes de partir tentou pela última vez persuadir Henry Ford a ir ao Egito. Redigiu um longo telegrama. Ford respondeu que não podia afastar-se do Michigan porque ingressara num estágio muito delicado das negociações com um inventor capaz de acionar um motor de automóvel com uma pílula verde. Morgan ordenou que lhe arrumassem as malas. Depois de dar instruções relativas ao condicionamento e embarque de suas aquisições, partiu. Era outono. Chegando a Alexandria encontrou seu vapor, embarcação a remo feita de aço e, sem enviar-lhe mais que um olhar, do cais, entrou a bordo e deu ao capitão ordem de partida.

Era intenção de Morgan, no Egito, descer o Nilo e escolher um local para a sua pirâmide. Guardava no cofre de bordo os planos para a estrutura secretamente elaborada pela firma de McKin and White. Esperava que, com as modernas técnicas de construção, o uso de pedras pré-moldadas, escavadeiras a vapor, guindastes etc. fosse possível erguer uma pirâmide em menos de três anos. A perspectiva emocionava-o como nunca se emocionara na vida. Haveria uma Falsa Câmara Real, assim como a Verdadeira Câmara Real, uma Sala do Tesouro inexpugnável, uma Grande Galeria, um Corredor Descendente e um Corredor Ascendente. E haveria uma passarela dando para as margens do Nilo.

Sua primeira escala foi Gizé. Queria sentir antecipadamente as energias eternas que se demonstrariam ao morrer e levantou-se aos primeiros raios do sol, a fim de ressuscitar. Quando o vapor atracou era noite e ele viu do convés de estibordo a pirâmide delineada contra o céu estrelado. Descendo a rampa foi recebido por vários homens de Albornoz árabe. Instalou-se no lombo de um camelo e, assim à maneira antiga, foi içado para a face norte, até a entrada da Grande Pirâmide. Contrariando os conselhos de todos, havia decidido passar a noite no interior. Esperava descobrir, se possível, a disposição de Osíris com respeito ao seu *ka*, ou alma, e a seu *ba*, ou vitalidade física. Acompanhou os guias pelo corredor de entrada. A luz de uma tocha lançava grandes sombras móveis nas paredes de blocos de pedra e no teto. Após muitas voltas e desvios, corredores de difícil acesso, exigindo várias vezes que ele se arrastasse sobre mãos e joelhos para esgueirar-se por uma abertura, encontrou-se no âmago da pirâmide. Pagou aos guias a metade do preço combinado a fim de que viessem buscá-lo para obter o restante; e, aceitando-lhes os votos de uma boa noite, foi subitamente deixado sozinho na câmara escura, iluminada apenas pelo escasso brilho de uma ou duas estrelas que espiavam pelo estreito poço de arejamento.

Morgan não quis dormir naquela noite. Estava na Câmara Real, há muito desprovida de seu mobiliário. A terra era tão úmida que seu frio atravessava a manta de lã que trouxera para se sentar. Possuía a sua caixa de ouro monogramada com fósforos de segurança, mas recusava-se, por uma questão de princípio, a acendê-los. E nem se utilizou do frasco de brandy. Escutava nas trevas, fixando as sombras, à espera de quaisquer sinais que Osíris se designasse enviar-lhe. Após algumas horas cochilou. Sonhou com uma antiga vida na qual agachava-se em bazares, vendedor ambulante trocando pragas bem-humoradas com os dragomanos. O sonho perturbou-o tanto que acordou. Percebeu que algo caminhava sobre seu corpo. Levantou-se. Sentia coceira por toda parte. Decidiu acender um fósforo. À sua fraca luz viu, sobre a manta, o contorno inconfundível de um percevejo em sua companhia. Depois que o fósforo se extinguiu, continuou de pé. Pôs-se então a andar de um lado para outro, braço estendido para não colidir com as paredes de pedra. Caminhou de oeste para leste, de norte para sul, embora não soubesse distinguir um ponto do outro. Decidiu que em tais circunstâncias é preciso fazer uma distinção entre sinais falsos e autênticos. O sonho do vendedor ambulante no bazar era falso. Os percevejos eram falsos. Sinal verdadeiro seria a visão gloriosa de passarinhos vermelhos com cabeças humanas, voando preguiçosamente pela câmara, iluminando-a com sua incandescência. Seriam os pássaros *ba*, que vira representados nos murais egípcios. Mas, com o passar da noite, os pássaros *ba* recusaram-se a se concretizar. Casualmente, notou pelo estreito respiradouro que as estrelas empalideciam e a curva do céu noturno tornava-se acinzentada. Tomou um gole de brandy. Tinha os membros enrijecidos, as costas doloridas e pegara um resfriado.

Os auxiliares de Morgan surgiram com os guias árabes e ele foi transportado de volta ao mundo exterior. Surpreendentemente, a manhã já ia avançada. Foi colocado no seu camelo e conduzido a passos lentos para longe da pirâmide. O céu era de um azul brilhante e a rocha da pirâmide, rosada. Ao passar pela grande Esfinge voltou a cabeça e viu homens cobrindo-a por todos os lados, como vermes. Contornavam as garras e sentavam-se nas depressões do rosto, penduravam-se nos ombros e acenavam das alturas da cabeça. Morgan estremeceu. Os profanadores vestiam roupas de beisebol. No chão, os fotógrafos, junto aos seus tripés, escondiam a cabeça sob um pano negro. Em nome de Deus, que é que está acontecendo? Perguntou Morgan. Os guias haviam parado e gritavam para outros árabes e cameleiros. Havia grande agitação. Um auxiliar de Morgan aproximou-se, explicando que se tratava de um time de beisebol, os Giants de Nova York, que vencera o campeonato e realizava uma excursão pelo mundo. Campeonato? Repetiu Morgan. Campeonato? Correndo na sua direção viu um homem atarracado e feio, vestindo calças listradas até os joelhos e camiseta de malha. Estendeu a mão. Tinha um absurdo boné pousado na cabeça. Uma ponta de charuto projetava-se da boca. Seus sapatos com chapinhas despertavam ecos nas velhas pedras. O gerente, Sr. McGraw, quer apresentar-lhe seus respeitos, disse um auxiliar de Morgan. Sem uma palavra o velho bateu com os calcanhares no lombo do camelo e, atropelando o guia árabe, fugiu para o navio.

Pouco depois dessa aventura, Pierpont Morgan sofreu um súbito declínio na saúde. Exigiu que o levassem de volta a Roma. Mas não estava nada satisfeito, concluindo que seu abatimento físico era o sinal que vinha esperando. Era tão urgentemente necessária sua nova presença na terra, que estava isento dos costumeiros rituais de sepultamento. Membros da família foram ao seu encontro em Roma. Não fiquem tristes, falou. A guerra acelera tudo. Não compreenderam o que ele queria dizer. Encontravam-se à sua cabeceira quando morreu, não sem expectativa, com a idade de 76 anos.

Foi pouco depois do falecimento de Morgan que o Arquiduque Francisco Ferdinando entrou na cidade de Sarajevo, capital da Bósnia, para inspecionar as tropas que ali se encontravam. Com ele estava sua mulher, a Condessa Sophia. O arquiduque segurava o capacete emplumado na curva do braço. Súbito, ouviu-se um estrondo, seguido de muita fumaça e gritaria. O Arquiduque Francisco Ferdinando e a Condessa Sophia viram-se cobertos de caliça. O pó revestia-lhes o rosto, penetrava-lhes a boca e os olhos e sujava-lhes as roupas. Alguém atirara uma bomba. O prefeito estava abismado. O arquiduque, furioso. O dia está estragado, declarou. E, encerrando as cerimônias, deu ordens ao motorista para sair de Sarajevo. Encontravam-se num Daimler de passeio. O motorista, percorrendo as ruas, enveredou numa direção errada. Parou, fez marcha à ré e voltou-se, preparando-se para recuar. Entretanto, o carro se detivera ao lado de um jovem patriota sérvio, que pertencia ao grupo que tentara matar o arquiduque com uma bomba e desistira de conseguir outra oportunidade. O patriota saltou no estribo do carro de passeio, apontou a pistola para o duque e puxou o gatilho. Ouviram-se disparos. A Condessa Sophia caiu entre os joelhos do marido. O sangue jorrava do pescoço do arquiduque. As plumas verdes do capacete tornaram-se negras de sangue. Soldados agarraram o assassino e o atiraram ao solo, arrastando-o para a prisão.

Em Nova York, os jornais publicaram a notícia como um daqueles atos de violência peculiares aos Bálcãs. Poucos americanos teriam qualquer sentimento especial de simpatia pelo trono austro-húngaro. O mágico Harry Houdini, porém, ao ler o jornal durante o café-da-manhã, sentiu o choque de quem recebe a notícia da morte de um conhecido. Imagine, disse consigo mesmo. Imagine só. Recordou o sombrio e fleumático duque fixando-o sob a coifa de cabelos cortados à escovinha. Parecia-lhe assustador que alguém personificando o poder e a pompa de todo um império fosse tão facilmente liquidado.

Houdini tinha um compromisso, naquele mesmo dia, para executar uma das suas espetaculares proezas ao ar livre. Foi incapaz, portanto, de refletir sobre a morte do arquiduque com a amplitude com que o faria em outras circunstâncias. Saindo de casa, chamou um táxi e seguiu para Times Square. Hora e meia depois, observado por milhares de pessoas, foi colocado numa camisa-de-força, atado pelos tornozelos a um cabo de aço e erguido de cabeça para baixo até meia altura da Times Tower. A cada volta do guincho colocado no telhado, ele subia alguns palmos, oscilando ao vento. A multidão aplaudia. Era um dia quente e o céu estava azul. Quanto mais subia, mais distantes ficavam os ruídos da rua. Viu seu nome de cabeça para baixo nos cartazes do Palace Theatre, cinco quarteirões ao norte. Automóveis buzinavam e bondes se aglomeravam em Times Square, enquanto os motoristas paravam para ver o espetáculo. Policiais a cavalo apitavam. Tudo parecia invertido – os automóveis, as pessoas, as calçadas, a polícia montada, os prédios. O céu estava a seus pés. Houdini subiu acima do placar de beisebol preso à parede lateral do prédio. Inspirou fundo, encontrando a tranqüilidade no perigo conseguida à custa de anos de disciplina física. Dera instruções aos seus assistentes no sentido de içarem-no até

aproximadamente 12 andares acima da rua, bastante

elevado, mas podendo ser visto com nitidez. Seu plano era livrar-se da camisa-de-força, atirá-la longe, erguer o corpo como um acrobata e agarrar o cabo preso à corrente que lhe atava os tornozelos. Ficaria então de pé, apoiado na curva do grande gancho, acenando para a multidão ao descer. Ultimamente vinha se sentindo melhor. A dor pela perda da mãe, o temor de perder o público, a suspeita de que sua vida não tinha importância e suas proezas eram ridículas, todo esse peso de preocupações diárias parecia-lhe mais fácil de suportar. Atribuía isso à sua nova atividade: desmascarar as fraudes espiritistas onde as encontrasse. Impelido pelo amor de sua santa mãe, interrompera sessões, revelando os truques primários dos médiuns e exibindo para desprezo do público os ardis e expedientes que os charlatães usavam para iludir os crédulos. Em cada espetáculo oferecia dez mil dólares ao médium que apresentasse uma manifestação que ele, Houdini, não conseguisse repetir, utilizando-se de recursos mecânicos. A imprensa e o público adoraram aquele novo elemento do seu trabalho, embora acidental. Era como se, agora que a mãe morrera, o céu precisasse ser defendido. Lutando, julgava que em breve começaria a distinguir as fronteiras da região onde ela habitava. Seus detetives particulares visitavam salões de ocultismo de todas as cidades onde ele dava espetáculo. Ele próprio comparecia às sessões disfarçado como uma viúva grisalha, o rosto oculto por um véu. Acendia uma lanterna portátil, iluminando o fio que fazia levitar a mesa. Arrebatava o manto da vitrola oculta. Recolhia do ar as trombetas e agarrava pelo colarinho cúmplices escondidos por detrás de cortinas. Em seguida levantava-se e, atirando dramaticamente ao chão a peruca, anunciava quem era. E acumulava processos às dezenas.

Houdini percebeu que fora içado à altura determinada. O vento era ali um pouco mais forte. Sentiu que girava. Encarou as janelas da Times Tower, depois o espaço desimpedido sobre a Broadway e a Sétima Avenida. Ei, Houdini, gritou alguém. O vento voltou o mágico para o prédio. Um homem ria para ele de cabeça para baixo, de uma janela do décimo segundo andar. Ei, Houdini, foda-se, gritou. O mesmo para você, Jack, replicou o mágico. Era capaz de livrar-se de uma camisa-de-força em menos de um minuto, mas se o fizesse depressa demais o povo não acreditaria na sua autenticidade. Assim, demorou-se, dando a impressão de se debater. Ouvia as exclamações subindo da rua, enquanto ele fazia o cabo movimentar-se e rodopiar. Em breve, toda a parte superior do corpo, inclusive a cabeça, estava emaranhada. No interior do espesso tecido da camisa-de-força não havia claridade. Descansou por um instante. Estava de cabeça para baixo sobre a Broadway, em 1914, ano em que o Arquiduque Francisco Ferdinando fora assassinado. Naquele momento, uma imagem estampou-se na mente de Houdini: um meninozinho mirando-lhe no brilhante farol de um automóvel.

Obtivemos o relato desse estranho acontecimento graças aos escritos particulares e inéditos do mágico. A carreira de Harry Houdini no show-business inclinava-o ao exagero, de modo que não devemos renunciar a nosso próprio juízo ao considerar sua afirmativa de que se tratou da única experiência mística de sua vida. Seja como for, os arquivos da família contêm um cartão de visita do Sr. Houdini, datado de uma semana depois. Não havia ninguém em casa para recebê-lo. A família, à essa altura, entrara em período de dissolução. Mamãe, o filho e a criança negra, que recebera ao batismo o nome de Howe Coalhouse

Walker III, seguiam para o norte do estado num Packard

de passeio, Mamãe ao volante. Iam visitar as cavernas Howe e seu destino extremo naquele verão era a costa do Maine, em Prout's Neck, onde o pintor Winslow Homer vivera seus últimos anos. Mamãe e Papai falavam-se friamente. A morte do Irmão Mais Novo, no México, constituíra o impulso final para a contínua separação. Vovô não sobrevivera ao inverno, passando a residir no cemitério existente por detrás da Primeira Igreja Congregacional da North Avenue, em New Rochelle. Papai estava em Washington, D.C. Encontrara, ao voltar para a fábrica de bandeiras e fogos de artifício, uma gaveta cheia de planos representando o pagamento da dívida a que se referira o Irmão Mais Novo, de maneira enigmática, na sua última conversa no recinto da Biblioteca Morgan. No ano e meio anterior à sua imigração, inventara 17 dispositivos bélicos, alguns tão avançados que só foram usados pelo Estados Unidos na Segunda Guerra Mundial. Incluíam um lançador de granadas sem recuo, mina de baixa-pressão, cargas submarinas dirigidas por sonar, um fuzil peso-pluma, uma granada *shrapnel*, nitroglicerina em pasta e lança-chamas portátil. A fim de negociar a adoção de algumas dessas armas, Papai viajou para Washington e tornou-se figura conhecida entre os oficiais de alto escalão do Exército e da Marinha dos Estados Unidos. Entre testes de protótipos, negociações de contrato de venda, conferências nas salas do Congresso e diversos e dispendiosos processos de influência, inclusive almoços, jantares e diversões de fins de semana, Papai foi obrigado a reservar apartamento no Hay Adams Hotel. Sua reação à infelicidade pessoal foi atirar-se mais ativamente ainda ao trabalho. Com a eclosão da Grande Guerra na Europa, foi dos que temiam a falta de espírito combativo de Woodrow Wilson, declarando-se francamente a favor do estado de guerra antes que este se tornasse a opinião oficial do governo. Outros governos manifestaram grande interesse pelas obras malignas do genial Irmão Mais Novo e, seguindo a orientação de conselheiros do Departamento de Estado, Papai inclinou-se a reconhecer algumas às expensas de outras. Com os alemães mostrou-se grosseiro, com os ingleses cordial e conciliatório nos termos. Antecipava a inclinação final das simpatias americanas para os Aliados, o que de fato ocorreu em 1917, mas que começou a ser inevitável já em 1915, quando o navio de passageiros *Lusitania* foi torpedeado por um submarino a sudoeste da costa da Irlanda. O *Lusitania,* registrado como navio mercante armado, transportava secretamente, nos porões, uma óbvia carga de material de guerra volátil. Mil e duzentos homens, mulheres e crianças, muitos dos quais americanos, perderam a vida, entre eles Papai, que seguia para Londres com as primeiras remessas, para o Ministério da Guerra e para o Almirantado, de granadas, cargas submarinas e nitroglicerina em pasta, o que sem dúvida contribuiu para as monstruosas detonações ocorridas no navio antes de seu brusco afundamento.

Pobre Papai. Imagino sua última exploração. Chega ao novo local de cabelos arrepiados de surpresa, boca e olhos arregalados. Seu pé levanta uma leve tempestade de areia. Inclina-se para a frente, braços abertos numa pantomima de festejo, o imigrante, como em cada momento de sua vida, chegando eternamente às plagas do seu Eu.

Mamãe usou luto durante um ano. Ao final desse período, Tateh, depois de certificar-se de que sua mulher havia morrido, pediu-a em casamento. E disse: Não sou barão, é claro. Sou um socialista judeu, da Latvia. Mamãe aceitou-o sem hesitar. Adorava-o e adorava estar com ele. Cada qual apreciava no outro determinados traços de temperamento.

Casaram-se em cerimônia civil diante de um juiz de Nova

York. Sentiam-se bem-aventurados. Sua união foi feliz, embora sem filhos. Tateh ganhou muito dinheiro produzindo seriados conclamando à preparação para a guerra: *Slade of the Secret Service* e *Shadows of the U-Boat*. Mas seu grande sucesso estava por vir. A família encontrou inquilinos para a casa de New Rochelle e mudou-se para a Califórnia, onde passou a morar numa ampla residência branca, de janelas em arco e telhas cor-de-laranja. Havia palmeiras ao longo da alameda e canteiros de flores de um vermelho-vivo no jardim. Certa manhã, Tateh, espiando pela janela do estúdio, viu as três crianças sentadas no gramado. Atrás delas, na calçada, um triciclo. Conversavam e tomavam sol. Sua filha, cabelos negros, o enteado de cabelos curtos, por quem era legalmente responsável e a criança negra. Súbito, ocorreu-lhe uma idéia para um filme. Um bando de crianças amigas, brancas negras, gordas magras, ricas pobres, de todos os tipos, diabretes travessos que viveriam engraçadas aventuras em seu bairro, uma sociedade de maltrapilhos como todos nós, uma gangue, envolvendo-se em encrencas e delas se livrando. Na verdade, desta visão resultou não um filme, mas vários. E a essa altura, a era do ragtime esgotara-se com o pesado arquejar da máquina, como se a história não passasse de uma canção tocada numa pianola. Lutamos e vencemos a guerra. A anarquista Emma Goldman foi deportada. A bela e apaixonada Evelyn Nesbit perdeu sua beleza e caiu no anonimato. E Harry K. Thaw, liberado do asilo para doentes mentais, marchava anualmente em Newport, na parada do Dia do Armistício.

fim

Você pode adquirir os títulos da BestBolso por Reembolso Postal e se cadastrar para receber nossos informativos de lançamentos e promoções. Entre em contato conosco:

mdireto@record.com.br

Tel.: (21) 2585-2002
(de segunda a sexta-feira, das 8h30 às 18h)
Caixa Postal 23.052
Rio de Janeiro, RJ
CEP 20922-970
Válido somente no Brasil.

www.record.com.br

EDIÇÕES BESTBOLSO

Lançamentos

1. *Baudolino*, Umberto Eco
2. *O jogo das contas de vidro*, Hermann Hesse
3. *O diário de Anne Frank*, Otto H. Frank e Mirjam Pressler
4. *O negociador*, Frederick Forsyth
5. *Fim de caso*, Graham Greene
6. *Coma*, Robin Cook
7. *Ramsés – O filho da luz*, Christian Jacq
8. *A pérola*, John Steinbeck
9. *A queda*, Albert Camus
10. *Bom dia, tristeza*, Françoise Sagan
11. *O Gattopardo*, Tomasi di Lampedusa
12. *Spartacus*, Howard Fast
13. *O amante de Lady Chatterley*, D. H. Lawrence
14. *O diário roubado*, Régine Deforges
15. *O evangelho segundo o Filho*, Norman Mailer
16. *Amor e lixo*, Ivan Klíma
17. *Medo de voar*, Erica Jong
18. *Ragtime*, E. L. Doctorow
19. *Prelúdio de sangue*, Jean Plaidy
20. *O poderoso chefão*, Mario Puzo
21. *A grande travessia*, Pearl S. Buck
22. *O império do Sol*, J. G. Ballard
23. *Perdas e danos*, Josephine Hart
24. *Em algum lugar do passado*, Richard Matheson

EDIÇÕES
BestBolso

Este livro foi composto na tipologia Minion, em
corpo 10,5/13, e impresso em papel Off-set 70 g/m² no Sistema
Cameron da Divisão Gráfica da Distribuidora Record.